村上龍作家作品研究

村上龍の世界地図

南　雄太

専修大学出版局

目次

四章〈理想郷（ユートピア）〉の創造
——『五分後の世界』『ヒュウガ・ウイルス』『希望の国のエクソダス』etc——　191

凡例

○小説作品に関しては長編、中編、短編を問わず『　』で表わした。エッセイ、対談、書評、研究論文などに関しては、題名は「　」で表記し、掲載誌・所収書名を『　』で表わした。

○本文中に小説、エッセイ、対談、先行研究などからの引用を挿入するさいにはすべて「　」で統一し、強調する言葉についてはすべて〈　〉で表わした。

○本文中の年号は漢数字をもちい、一九〇〇年代から二〇〇〇年代までは西暦の下二桁で統一し、それ以外の年代はすべてを表記した。例（一九九六年三月↓九六年三月）。（　）内に書誌発表年次を表記する際にはアラビア数字をもちいた（2001年2月↓01・2）。

○注は各章ごとの終わりにまとめて記した。

序

村上龍は多様な視点から語りうる存在だと思う。その理由の一端は彼の活動範囲の広さにある。村上は『限りなく透明に近いブルー』（初出『群像』76・6→76・7、講談社）でデビューしてから現在まで、小説家としてだけではなく、ある時は映画監督として、またある時は音楽プロデューサーとして、様々なジャンルを横断することでその活動範囲を拡大してきた。つまり、ある意味で村上は、その文学作品を経由せずとも、映画、音楽、スポーツといった様々な視点から論じることが可能な存在であると言えるのだ。実際、陣野俊史『龍以降の世界——村上龍という「最終兵器」の研究』（98・7、彩流社）は村上を個別のジャンルから語るのではなく「文化総体のなかを泳ぐ人」と捉え、村上を一種の「触媒」として現代日本の文化論を構築しようと試みるが、このような陣野の視点は、村上龍という存在を論じるさいの間口の広さを如実に証明するものであろう。

だが、こうした間口の広さは、その広さゆえに村上龍という存在を一貫したパースペクティブの内に捉えることを困難にしていることもまた事実なのではないか。そしてその困難さは、村上の活動を「文化総体」的な視点から論じるさいのみならず、彼を小説家として位置づけ、その作品群を何がしかの一貫した文脈から捉えようとするときにもまた付きまとっているように思われる。というのも、村上自身が「考えてみると、僕は新人作家みたいに書いているんですよ。『五分後の世界』からはじまって、『ピアッシング』とか『ＫＹＯＫＯ』があって、『ヒュウガ・ウイルス』があって、『ラブ&ポップ』とかっていうと脈略が全然ないでしょ。一つのテーマを追いかけるというのではなくて、それは自分でも不思議だと思ったんだけど」(「この情報は伝えるべき価値がある」『ユリイカ　総特集＝村上龍』97・6)と言うように、村上の多方向へと向けられる関心は、ほぼ直接的にその小説作品にも反映されるため、ともすれば、一見作品どうしの結びつきが希薄で、その文学的テーマの向かおうとするベクトルが様々な分岐の末に拡散しているかのような印象を読むものに与えてしまうからだ。その意味で、村上の作品群をある程度時系列に沿って追いながらも、最終的には「この本は正確なスタンスを測ったうえでの『作家論』のショットではない。狙撃の足場を確保する余裕などなかった。もちろんマト自体も静止などしていない。動きつつ揺れ動くいくつものショットを捉えた」という一種のエクスキューズともとれる自註を付け加えねばならなかった野崎六助『リュウズ・ウイルス』(98・2、毎日新聞社)は、このように多様な方向へと絶えず分岐していくかに見える村上の文学世界を、一貫したパースペクティブの内に捉えることがいかに困難かを、まさに証明していると言えよう。

果たして、村上の活動を「文化総体」的な視座から体系化することは無理でも、せめてその(小説)作品群に何かしらのパースペクティブを与えることはできないのだろうか。換言すれば、「正確なスタンスを測ったうえでの」村上龍についての作家論なり作品論を書くことはできないのか、論者はつねづねそう考えてきた。そして、そんな論者が紆余曲折の末に最終的に選択した「足場」が、本論における、村上龍の作品群をその舞台となる場所(トポス)によって類別し、その相互影響関係から村上の文学世界の発展・変遷を追うというものであった。論者がこのような「足場」を発見する糸口となったのは、大塚英志『サブカルチャー文学論』(04・2、朝日新聞社)における次のような指摘である。

大塚はこのなかで、村上の初期代表作である『コインロッカー・ベイビーズ』(書下ろし、80・10、講談社)における、「コインロッカー」から救出された主人公が、自己治療の一環として、箱庭療法の箱庭に

も似たミニチュアの小宇宙を作り上げていく

毎年桜が満開になる頃ハシは喉から風の音を出し咳に苦しんだが、その年は特にひどかった。神経性の喘息で微熱が下がらないハシは外でキクと遊ぶことができないためか、自閉的な傾向が強くなった。ハシは奇妙な飯事に熱中した。玩具のプラスチック製食品、玩具の鍋、フライパン、洗濯機、冷蔵庫、それらを規則正しく床の上に並べる。その並べ方はある図形になったり能率的な台所の模型になったりするが、共通しているのは、そのミニチュアの家具や食器の配置が終わるとハシが決して変更を許さなかったことだ。他の誰かが玩具の位置を変えたり誤って触れて壊したりすると、ハシは怒り狂った。ハシが怒って仲間やシスターに向かっていくのはこれまで考えられなかった。夜はその模型の傍らで眠り、朝起きて異常がないのを知るとしばらく満足そうに眺める。（略）／ハシは、キクが模型を見物するのを喜んだ。ここがパン屋で、ここがガスタンクで、ここが墓地なんだ、と説明した。キクはハシの説明が終わるのを待って聞いた。コインロッカーはどこなの？ ハシは自転車の四角い尾灯を指差し、あれだ、と言った。黄色いプラスチックの格子の奥に小さな電球がある。周囲の金属は錆一つなく磨かれ青と赤の電気コードはきれいに丸く巻かれていた。領地内でそれは際立って輝いていた。

という場面に着目し、そこから村上龍という作家には「世界を情報の集積として地図化するという欲望」があると指摘する。

ここで大塚が村上に見た「世界を情報の集積として地図化するという欲望」——つまりは「世界」に

対する〈マッピング〉の「欲望」――とは、地理的な意味というより、むしろ文化に対するその全方位的な関心のあり方を指したものであろうが、[注1]ここであえて地理的な視点に特化してデビューから現在までのその文学活動における足取りを概観して見れば、村上龍という作家には、確かに（地理的な意味でも）「世界」を〈マッピング〉し独自の「地図」を描こうとする志向性があるように思われる。そのような傾向は、いま引用したような小説作品における登場人物たちの志向性のみならず、作家自身の履歴を辿ってみたときにも如実に表れていると言えよう。

その「（自筆）年譜」（『国文学　村上龍　欲望する想像力』93・3）などを見ればわかるように、七六年に小説家としてデビューしてからというもの、村上の世界各地への足取りは絶えることがない。その旺盛さは、ある種まさに「世界」を〈マッピング〉し尽くそうという「欲望」にとりつかれているようにすら見えるのだが、見方を変えれば、このような〈マッピング〉に対する意識は、ある意味で、村上の場所（トポス）というものに対する強い関心を示すその徴証として捉えることが可能ではないのか。[注2]そして、ここでさらに村上のそうした世界中の様々な場所に対する〈マッピング〉の経緯を時系列に沿って辿ってみたときに気づかされるのは、時期によってその眼差しを向ける場にある種の偏向が見られることである。そのような年代ごとに見られる村上の特定の場所に対するこだわりは、同時期に発表されたその小説作品の舞台にも確実に反映されている。

例えば村上は、七〇年代後半から八〇年代前半にかけてハワイやサイパンといったオセアニアを中心とする熱帯のリゾート地を頻繁に訪れているが、この時期に発表された彼の作品には『悲しき熱帯』（84・9、角川文庫）や『だいじょうぶマイ・フレンド』（書下ろし、83・2、集英社）といった、これらのリゾート地を舞台としたものが多い（本論三章で言及）。また、九〇年代から村上はキューバに心酔するのだが、このキューバに対する心酔と並行して彼は『シボネイ――遙かなるキューバ』(書下ろし、91・10、主婦の友社)や『KYOKO』(書下ろし、95・11、集英社)といったキューバの音楽やダンスをモチーフとした作品を執筆し始める(本論三章で言及)。陣野俊史「暴力と粘膜の共同体」(『ユリイカ 総特集=村上龍』前掲)は、村上の小説を「土地とともにある存在者にしか書かれえない小説である」と表現しているが、つまりこうして見ると村上はその一面において、自身が訪れたそれぞれの場所から作品のモチーフを受け取り続けることで、言い換えるなら、場所の持つ力と呼応することで、その創作活動を回転させ続けてきた作家だということができるのではないか。その意味で、村上の小説作品における舞台は単なる背景ではなく、そのテーマと密接に関わる重要なファクターであると言えるのだ(注2に同様)。

おそらく村上がこのような作家的資質を持つに至った背景には、彼がその思春期を過ごした場所の影響が大きいと思われる。村上が五二年に佐世保で生まれ、高校卒業(七〇年)までをそこで過ごし、上京後、作家としてデビューするまでの間の一時期(七〇～七二年)をヒッピーとして福生で暮らしていたこと、そしてそのヒッピーをしていたときの体験をもとに『限りなく透明に近いブルー』を書き作家としてのデビューを果たしたことは「(自筆)年譜」(前掲)などが明らかにするところであるが、[注3]村上は作家としてデビューしてから折にふれ、この佐世保/福生が、日本国内の他の地域と比較したとき、ある共通する特殊性を有する場所であること、さらに自身が佐世保/福生という場所に内在するそうした特殊性に感応することで創作の芽を胚胎させたことについて言及しはじめる。この佐世保/福生に共通する特殊性の具体的な内実、そして村上がその特殊性を通して(その後の創作活動の基幹を為す)どのようなテーマを発見したかについては、本論の一章で詳しく論じることとする。ただここでは一つだけ、先に挙げた『限りなく透明に近いブルー』をはじめ『69 sixty nine』(初出『More』84・7～85・10→87・8、集英社)

『村上龍映画小説集』（初出『IN★POCKET』94・3〜95・3→95・6、講談社）といった佐世保／福生を舞台に、六〇年代後半から七〇年代前半における自身の青春時代を描いた半自伝的傾向の強い作品には、これらの場所に見られる特殊性を軸に当時の日本社会に流れていた気分を相対化しようとする視線が横溢していることは付け加えておきたい。

やや持って回った言い方になってしまったが、ともあれこうした村上の（小説家としての）出自に鑑みれば、佐世保／福生という場が有する特質に感応し、そこから創作のモチーフを摑み取ることで処女作を書いた村上が、（一面において）その後、自身が訪れたそれぞれの場所から想像力を刺戟されることで、その創作活動を回転させ続ける作家となっていったことは、ある意味で当然の帰結であったと言えるのではないか。

思えば日本近現代文学において多くの作家たちが、場所の持つ力を強く意識しながら作品を書いてきた。ここで村上の出身地や同時代との関連からそうした作家を抽出すれば、井上光晴と中上健次の二人を挙げることができるだろう。まさしく井上と中上の二人は、それぞれが生涯を通して特定の場所（井上は佐世保、中上は紀州の熊野）にこだわり続けることで、その文学世界を深化させていった作家である。(注4)そうした場所に対するこだわりという意味では、これら二人の先輩作家と村上が持つ作家的資質には、何かしら共通するものがあったと言えるのかもしれない。(注5)ただし、これら二人の先達と村上はともに場所というものに対する強い関心を持ちながら、その関心を発動させる方向性は決定的に違っていたと言えるだろう。井上と中上が佐世保と熊野というそれぞれの場所の歴史を遡りその深層に分け入ることで、換言すれば、通時的な視座からひとつの場所と格闘することで自身の文学世界を深化させていったのに対して、村上は佐世保／福生に始まりオセアニア、キューバ……というふうに、『コインロッカー・ベイビーズ』の主人公と同じく、世界中の様々な場所を〈マッピング〉していくことで、つまり場所に対する関心を共時的な視座から拡大していくことでその文学世界を発展させようと試みたと言っていい。

果たして村上における場所に対する関心の世界規模での拡大は何を意味しているのか。言い換えれば、こうしたある種の〈世界地図〉の作成を通して、村上はその文学世界をどのように発展・変遷させてきたのか。そのような関心から本論では、村上の小説作品における作中舞台に注目し、その関心の対象の変遷を追いかけることを通じて、村上の文学活動にひとつのパースペクティブを与えたいと考えている。その際の手続きとして、まず一章では、村上がその青春時代をモチーフにしたと言う『限りなく透明に近いブルー』『69 sixty nine』『村上龍映画小説集』の三作品を取り上げ、これらの作品のなかで佐世保／福生が具体的にどのような特質を持つトポスとして設定されているのか、そしてさらにその特質に触れることで、村上がその後の文学活動において追求することとなる如何なる問題意識を発見したのか、明らかにしていくことにする。これはいわば村上文学における出発点の確認である。二章では、そうした佐世保／福生との比較を通して村上が東京に象徴される日本社会のあり方に対し、どのような（批判的）認識を抱いたのか、あるいはその批判を小説作品においてどのように展開しているのかについて、都市に対する破壊衝動を抱く少年たちを描いた『コインロッカー・ベイビーズ』を中心に言及していく。また三章では『悲しき熱帯』や『ＫＹＯＫＯ』といった、オセアニアのリゾート地やキューバなど熱帯の〈島嶼〉を舞台背景とした作品群に目を向け、まず、これらの舞台と一章で論じた佐世保／福生の類似性を明らかにし、そのうえで、こうした熱帯の〈島嶼〉を舞台とした作品群において、佐世保／福生で発見したテーマを村上がどのように追求し深化させていったのか明らかにしていく。そして四章では、九〇年代後半以降の作品群のなかから『五分後の世界』（書下ろし、94・3、幻冬舎）や『希望の国のエクソダス』（初出『文芸春秋』98・10〜00・5→00・7、文芸春秋）といった、主に架空の共同体（国家）を舞台とした作品に目を向け、世界中の様々な場所に対する〈マッピング〉を通じて、村上がこれらの作品においてどのような（自身にとっての）〈理想郷（ユートピア）〉を構築するに至ったのかを検討する。論者は先に、村上の世界中の様々な場所に対する〈マッピング〉の経緯を時系列に沿って辿ってみたとき、時期によってその眼差しを向ける場にある種の偏向が見られると述べたが、その意味から言えば、このように村上の作品群をその作中舞台との関連から体系化していくことは、同時に、年代順に沿って村上文学の発展・変遷を捉えることにも繋がっている。

注

(1) 大塚英志『サブカルチャー文学論』(前掲)は、九〇年代に『文芸』が用い出した〈J文学〉というカテゴリーについて、「文壇バーや文壇パーティ(略)で形成される内部の『世論』とは違う、小説を読むコードのようなものを小説自身が当たり前だけど欲していて、それがつまり〈J文学〉と呼ばれるもののかろうじての根拠なのだ、とまずは好意的に解釈しようと思う」と述べたうえで、そうした「文壇」内部の言わば内輪の批評から小説作品を解放するために〈J文学〉が取った戦略が、文化的な情報マップのなかにそれぞれの作品を位置づけていくことであったと指摘する。そしてそこから大塚は「〈J文学〉に於けるマップ志向とはぼくの印象ではどこか村上の地図作りへの欲望と似かよっているように思うのだ」として、〈J文学〉の、「情報マップ」のなかに文学作品を位置づけることで批評のリアリティを保とうとする方法と、「外部のテキストにリアリズム」の根拠を求めようとする、換言すれば現実世界の様々な情報を取り込むことで作品の強度を保証しようとする村上の文学的方法論が相似的な関係にあることを立証しようと試みている。

(2) この点について村上は「『場所』としての佐世保港」(『ポートロマン港の詩⑥南国の燃える落日に』81・11、講談社。南注・ここでの引用は『村上龍全エッセイ1987—1991』91・12、講談社文庫から)のなかで、「『場所』は、そこまで行かなければその地に立てないところであり、『風景』は、目の前に常にあるものである」と述べたうえで「『風景』が異化されて『場所』が現れる、このことは、表現の衝動の根本をなす」として、「場所」に接することが創作の動機(=「衝動」)となっていることを明らかにしている。

（3）「（自筆）年譜」には「昭和二十七年（一九五二）二月十九日、長崎県佐世保市に生まれる。本名龍之介。父親は美術教師だった。／（略）／昭和四十四年（一九六九）十七歳　高校三年生。この夏、学校屋上をバリケード封鎖し、無期謹慎処分となる。謹慎期間中に、ドラッグとニューロックに代表される、いわゆるヒッピー文化に出会う。／昭和四十五年（一九七〇）十八歳　三月、佐世保北高等学校卒業。（略）同年上京、現代思潮社の美学校のシルクスクリーン科に入学、半年で除籍。同年十月より昭和四十七年二月まで、東京都下の福生に住む。／昭和四十七年（一九七二）二十歳　四月、武蔵野美術大学入学。この頃から福生での体験をもとに『限りなく透明に近いブルー』第一稿を書き始める」とある。

（4）この点に関して例えば柘植光彦「原郷としての佐世保――村上龍、そして井上光晴」（『ユリイカ　総特集＝村上龍』前掲）は「井上光晴の四五年間にわたる膨大な作品群は、つねに佐世保周辺を軸に、西九州、長崎市を舞台とし、方言による会話を用いている。東京を舞台とした作品にも、かならず佐世保出身の人物が現れるのであって、いわばその作品系譜は『佐世保サーガ』として総括できる。それは中上健次の作品群を『紀州サーガ』と呼べるのと同じような意味だ」と述べている。

（5）例えば村上は安原顕『まだ死ねずにいる文学のために』（86・6、筑摩書房）に収録されたインタビューにおいて「君の好きな作家というか、愛読している人は誰？」という質問に「出身地が同じ佐世保なので、自分が住んでいるところが出てきたりするという興味もあって、よく読んでいるのは井上光晴さんですね」と答えている。また中上健次については坂本龍一、吉本隆明との鼎談「表現」（村上龍＋坂本龍一『EV.Café――超進化論』89・1、講談社文庫）のなかで、「僕は中上健次を非常に高く買ってるんですけども、僕が一番好きなのは、『水の女』っていう短編集なんです」「中上健次の場合は、方言の問題と、あとは紀州っていう、ああいう山に迫られて海がある土地があるから、より地卵的な、自然が傍らにあって、『水の女』が成立していて、僕はすごく好きなんですよ」とその文学世界に共感する発言をしている。ただし村上はここで「そうやって地卵とか何か内臓のにおいみたいのを探して田舎に引っ込む」方向は「もう全部頭打ちだと思うんです」と暗に中上の方法論の限界を示唆するような発言もまたしている。

一章　〈原風景〉としての「基地の街」（佐世保／福生）

——『限りなく透明に近いブルー』『69 sixty nine』『村上龍映画小説集』を中心として——

はじめに

本論のなかで取り上げる『限りなく透明に近いブルー』（以下『限りなく〜』）、『69 sixty nine』（以下『69』）、『村上龍映画小説集』（以下『映画小説集』）は、どれも共通して作者の青春の記憶が色濃く反映していると思われることから、村上龍の作品群のなかでは、自伝性の高い作品として位置づけられているものである。（注1）

ここで作者である村上龍に目を向けてみれば、これらの作品が自伝性の高いものであることは、村上自身も認めている感がある。村上龍の出生から作家活動を開始するまでの大まかな経歴は序においてすでに述べたが、ここでこの三作品を、村上の経歴と重ねながら見てみれば、どうやら『限りなく〜』には福生でのヒッピー時代の体験が、『69』には佐世保での高校時代の体験が、そして『映画小説集』には佐世保から上京後福生に移り住むまでの体験が、それぞれ素材として使われているようだ。（注2）実際に九七年に刊行された村上自らが編集を手がけたアンソロジーである『村上龍自選小説集1——消費される青春』（97・6、集英社）には、この三作品が『69』『映画小説集』『限りなく〜』の順序で収録されているが、これはいまあげた順序に従ってこれらの三作品を通読することで、自身の高校時代から作家としてデビューする直前までの変遷を時系列的に追っていってもらいたいという、読者に対する村上の意思表示であるとみてまず間違いないのではないか。

それでは、『限りなく〜』『69』『映画小説集』が、このように共通して〈作者の自伝性〉という要素が高い作品であることを念頭においたうえで、今度はさらに内容的な視座から見て、これらの三作品に通底する何らかの要素がないか考えたとき、そこで注目したいのが、村上がこれらの作品には「共通のファクターとして基地の街がある」(「消費される青春」『村上龍自選小説集1――消費される青春』所収)と述べていることである。なるほど、こうした村上の発言を踏まえ、ここで『限りなく〜』『69』『映画小説集』の主要な物語空間である、佐世保/福生を見てみれば、確かにこの二つは、いずれも在日米軍基地が配置されているという点において共通する特徴を持つ街である。(注3) そして、こうした「基地の街」という視座に着目しつつ、これらの三作品を――先にあげた『村上龍自選小説集1――消費される青春』がそうであったように――作中で設定されている年代が古い順に『69』『映画小説集』『限りなく〜』と並べ、一つの大きな物語を形成するひと続きの〈三部作〉として見たとき、六九年の佐世保(『69』)に始まり、七〇年の東京(『映画小説集』)を経由して、七〇年から七一年の福生(『限りなく〜』)で幕を閉じるこの〈三部作〉は、ある意味で「基地の街」に始まり「基地の街」に終わる物語であると換言することが可能なのではないだろうか。

こうして見ると、これらの作品をして「共通のファクターとして基地の街がある」とする村上の自作自解はひとまず首肯しうるものであろう。と同時に、これらの作品が村上自身の青春時代の記憶をモチーフとした自伝性の色濃いものであることに鑑みれば、「基地の街」が、村上のなかである種の〈原風景〉として定位するトポスであることは想像に難くないのではないか。それでは、これらの作品のなかで、「基地の街」は具体的にどのような意味を持つトポスとして設定されているのか。言い換えれば、これらの作品で描かれる「作家村上龍の分身とも言うべき主人公」(沼野充義「蕩尽された青春のあとで」、注1に同様)は、「基地の街」というトポスを通して、そこから何を見たのだろうか。次節からはこうした問題意識を念頭におき、これらの三作品を個別に検討することで、「基地の街」というトポスから、作家・村上龍がどのような認識を得たのか、そして、そこで得た認識が、村上の文学活動にどのように活かされていったのかということを明らかにしていきたい。その際、本章ではこれらの三作品をひと続きの〈三部作〉として見る視座を採用し、作中で設定されている年代に沿って『69』『映画小説集』『限りなく～』の順で取り上げていくつもりである。

第一節『69 sixty nine』における「基地の街」(佐世保)

「一九六九年、この年、東京大学は入試を中止した。(略)パリではドゴールが退陣した。ベトナムでは戦争が続いていた。(略)/一九六九年はそんな年で、僕は高校の二年から三年に進級した。九州の西の端の、基地の町の、普通進学高校である」。このような書き出しではじまる『69』は、六九年の「九州の西の端の、基地の町」(=佐世保)を舞台に、「十七歳」の高校生である「僕」(=ケン)の青春を描いた作品である。「今までの三十二年間の僕の人生の中で、三番目に面白かった一九六九年」と後に「僕」が回想しているように、「十七歳」の「僕」は「基地の町」を駆け回り、恋に、政治運動のまねごとに、「ロックフェスティバル」開催にと八面六臂の大活躍を見せるのだが、それでは、「九州の西の端の、基地の町」と紹介される佐世保で、多感な青春時代を過ごしたことは「僕」にどのような影響を与えたのだろうか。換言すれば、佐世保という「基地の町」で生きることによって、「十七歳」の「僕」は、自分を取り巻く時代や社会に対してどのような認識を得たのであろうか。そのような視座からこの作品を見たときに、ここでまず注目しておきたいのは、「僕」が、物語の舞台となる佐世保の地勢を次のように紹介していることである。

佐世保の街は長崎と同じで、坂道が多い。背後にはすぐ山が迫って、湾曲した海岸線に平地が続くが、その平地にデパートや映画館や商店街と、米軍基地がある。どの基地の街でも同じだが、米軍は一等地を占有するのだ。

また「僕」は、自分の住む家を紹介する際にも、「この街のほとんどの家がそうであるように、僕の家も山の斜面に建っている。狭い平野に住んでいるのは米軍と米軍相手に稼ぐひと握りの商人だけだ」として、暗に佐世保が経済的にも「米軍基地」を軸とする街であることを示唆しているが、ここで六九年という作中時間に焦点を合わせてみれば、これらの引用のなかで「僕」の紹介する「米軍基地」が、ベトナム戦時下における米軍の後方支援を司る重要拠点として機能していた頃の、米海軍佐世保基地であることはもはや言うまでもないだろう。

田中哲也『佐世保からの証言――70年代の選択』(69・12、三省堂新書)は、当時の佐世保基地が有していた敷地面積の広大さを「第七艦隊の補給基地として十二地区約四百万平方メートルにひろがり、山地を除く佐世保市域の約三%、旧市内地域の約十%を占める」と伝え、さらに「基地常駐の米国軍人・軍属は約四千四百五十人。基地で働く日本人労働者は二千七百六十人。基地関係の米人家族は七百五十世帯、うち五百七十五世帯が佐世保市内に住んでいる。佐世保の住宅地図を開くと『外人』と書いた家屋表示がいたるところに出てくる」と伝えているが、このような田中の発言を踏まえて見れば、先の引用にある「どの基地の街でも同じだが、米軍は一等地を占有するのだ」「狭い平野に住んでいるのは米軍と米軍相手に稼ぐひと握りの商人だけだ」という「僕」の発言は、様々な点で「米軍基地」に依存しなければならなかった六九年当時における佐世保の現状、あるいは、そうした「基地の街」で暮らす市民の多くが多かれ少なかれ共有していたであろう思いを、的確に表わしたものとして捉えることが可能なのではないのか。

ところで、六九年当時におけるこうした佐世保の現状、あるいはベトナム戦争における佐世保基地の役割を押さえてみると、ある意味でここでの「僕」は、――日本国内という限定した枠のなかでみれば

――ベトナム戦争をもっとも物理的な地平から感受しえる場にいると言えるのではないか。実際に、物語のなかでしばしば「僕」は、自分を取り巻くこうした環境的な特性を効果的に利用している。例えば次のような場面。「北高が誇る美少女」である「レディ・ジェーン」こと松井和子に惚れた「僕」は、彼女を主演女優にした映画を撮ろうと計画し、ある日の放課後「レディ・ジェーン」が所属する「英語劇部」に彼女をスカウトしに訪れる。しかし、「僕」と「レディ・ジェーン」の接触は、「英語劇部顧問の吉岡という教師」によって阻まれ、「吉岡の授業をほとんどさぼっていた」「僕」は、即刻、部室から出ていくよう告げられる。その時、咄嗟に「僕」の口から状況を打開すべく出たのが、「ベトナム戦争」という言葉だった。


「ばかばかしい」

舌打ちとともに僕はいった。吉岡が驚いた。

「何がシェークスピアだ、ばかばかしい、ベトナムでは毎日何千人と死んでるっていうのに、先生」

「何だ?」

「あの窓から見える港から毎日人殺しのためにアメリカの軍艦が出港してるんですよ」

(略)

吉岡は戦中派だ。いろいろあったのだろう、顔色を変えた。戦争は便利だ。教師との討論に利用できる。戦争はいけないものだと教える教師は、立場が弱い。だからこいつらは必ず逃げる。


この引用の後に続く会話においても、「僕」は「ベトナム戦争」を盾に、「アメリカ軍は僕らの港を使っているんですよ、人殺しのために」「大人にならなきゃ戦争に反対してはいけないんですか？　じゃあ、戦争で、子供は死なないんですか？　高校生は、死にませんか？」と「吉岡の顔が真赤」になるまで畳み掛けるのだが、このような「僕」の言葉が、教師も無下にできないほどの重みを持つのは、彼らの視界の届くところに佐世保基地が存在するからこそではないのか。事実、花田俊典「オス――『69』――メス」（『国文学　村上龍　欲望する想像力』93・3）は、「佐世保市内には昨年（南注・68年）一月の原子力空母エンタープライズの寄港をきっかけに同八月、九州で初めて高校反戦委員会が生まれ」たことを伝えているが、こうして見ると、当時佐世保の高校生のなかで「ベトナム戦争」はそれなりにシリアスな問題であり、ここでの「僕」の発言がそうした同時代の文脈を意識したものであることは想像に難くない。

しかし、ここでさらに留意しておかねばならないのは、先の場面で「僕」は「ベトナム戦争」を、あくまで「教師との討論」に勝つ手段として便宜的に持ち出しているだけであり、実際には、こうした自分の挙げる――ひいては日本全体の挙げる――ベトナム戦争反対のシュプレヒコールが、ベトナムやアメリカの現実に対して何ら有効性を持ちえないと考えていることである。そして、ここで結論を先取りすれば、「僕」のこうした考えの根拠となっているのが――「ベトナム戦争」に対する「僕」の発言を効果的にしていたのと同様に――まさしく、「僕」の視界に入る佐世保基地の存在なのである。そのことは、先の花田の引用のなかにもあった「原子力空母エンタープライズの寄港」を巡って、六八年の一月に佐世保基地周辺で起きた社会的事件〈エンタープライズ闘争〉を回想したさいに「僕」が抱く次のような思いにも端的に表れていよう。

この〈エンタープライズ闘争〉は、アメリカの原子力空母エンタープライズが、ベトナムに向けて出撃する途上で佐世保へ寄港することを巡り、このエンタープライズ寄港をアメリカのベトナム侵略に対する加担、および日本の核武装化、核攻撃基地化に道を開くものであるとして阻止しようとした、反代々木系列（中核派、社学同、社青同解放派）の統一組織「三派系全学連」を中心とする数千人の学生と、こうした左翼学生の動きを潰すために配備された、同じく数千人の機動隊が、佐世保基地周辺で激しく衝突した事件を指している。官憲側の過剰警備が衝突を見つめていた佐世保市民の反感を買ったこともあって、このとき世論は学生側の味方についた。実際に当時三派系全学連の委員長であった秋山勝行は、「『羽田』から『佐世保』へ」（『朝日ジャーナル』68・3・17）のなかで、「佐世保の闘いには、明らかに今日まで例を見ないほどの急速な高揚の波があった。もとより全学連が渦の中心であった。／何年も活動を続けてきた諸政党が、使い古した方法で市民や労働者に呼びかけても、それほどの関心を示さなかったのに、たった一週間のうちについに一体感を固く獲得できたのは、単なる『もの珍しさ』からだけであろうか」と、エンタープライズ入港阻止という当初の目的を果たせなかったものの、国家権力の横暴に対する市民の意識を高めたという見地から勝利宣言とも取れる発言をしている。だが、ここで『69』に目を戻してみれば、「約一週間学校をサボって機動隊との衝突を見に行った」（『映画小説集』）という「僕」の、「闘争」を見つめる視線からは、秋山が獲得したと信じる「三派系」に対する共感を読み取ることはできない。「僕」は〈エンタープライズ闘争〉の記憶を以下のように反芻する。

エンタープライズの時だってそうだった。（略）シュプレヒコールに比べて、ファントムの爆音はあまりにも大きかった。デモ、あれが意思表示だったのだろうか。本当に佐世保橋を突破するつもりなら、旗など捨てて、銃と爆弾を手にすればよかったのだ。

この叙述は、日本のあげるベトナム反戦の「シュプレヒコール」の有効性に対して「僕」が懐疑を抱くその根拠に、佐世保基地というトポスの存在があることを克明に示すものであろう。というのも、この場面では、「ファントムの爆音」と「シュプレヒコール」という音の対比を通して、米軍基地の背後にあるアメリカの軍事力の強大さを強調することで、日本のあげるベトナム反戦の「シュプレヒコール」が、アメリカやベトナムの現実に対して何ら有効性を持たない無力なものとして完全に相対化されているからだ。その意味で、清水良典が村上との対談「挑発するポップの力」(注2に同様)のなかで提出した、『69』では左翼的ラジカリズムは完全に相対化されている。(略)(南注・村上にとって)六〇年代の過剰さや左翼的な前衛主義は、結局、村上さんが一貫してみていたアメリカとの壁、鉄条網で隔てられたその壁を見ないで済ませられる、いわば欺瞞のロマンティシズムだったと思うんです」という見解は首肯しうるものである。と同時に、ここでさらに付け加えると、実はいま引用した「エンタープライズの時だってそうだった」という「僕」の思いは、自分たちが行った「バリケード封鎖」の政治性の有無を巡って仲間と議論したさいに、「僕」が「お前、オレらのやったこと、政治活動って思う?」と半ば自嘲ぎみに言った直後に抱くものなのだが、このような文脈を踏まえて見れば、「エンタープライズの時だってそうだった」という叙述からは、「僕」が、三派系が大々的に行った「エンタープライズ闘争」も、アメリカの現実——先の清水の言葉を援用すれば「アメリカとの壁」——に対し何ら影響を及ぼさないという意味では、自分たち田舎の高校生が「面白ければそれでよか」という理由で行った「バリケード封鎖」と所詮は同じレベルだと把握していることが読み取れるのではないか。(注4)

ともあれ、こうして考えてみると、「僕」にとって「基地の街」とは、アメリカの強大さを身体的/物理的な地平から感受しえるがゆえに、アメリカと自分(日本)の間に横たわる政治的/軍事的/経済的な側面における非対称的な力関係(=「アメリカとの壁」)を強く意識せざるを得ないトポスであったと言うことが可能なのではないか。(注5)そしてさらに言えば、「僕」にとって「基地の街」とは、アメリカの強大さをリアルに知覚できる場であるがゆえに、日本の非力さをも如実に実感させてしまうトポスでもあったと思われる。作者である村上の「『69』」に書いたことだが、当時佐世保に流れたべ平連の反戦歌は、空母エンタープライズの艦上から発信するファントムの爆音によって完全にかき消された。わたしはそのことで、日本はベトナム戦争に対して無力だったことを知った」(「消費される青春」『村上龍自選小説集1──消費される青春』所収)という言葉は、高校時代の「僕」(=村上)にとって「基地の街」がそのようなトポスであったことを鮮明に裏付けるものであると言える。

だが、ここでさらなる問題として留意しておかねばならないのは、小森陽一「基地・戦争・欲望のヴィジョン」(『国文学　村上龍　欲望する想像力』前掲)が「『基地』周辺以外の日本人は、侵略・占領・混血の体験を持たず、自らの同一性を自明のものとして捉えてしまう」と指摘するように、佐世保から一歩外に出た「『基地』周辺以外」では、「基地の街」において「僕」が否応なく意識せざるを得なかった、アメリカ／日本の間に横たわる非対称的な力関係(=「アメリカとの壁」)が意識されておらず、自分たちのあげる「シュプレヒコール」が、「ベトナム戦争」に対して力を持つ表現手段としてまかり通っていることだ。実際に、次に引用する、「高校一年の冬」に家出をした「僕」が旅先の「博多」で「フォーク集会」に立ち会う場面などは、こうした「基地の街」に生きる「僕」と「『基地』周辺以外」で暮らす人々の間に横たわる意識の差を鮮明に示すものなのではないか。

新宿西口のフォーク集会が報道されるので、九州でもフォークをやる連中が増えつつあった。ポツリ、ポツリと人が集まり始めた。やはりフォーク集会だったのだ。（略）看板には主催・福岡べ平連、と書いてあった。僕はフォークが嫌いだった。べ平連も嫌いだった。基地の街に住むものは、アメリカがどれだけ強くて金持ちかよく知っている。ファントムの爆音を毎日聞いている高校生は、弱々しいフォークソングなんか屁以下だと知っているのだ。（略）演奏の合間に演説が入った。アメリカはベトナムから手を引け、という例のやつだ。（略）べ平連の白々しい反戦フォークを聞くうちに僕はまた気分が沈んでいき、逃げたかったが、疲れてもいたし、どこへ行けばいいのかわからなかった。

やや繰り返しになるが、「ファントムの爆音」が聞こえない「博多」――あるいはその背後にある「東京」――では、「弱々しいフォークソング」が「ベトナム戦争」に対して有効性を持つ手段としてまかり通っており、また、「僕」のように「フォークソング」の有効性について懐疑を抱く者もいない。「僕」はそのことに対して激しい苛立ちを覚えている。そして、ここで結論を先取りすれば、この場面に見られるような、こうした「基地の街」／「『基地』周辺以外」という対立の構図――あるいはその構図から引き起こされる主人公の苛立ち――を、『69』以上に強く押し出して描いているのが、その続編にあたる『映画小説集』だと言っていい。というのも、「一九七〇年に」「九州の基地の街から上京した」「十八歳の」「私」（＝「ケン」）を主人公にしたこの『映画小説集』では、アメリカと日本のリアルな力関係を意識することのできた「基地の街」と、そうした現実が忘れ去られてしまっている「東京」の実情が比較されることで、日本における「東京」の中心性、あるいはその国際的なイメージが完全に相対化されているからである。

ることとなる。

第二節 『村上龍映画小説集』における「基地の街」（佐世保―東京―福生）

『映画小説集』のなかで、主人公の「私」は、「親と離れ、一人で生活したかったし、東京はきっと刺激に充ちているのだろうと思って」上京する。しかし、「私」のこのような「東京」は「刺激に充ちているのだろう」という思いこみは、彼の故郷である「基地の街」との比較を通して、すぐに撤回されることとなる。

九州の基地の街から、一九七〇年に私は上京した。当時の東京は六〇年代の終わりの騒然とした雰囲気が僅かに残っていたが、基地の街の刺激に慣れた十八歳の目にはひどく退屈に映った。

この引用では、「退屈」であるか否かといった感覚的な視点から、地方（ここでは佐世保）に対する「東京」の優位という社会的な固定観念が完全に切り崩されているが、ここで注目すべきは、「私」がこのように「東京」を「退屈」として、「基地の街」を持ち上げる原因の一つに、「基地の街」／「東京」の間に横たわる、文化的な差異が大きく影響しているということである。

柄谷行人「解説」（注4に同様）は、「六〇年代の都市における若者の風俗やカウンターカルチャーがアメリカの模倣であるなら、ベトナム戦争下の基地の街に住む若者はむしろ時代の先端を行っていることになる」と述べているが、確かに、ある意味で「日本国内における〝米国〟」（阿倍好一「『限りなく透明に近いブルー』論」『国文学　村上龍　欲望する想像力』前掲）と言っても過言ではない「米軍基地」の影響を色濃く反映した街（＝佐世保）に住んでいた「私」が、（「時代の先端を行って」いたかどうかは定かではないものの）アメリカの文化的な空気をもっとも身近に感じることのできる環境にいたことは間違いないのではないか。ここで『69』に目を戻してみれば、「基地の街」におけるそのような環境的特性は、主人公の「僕」が「米軍基地」の傍らにある「ジャズクラブ」について語るさいの、次のような叙述にもはっきりと現われているように思われる。

高校一年の夏から僕と岩瀬はこの基地の傍らのジャズクラブが好きだった。店の中は、黒人の匂いがする。僕達はブルースの匂いと言っていた。カウンターやソファやテーブルや灰皿に染みこんでいるのだ。左肩に人魚の刺青を入れた海兵隊員がチェット・ベイカーそっくりのトランペットを吹く夜もあったし、黒人のMPが見回りに寄ったついでにレコードに合わせて『セント・ジェームズ病院』を歌ったことも、また金や赤や茶に髪を染めた外人バーのホステス達が安香水の匂いをふりまきながらケンカすることもあった。

『映画小説集』において、このような「ブルースの匂い」に影響された佐世保の高校生たちは、「東京でブルースバンド」として「成功するという目標」を抱いて上京する。主人公である「私」もまた、上京当初は、こうした目的を持つ一人であった。しかし、「私」は、「ブルースなんか東京のどこにもなかったのだ」として次のように述べている。

九州の西の端の基地の街のGIが集まるバーで演奏していた時には、黒人兵が多かったせいもあって世界のすべての音楽の頂点に輝くのはブルースなのだと素直に思うことができた。（略）東京に行けばそのことがもっとはっきりするだろう、とみんながそう思っていた。だが東京に出て来てからブルースを聞いたことは一度もなかった。ロック喫茶に行っても本当にたまにレコードがかかるだけで、路上や新宿西口の広場には吐気のするような反戦フォークが流れていた。

この引用は、「基地の街」との比較を通して見た際に、「東京」では、既にアメリカ文化に対する意識が希薄化していることを如実に示しているが、ここで作者である村上の、「佐世保はアメリカというのが中心にあって、（略）どっちが力が上かっていうのは子供にはすぐわかる。（略）日米関係というものを見た場合、東京のような町はそういうことを隠蔽しているような感じがする。基地の町のほうがより普遍的な感じで、リアルに問題が露出している」（村上龍×池澤夏樹「現代のエッジを行く」『国文学　臨時増刊号　村上龍特集』01・7）といった見解を踏まえてみれば、先の叙述は、単にアメリカの文化的影響に対する意識といった表層的な側面のみを指しただけではなく、「東京」が「日米関係」それ自体に対して無関心であることをも暗に示唆したものとして見ることが可能なのではないか。（注6）実際、作中において、「私」が「美術学校」という美術専門の予備校に潜り込んだときに見る次のような光景からは、『69』の「僕」や『映画小説集』の「私」が「基地の街」で否応なく意識せざるを得なかった、アメリカ／日本の非対称的な力関係（＝「アメリカとの壁」）が、「東京」ではもはやまったく意識されておらず、自らの経済的な繁栄を自明なものとして享受する態度が一般化しつつあったことが読み取れるように思われる。

『美術学校』の実技クラスは週二回で、講義は、受けようと思えば毎日受講することができた。だ

> が、シルクスクリーンの実技クラスもユニークな講師陣の講義も、始めの数回でイヤになってしまった。ラディカルというかアンダーグラウンドというか、カウンターカルチャーというか、そのての言葉に形容される何かに憧れて集まった生徒たちの大部分はとても付き合えそうにない鼻持ちならない連中だった。(略)実技クラスの最初の日から私はひどく居心地が悪かった。ブルジョアの連中の中にはクラスにスキー板を持ち込んだり、スポーツカーのキーをジャラジャラと指で回したりするのがいた(略)。

この引用には、自分たちの経済的な繁栄を自明のものとして何の疑問も持たずに享受しつつ、単なるファッションや記号として「アンダーグランド」や「カウンターカルチャー」といった時代のモードと戯れている「ブルジョアの連中」に対する「私」の嫌悪感が率直に表明されているといえようが、ここで『映画小説集』の作中時間である一九七〇年という年に焦点を合わせてみれば、大阪で〈万国博覧会〉が開催され、また海外旅行者数が一千万人の大台を超えたこの年は、「私」が嫌悪する、こうした自分たちの繁栄を自明のものとして受け取る「ブルジョア」的態度が、まさしく日本全国に蔓延し定着した年であったと言えるのかもしれない。というのも、吉見俊哉『博覧会の政治学――まなざしの近代』(92・9、中公新書)が、万博開催が七〇年安保から大衆の関心をそらせるために支配体制が仕組んだ罠であるとして批判した知識人たちの言説を踏まえつつ、[注7]「万博開催が一九七〇年という年を、『安保』の年から『万博』の年におそらく意図的に変えたことは疑いない」と指摘するように、〈万国博覧会〉が延べ六四〇〇万人を動員し大盛況を博したこの七〇年は、「基地の街」で「私」が見ていた「アメリカとの壁」を、「支配体制」が〈隠蔽〉することで、日本は既に欧米に肩を並べたという幻想を蔓延させることに成功した年として捉えることが可能であるからだ。繰り返しになるが、その意味で、『映画小説集』の「私」が「東京」の「美術学校」で見た「鼻持ちならない」「ブルジョアの連中」の姿は、豊かさの幻想が蔓延しつつあった当時の日本社会を象徴するものであったと言えよう。『映画小説集』の「私」は、こうした自分たちの豊かさを自明のものとして無自覚に享受する「東京」の現状に対して、嫌悪感や苛立ちを強めていくのだが、この作品にはそんな苛立ちを抱えた「私」が、再び「米軍基地」と邂逅する場面が描かれている。ある時、興味本位で拝島にある「職業安定所」を訪ねた「私」は、その帰り道に、偶然にも上京してからはじめて「米軍基地」(南注・拝島という場所からこその「基地」は、米軍横田基地と特定できる)を見るのだが、そのときの気分を「私」は次のように叙述している。

拝島の駅からは四十分近く歩かなければならなかった。(略)駅から北へ向かう細い道をずっと歩き十六号線に出た時、私は思わず声をあげて立ち止まった。鉄条網に囲まれ緑の芝に被われた米軍の基地と飛行場が見えたのである。(略)わけのわからない開放的な気分になって、鉄条網沿いに歩いていった。

この引用からは、「米軍基地」というトポスが「私」の記憶のなかで、忘れることのできない〈原風景〉として定位していること、そして「私」が再び「米軍基地」というトポスの発する引力に、抗しがたく引き寄せられていることが読み取れる。

そして、この「米軍基地」との再会から「一年後に私は拝島より二駅先の福生」――そこが『限りなく〜』の舞台となる——に「移り住むことになる」のだが、いままでの文脈に即して、作者の「分身」と思われる「僕」や「私」が、「基地の街」で何を感じ、また何ゆえ「東京」を嫌悪するのかを捉えるならば、村上がデビュー作として七〇年代前半に『限りなく〜』を執筆したのは、ある意味で当然の帰結であったと言えるのではないか。というのも、在日米軍横田基地周辺の街である福生を舞台に、米兵相手に女を紹介し麻薬を売りさばくことで生活しているヒッピーたちの、麻薬とセックスに明け暮れる退廃的な日常を描いたこの『限りなく〜』は、加藤典洋が『アメリカの影——戦後再見——』(85・4、河出書房新社)のなかで、この作品をして村上は「アメリカと日本の関係を占領被占領に近いかたちで提示した」と指摘するように、六〇年代末から七〇年代はじめの日本において〈隠蔽〉されつつあったアメリカと日本のリアルな力関係を、再び露出しようとする視座を明らかに内包した作品だと思われるからだ。

第三節　『限りなく透明に近いブルー』における「基地の街」(福生)

村上のデビュー作である『限りなく～』は、前述したように、在日米軍横田基地周辺の街(福生)を舞台に、米兵相手に女を紹介し麻薬を売りさばくことで生活しているヒッピーたちの退廃的な日常を、語り手である「僕」(＝リュウ)の視線を通して描いた作品である。

ここでまず、作品の舞台背景となる横田基地の概要について触れておけば、そもそも在日米軍横田基地の歴史は、太平洋戦争前夜の一九四〇年に立川飛行場の付属施設として設置された「多摩陸軍飛行場」を、戦後に米軍が占領／接収し、村山町(現武蔵村山市)の一字《あざ》の地名を取って「横田空軍基地」と名付けたことから始まる。その後、横田基地は、米軍による周辺地域の買収によって、その規模や基地としての機能をしだいに強化していき、朝鮮戦争時には米極東空軍の爆撃機隊司令部が置かれ、B二九の出撃拠点ともなった。そして、六五年に始まるベトナム戦争の激化と平行して、横田基地の軍備はますます強化されていくのだが、榎本信行『軍隊と住民』(93・3、日本評論社)は、ベトナム戦時下における横田基地の軍備拡張の推移について、次のように詳しく伝えている。

一九六七年一〇月には、F一〇五D戦術戦闘爆撃機が横田から離れ、F四を主力とする第三四七戦術支援大隊(連隊)が横田基地の主要部隊として君臨する。同月、より新鋭のF四ファントム戦闘機が横田に飛来する。

七〇年七月一一日には、超大型輸送機C五Aが飛来し、七一年五月一五日には、第三四七戦術戦闘機連隊にかわって第六一〇〇基地管理大隊が指揮権をうけつぎ、その年の一〇月には、同大隊が廃止され、第四七六空軍基地大隊が編成され、横田基地を中心とする関東一円の米空軍基地を包括的に運用する主要部隊となってきたのである。

こうして横田基地には毎日のように超大型輸送機C五Aと大型輸送機C一四一が飛来し、多くの米軍将兵の移送、大量の軍事物資の輸送をするようになった。

このようにベトナム戦争の激化と平行して、横田基地は在日米空軍の中軸を担う拠点として組織されていく。しかし、基地付近の住民にとって横田基地がその軍備を強化していく過程は、米軍機が離発着時に起こす騒音、振動などによって受ける被害が拡大することを意味しており、実際に七六年四月には横田基地公害訴訟団が、米軍機の夜間飛行停止を求め日本政府に対して訴訟を起こしている。『限りなく〜』で描かれるのは、まさしくこうしたベトナム戦争時下における米空軍の主要拠点として、昼夜を問わず米軍機が離発着を繰り返していた頃の横田基地であるが、この作品における次のような冒頭の一節は、米軍の航空ターミナルとして機能する横田基地の存在が、語り手である「僕」の意識に、既に拭いがたく刻印されていることを暗示しているのではないか。

飛行機の音ではなかった。耳の後ろ側を飛んでいた虫の羽音だった。蝿よりも小さな虫は、目の前をしばらく旋回して暗い部屋の隅へと見えなくなった。

中条省平「反=人間主義の極限へ――村上龍における虫の想像的経験」(『文学界』01・9)はこの叙述

について触れ、「ここでいう『飛行機の音』もまた、アメリカ軍の基地から飛びたつ飛行機を意味し、また、リュウの生活のなかでは、その音が恒常化されていることが、冒頭の一文には記されているのだ。戦争の最前線と接触し、アメリカ軍の基地の影響が恒常化している世界に、主人公リュウの生活はある」と述べているが、ここで引用中にある「生活」という言葉を、〈意識〉と置き換えてみても、さして文意は変わらないのではないか。つまり換言すれば、先に引用した「冒頭の一文」は、「耳の後ろ側を飛んでいた虫の羽音」を「飛行機（南注・米軍機）の音」と間違えるという聴覚的な誤認を通して、「僕」の意識に横田基地の存在が深く内面化していることを示唆しているように思われるのだ。実際に物語の中盤で、ドライブに出かけた「僕」が、周囲の景色を見渡し「厚く垂れた雲、途切れることなく落ちてくる雨、虫たちが休む草、（略）巨大な炎を吐く飛行機がそれら全てを支配している」として、自己を取り囲む時空間の頂点に基地から飛び立つ米軍機を置いていることは、彼の意識下で描かれる地図の中心に、横田基地が他を圧した巨大な存在として位置づけられていることの証明となろう。

ともかく『限りなく〜』は、このように主人公である「僕」の意識下に横田基地の存在が、もはや拭いがたく刻印されていることを暗に示すかのような叙述からその物語が始まるのだが、こうした点を踏まえたうえで、ここで次に注目したいのが、米兵たちとの乱交パーティにおいて、黒人兵に「戦場用の注射器」で「ヘロインを打たれ」たさいに「僕」が感じる

> からだからいろいろなものがどんどん出ていき、自分は人形だと思う。部屋は甘い空気に充ちて煙草が肺を掻きむしる。／自分は人形なのだという感じがますます強くなる。あいつらの思うままに動けばいい、俺は最高に幸福な奴隷だ。

という思いである。

富岡幸一郎「器官の愉楽」（『海燕』86・10）は、いまの引用を以て「村上龍の作品世界の背後には、米軍基地という巨大な空間があり、黒人兵も日本人リュウも、その空間の影の外には決して出ていない」という見解を提出しているが、確かに、ここでの「自分は人形なのだ」「俺は最高に幸福な奴隷だ」という認識は、「僕」が「米軍基地」という「空間の影の外」に「出ていない」こと、――いままでの言葉で換言すれば――「僕」の意識に「米軍基地」が巨大な存在として組み込まれていることを鮮明に示すものであると思われる。というのも、先に論者は、『69』の「僕」にとって「基地」とは、アメリカと自分（日本）の間にある政治的／軍事的／経済的な側面における非対称的な力関係を強く自覚させるトポスであったと考えたが、『限りなく〜』の「僕」におけるここでの（米国人の）「人形」「奴隷」という自己認識は、「僕」が自分（日本人）と米兵の関係に、「基地」というトポスが意識させる日米間の非対称的な力関係を投影した結果として導き出されたものであると考えられるからだ。言い換えれば、横田基地の存在をその意識下に深く組み込んでいる「僕」は、乱交パーティという政治やイデオロギーとは無縁の「人間の『自然』がむきだしになる」（布施英利『電脳的』94・6、毎日新聞社）[注8]状況においても、「基地」というトポスの発する政治的な力学を敷延するかたちでしか、自分と米兵の関係を捉えることができなかったと言えよう。

そして、もしもこのように「僕」が、日米間の力関係を反映した結果として自分のことを（米国人の）「人形」として位置づけているのであれば、ここで言う「人形」や「奴隷」は、「一人リュウだけではなく、当時私たちが置かれていた状況をも指す」（阿倍好一「『限りなく透明に近いブルー』論」前掲）ものとして捉えることが可能なのではないか。実際、そのような含意があったからこそ、物語の終盤において、ここでの乱交パーティを回想したとき「僕」は、「ジャクソンとルディアナがからだに跨がっていた時、自分のことを黄色い人形だと思った」として、「黄色い」という日本人全体を想起させる形容をしているのだと思われる。(注9)

小森陽一「基地・欲望・戦争のヴィジョン」(前掲)は

太平洋戦争後の「被占領国」としての日本の在り方は、明治のスローガンになぞらえていえば、「富国米兵」「脱亜入米」「無魂米才」でしかない。そして一九八〇年代半ばに実現したのは、アメリカとならぶ経済力、つまり「富国」でしかない。自らの同一性が自明である以上、ときたま思い出したかのように、「日本人論」と「日本語論」を流行させ、できれば古代史ブームも平行させ、「無魂」であることをカヴァーし隠蔽すればいい。

と述べ、戦後日本の主体性のなさを批判しているが、こうして見ると『限りなく〜』の主眼の一つは、――『映画小説集』で描かれる「東京」のあり方が象徴していたように――小森の言う「『富国米兵』『脱亜入米』『無魂米才』」といった側面が忘れ去られ、自分たちは独自の道を歩み始めたという幻想が定着し始めた戦後日本の欺瞞的な態度を、日本がいまだにアメリカに対して隷属状態にあるという一つの認識を示すことで打ち砕くことに据えられていたと言えるのではないか。そしてもはや繰り返すまでもなく、『限りなく〜』(及び『69』『映画小説集』)のなかで、そうした日本の欺瞞性を摘発する根拠となっているのが「基地の街」というトポスである。その意味で、村上にとって「基地の街」とは、日本社

会に自明のごとく流通する欺瞞や虚偽を相対化し攻撃するための拠所、つまり〈基地〉であると言えるのだ。(注10)

おわりに

以上、本章では作者の半自伝的な要素を色濃く有した『69』『映画小説集』『限りなく〜』を一続きの〈三部作〉と捉えたうえで、この三作品が共通してその物語の主要空間に「基地の街」（佐世保／福生）を据えていることに着目し、これらの作品のなかで「基地の街」がどのような意味を持つトポスとして設定されているかを探ってきた。こうして見ると、一貫してこれらの作品のなかで「基地の街」とは、その主人公たちにとって、アメリカと日本の間に横たわる様々な側面におけるリアルな力の差を意識せざるを得ない場であり、同時にそうした日米間に横たわる力の差が見えてしまうがゆえに、その力の差が忘れ去られようとしている日本社会のあり方を相対化する根拠ともなりえるトポスであったと言えるだろう。

ところで、本論では『69』『映画小説集』『限りなく〜』を作中時間に沿って見てきたが、各作品の執筆年次から言えば第三節で論じた『限りなく〜』が最も早い。そのことを踏まえたうえで、最後にここで作家論的な視座から補足すれば、その意味では、小森陽一「基地・欲望・戦争のヴィジョン」（前掲）が「七〇年代の自らにとっても、十分意識化されていなかったヴィジョンを、いったんは認識として図式化するところに、村上龍の八〇年代が始まっていく」と述べるように、『69』の「僕」や『映画小説集』の「私」における、「基地の街」を戦後の日本を相対化するための拠り所として強調しようとする姿勢は、『限りなく〜』に日米関係を読み取った様々な識者の言説を受け入れそれを「意識化」することで導出した、自身の文学的な立脚点をアピールするための、ある種村上の過剰な演出意識の表れであったと言えるのかもしれない。

ただしいずれにせよ、『限りなく〜』で作家としてデビューしてから現在に至るまでの村上龍の文学活動を辿ってみると、十分に意識化されていたか否かは問わず、「基地の街」が一貫してその文学活動の原動力を生み出す源泉として定位するトポスであったことは間違いないように思われる。換言すれば、デビューしてから現在に至るまでの村上の文学活動には、常に「基地の街」というトポスから受けた影響が（意識／無意識的を問わず）反映していたと言えるのではないか。というのも論者は、デビュー以降の村上龍の作品群は、自身の内面にある種の権力として刻印されたアメリカという国家をどのように相対化するかというテーマを主眼に据えたものと、[注11]アメリカをはじめとする外部の世界に目を向けないまま自足する閉塞的な日本社会に対する攻撃をテーマにしたものの[注12]二つの系譜に大別できるのではないかと考えているのだが、いま述べた〈アメリカの相対化〉というテーマや、外の世界の現実に目を向けないまま自足する〈閉塞的な日本社会〉というヴィジョンが、——本章で見てきたような——作者の「分身」たちが「基地の街」で感じたアメリカの強大さや、「基地の街」／「東京」という対比から作り出した日本社会に対するネガティブな認識を源泉として生み出されたものであることは、疑い得ないように思われるからだ。

そして最後により具体的に言えば、論者は、前者の〈アメリカの相対化〉というテーマを強く前面に出しているのが、『悲しき熱帯』や『ＫＹＯＫＯ』といったオセアニアやキューバなど、熱帯の〈島嶼〉を舞台背景とした作品群であり、後者の〈日本社会に対する攻撃〉というテーマを前景化しているのが、『コインロッカー・ベイビーズ』や『音楽の海岸』（初出『スポーツニッポン』92・8・12〜93・2・11→93・7、角川書店）を中心とした一連の〈母殺し〉をモチーフとした作品群だと考えているのだが、〈アメリカの相対化〉というテーマと熱帯の島々がこれらの作品のなかでどのような必然性をもって結びついているのか、また〈母殺し〉というモチーフが〈日本社会に対する攻撃〉というテーマとどのように関連していくのか、そして、これらの作品のなかで提示される物語において〈アメリカの相対化〉〈日本社会に対する攻撃〉というテーマが、それぞれどのような展開を見せているのかということについては、後の章で詳しく論じていくつもりである。

注

（1）この点に関して、例えば沼野充義「蕩尽された青春のあとで」（『すばる』97・7）は「『限りなく透明に近いブルー』（一九七六）、『69　sixty nine』（一九八七）、『村上龍映画小説集』（一九九五）——どの程度まで実際の体験に基づいているかは別として、作家村上龍の分身とも言うべき主人公の激しく危険な青春を描いているという点では共通していることの三冊をいま改めて通読してみると、ゆるやかな三部作を成していることに気づかざるをえない」と述べている。

（2）この点に関して作者である村上は、清水良典との対談「挑発するポップの力」（『すばる』97・8）のなかで「『69』は高校時代の話だし『村上龍映画小説集』は福生に行くまでの話で、『〜ブルー』は福生に行ってからの話、（略）ただ書いた順番がでたらめなんで」と述べている。

（3）佐世保には米海軍佐世保基地が、福生には在日米軍横田基地がそれぞれある。

（4）この点に関して柄谷行人「解説」（『村上龍自選小説集1——消費される青春』所収）は、「『69』で、六〇年代の政治闘争は佐世保の高校生の世界において描かれている。だからといって、それが東京の大学に起こったことに比べて、ナイーヴで牧歌的だったということになるのではない。（略）この高校生たちは、自らの運動はフォニー——『嘘』や『借り物』——であるが、東京には本物の運動があるかのように思っている。しかし、実はそういうわけではない、ということを暗に示すかのような視点からこの小説は書かれている」と述べたうえで、「六〇年代の東京の大学で起こっていたことは『69』と大差がないのだ。ただそれを今も皆で隠しあっているだけである」という見解を提出している。

（5）作者である村上は、「基地の街」というトポスが少年時の自分に自覚させた日米間に横たわる非対称的な力関係（＝「アメリカとの壁」）について、『アメリカン★ドリーム』（85・10、講談社文庫）のなかで、「金網」というメタファーを用いて次のように述べている。

原風景と呼ばれるものは誰にでもある。私にとってのそれは、アメリカ軍基地内の美しい芝生にデッキチェアで寝そべる金髪の女だ。そんな光景を実際に見たのかどうか、はっきりしない。写真か絵で見たのかも知れない。

ステロタイプな光景だ。

私はその金髪の女と話すことはできない。金網があるので近づくこともできない。もちろん触れることもできない。ただ、見るだけだ。（略）今の自分にないものが全部ここにはあるのだ、幼い私はそう思う。（略）私の後方では日本人達が無表情で通り過ぎる……。

（6）この点に関して作者である村上は、清水良典との対談「挑発するポップの力」（注2に同様）のなかで、「『〜ブルー』を書いているときも、たぶんそういう意識はあったと思うんですけど、戦後の日本の中で東京と基地の町と、例えばアメリカの影響ということで考えると、どっちが世界に近かったか、それは『〜ブルー』のときに無意識に考えていたと思うんです。（略）ひょっとしたら基地の町のほうがリアルなものが露出していたのかもしれないという思いはずっとあった」と述べている。

（7）例えば宮内嘉久「万国博——芸術の思想的責任」（『現代の眼』68・9）は、大阪万博が「七〇年安保闘争に対する絶好のカモフラージュ、もしくは防波堤として計算され、位置づけられていた」（ここでの引用は、吉見俊哉『博覧会の政治学——まなざしの近代』前掲から）と述べている。

（8）布施英利『電脳的』（前掲）は、「肉体」は「人工」に対置する、「人間に残された最後の『自然』である」という見解を提示し、そこから敷衍して、乱交パーティというのは、政治やイデオロギーとは無縁の「人間の『自然』がむきだしになる」場であると述べている。

（9）また、この回想の直後に「ベランダの戸の外で、数人の酔っ払いが昔の歌を大声で唱いながら通った」とき、「僕」は「重症を負い戦闘不能になった日本兵が、岸から飛び込む前に合唱する軍歌のようだと思った」と述べているが、ここで「僕」が現代の「酔っ払い」と「重症」の「日本兵」を重ねて見ていることは、「僕」が全ての日本人が未だにアメリカの影から自由にはなっていないと認識していることの証明となるように思われる。

（10）この点について柄谷行人「想像力のベース」（『Ｒｙｕ　Ｂｏｏｋ　現代詩手帖特集版』90・9、思潮社）は、「想像力は構造が壊れるような場所にのみ発する。世の中には、構造に従属したリアリズムと構造に従属した反リアリズムだけが氾濫している。『想像力』はめったにない。それは矛盾と葛藤が露出する場所にしか生じないからだ」と述べたうえで、「村上龍の想像力のベースは文字どおりベース（基地）である。（略）なぜなら、そこでは、支配者と被支配者の関係がつねに露出するからだ。いいかえれば、他者が露出するということである」という見解を提出している。

（11）この点に関して、例えば陣野俊史「粘膜と暴力の共同体」（序に前掲）のなかで、八〇年代に書かれた村上の作品の多くは「アメリカという国家に対してどのような関係を作ることができるのか、そのことにのみ、（略）向かっていた」という見解を提出している。また、村上自身も『アメリカン★ドリーム』のなかで「日本とアメリカの関係そのままの『奇妙で曖昧なポップの波』が（南注・アメリカから）寄せてきている。／その波打ち際で仕事をしていない表現者は、まず全部だめだ」として、自分が常にアメリカを意識した仕事をしていくという姿勢を明示している。

（12）例えば村上は柄谷行人との対談「国家・家族・身体」（『ユリイカ　総特集＝村上龍』97・6）のなかで、「今、この国（南注・日本）は、インターネットも含めて、衛星放送とか、もちろん雑誌とか電話とか、航空機の発達とか、ものすごく国際的になったようなイメージがあるじゃないですか。（略）今の、日本だけで充足しているような閉塞感というのが、僕なんかが見てるとほとんど極限状態に近づいてきてしまってるような気がするんです」と、日本社会に流れる「閉塞感」について述べているが、これと類似する発言は村上の小説やエッセイ、対談集のなかに数多く見受けられる。

二章　〈母胎〉としての「都市」(東京)

――『コインロッカー・ベイビーズ』を中心に――

はじめに

村上龍の一〇代から二〇代前半に当たる六〇年代から七〇年代前半は、ちょうど日本が急速な工業立国化を果たすことで高度経済成長と呼ばれる経済的な大躍進を遂げた時期である。この高度成長期における日本社会の工業化は、当然のごとくその結果として農業人口の減少とそれにともなう都市への人口集中化という現象を引き起こした。(注1) 村上龍がその中学生時代をモチーフとした作品と言う『はじめての夜　二度目の夜　最後の夜』(初出『コスモポリタン』93・6〜94・12→96・2、集英社)には、「ヨシムラは中学を卒業すると集団就職で関西に行った。駅まで見送りに行ったが、ヨシムラはまったく似合わないブカブカの背広を着て死人のような顔で寝台列車の座席に坐っていて、私を見てもいつもと違って笑いかけたりはしなかった」として、作者の分身と思われる「私」が、「集団就職」のために故郷の佐世保を離れ大阪へと向かう友人を見送る場面が描かれているが、ここには、こうした日本社会の工業化にともない、若年低賃金労働力として否応なく故郷を離れ都市へと向かわざるを得なくなった少年(＝ヨシムラ)の不安がはっきりと表れていると言えよう。

このヨシムラの「集団就職」による大阪への出発を見送ったそのおよそ三年後(一九七〇年)、高校卒業と同時に村上もまた「九州の基地の街(南注・佐世保)から上京」(『映画小説集』)する。しかし「東京はきっと刺激に充ちているのだろう」(同前)という彼の期待はすぐに裏切られる。「全共闘の運動も鎮静化し、ウッドストックも終わり、ヒッピームーブメントも無くなりかけて、東京はとても退屈だった」(同前)。一章で述べたように村上が東京で見たのは、経済的繁栄のなかで自己充足し外部の世界に対して無関心となり自閉化していく日本の態度であった。村上のデビュー作である『限りなく〜』は、当時の日本社会に蔓延しつつあったこうした欺瞞的態度を、日本は未だにアメリカに対して隷属状態にあるという挑発的な認識を示すことで批判しようとする側面を持つ作品であったと言えよう。そして、村上はこの『限りなく〜』でデビューしてから四年後の八〇年に、都市を廃墟にしようする破壊衝動を持った少年たちの物語である『コインロッカー・ベイビーズ』(以下『コインロッカー』)を上梓する。

『コインロッカー』は偶然にも同じ日にそれぞれの母親によってコインロッカーに遺棄され、運良く救出されたキクとハシという二人の少年が主人公の物語である。キクとハシはコインロッカーから救出されたのち横浜の孤児院に送られるが、幼児期に入ると自閉的傾向を示すようになる。二人の治療に当たった精神科医は、胎児が聞く母親の心音を聞かせ、あらゆる衝動を押さえ込むという治療を行う。この治療は功を奏し、やがて二人は九州の離島に住む桑山夫妻に引き取られる。島の廃坑にはガゼルという男が住んでいて、彼は二人に、捨て子であるお前たちには彼らを捨てた母親をはじめとする人間たちを殺戮し、世界を破壊する資格があると語り、「ダチュラ」という破壊の呪文を教える。二人が高校のときハシが実母の消息を突き止めるため家出する。ハシの後を追い東京へ出るキクと養母だったが、捜索の途中不慮の事故により養母が死んでしまう。この養母の死に立ち会ったときキクの頭に突如として「壊せ、殺せ、全てを破壊せよ」という声が響き「東京を焼きつくし破壊しつくす自分」のイメージが鮮明に像を結ぶ。

そしてこの後キクは、この「東京を焼きつくし破壊しつくす自分」を実現するため、幼いときに聞いた「ダチュラ」の探索を開始する。やがて紆余曲折の末「ダチュラ」の正体が、日本軍が八丈島の深海に遺棄した化学兵器であることを突き止めたキクは、その探索の過程で巡り会った仲間とともに「ダチュラ」引きあげに乗り出す。一方、東京に出たハシは自分を捨てた実母を捜し出すことはできなかったものの（ハシが実母だと思っていた女は実はキクの実母だったのだが）、幼児の頃孤児院で治療のために聞いた音（母親の心音）を再現したいという願望を実現するため歌手の道を歩みはじめる。有能なプロデューサーであるミスターDと知り合い、順調な歌手活動を開始したかに見えたハシだったが、もともと情緒不安定だった彼は自傷行為を繰り返すようになり精神病院に入れられてしまう。ある日、キクが東京に散布した「ダチュラ」の影響によって凶暴化した患者たちが暴動を起こし、病院がパニック状態となる。パニックに乗じて病院を抜け出したハシが見たのは、「ダチュラ」の影響を恐れて人々が退避し、無人の廃墟同然となった東京だった。廃墟となった東京を歩くなかハシもまた「ダチュラ」におかされ凶暴化し、退避し遅れた妊婦を殺そうとする。しかし、そのとき妊婦の心音を聞いたハシは、この音こそ自分が探し求めていた音だということを悟り、同時にそこから「生きろ」というメッセージを受け取ることで殺害を思いとどまる。ついに自分が求めていた音を発見したハシの喜びの叫びはやがて歌に変わっていった。

以上が『コインロッカー』の大まかなあらすじとなるのだが、ここで、家出したハシを探しに行った東京で、不慮の事故によって養母を亡くしたキクが、東京を破壊する欲望に目覚める場面に注目してみたい。路地でローラースケートを履いた少年たちに押され頭を打ちつけ、その後遺症がもとで血を吐いて死んだ養母の死体を横に、ホテルの窓から眼下に広がる東京の街を眺めるうちに、キクは「ガラスとコンクリートに遮断され」「熱暑で歪んでいる」東京に自分が「閉じ込められている」という思いにとらわれ、そう気付いた次の瞬間、彼の脳裡には「東京を焼きつくし破壊しつくす自分、叫び声と共に全ての人々を殺し続け建物を壊し続ける自分」のイメージが横溢し始める。そしてさらにキクはその破壊衝動こそが、「十七年前、コインロッカーの暑さと息苦しさに抗して爆発的に泣き出した赤ん坊の自分、その自分を支えていた」ものだと確信するのだが、この場面からは、明らかにキクの内面において「十七年前」に「閉じ込められた」「不快極まる暗く狭い夏の箱」(=コインロッカー)と、「ガラスとコンクリートに遮断され」「熱暑で歪んでいる」東京が重なり、そのイメージの連鎖が東京に対する破壊衝動を呼び起こす引き金となっていることがわかるだろう。

そして実際にこの後キクは東京を「破壊しつくす」計画を実行にうつすのだが、ここで留意すべきは、先のあらすじからもわかるように、このキクの破壊行動が、ただ単に東京を廃墟にするだけの虚無的な結果を齎すものではなく、もうひとりの主人公であるハシの再生と結びついていることである。三浦雅士は『コインロッカー』の文庫版「解説」(84・1、講談社)において、「物語は、都市にダチュラが投げ込まれ、破壊が完遂する場面で終わるが、同時にそれは、ハシが心臓の音を発見する場面でもある」と述べたうえで、「すなわち、(南注・キクの)『破壊せよ』という叫びは、(南注・ハシの)『生きよ』という叫びとほとんど同じ響きを帯びているのである」という見解を提出しているが、つまり、この『コインロッカー』では、キクの都市に対する破壊行為がハシの再生に結びつくという物語構造を通じて、〈破壊〉が〈生〉に繋がるといった一つの認識が提示されていると言うことが可能であると思われるのだ。

こうして考えてみると、ある意味で『コインロッカー』は、キクの都市(東京)に対する破壊衝動を通して、東京に象徴される日本社会全体のあり方に対する村上の批判が展開され、また、都市を破壊したときに再生するハシのあり方を通して、村上が考える本来あるべき人間像の一端が示された作品であると言うことができるのではないだろうか。

そのような理由から本章では『コインロッカー』における二人の主人公の心理的変遷や行動を詳しく

分析することで、村上が持つ日本社会に対する批判の特質を検討し、また日本社会のあり方を否定したその先に彼が何を見ているのかを明らかにしようと考えるが、ここではその端緒として、まず、『コインロッカー』の作中に横溢する〈母〉というコードに着目し、村上が東京のあり方を否定しそこからの解放を望む少年たちの物語を書くうえで、〈母〉というコードを投入しなければならなかったその必然性を、村上の思春期にあたる六〇年代後半から『コインロッカー』執筆に至るまでの〈母〉を巡る同時代の言説と絡めつつ探っていきたい。というのも、三浦雅士が「キクもハシも自閉症児として治療され、その一環として『胎児が母親の胎内で聞く母親の心臓の音』を聞かされる。治療は成功するが、二人は、むろん幼いこともあって、それが何の音であるか知らない。知らないというよりは忘れさせられたのであり、読みようによっては、『コインロッカー・ベイビーズ』はこの忘れさせられた『母親の心臓の音』を長い時間をかけて探し出す物語であるとも言えよう」(「解説」前掲)と述べるように、『コインロッカー』は〈母〉という視点が物語を読み解くうえで非常に重要な要素となる作品であり、さらに、このように『コインロッカー』を〈母〉という視点から捉えるならば、ある意味で、実母が自分を遺棄した「コインロッカー」と都市を重ね合わせることで破壊の欲望に目覚めるキクには〈母殺し〉の物語が、一方「母親の心臓の音」から「生きろ」というメッセージを受け取り自己回復に至るハシには〈母探し〉の物語がそれぞれ仮託されていると受け取ることも可能だからである。(注2) そしておそらく、この『コインロッカー』が現代小説の傑作として評価され、読者の多大な支持を集めた理由の一端は、(注3) こうした、〈母殺し—母探し〉の寓話と〈破壊—再生〉のサイクルを重ねて提示するという村上の発想が、同時代に流れる何らかの無意識的欲求とうまく呼応したことにあると思われるのだ。

第一節　六〇年代〜七〇年代における〈母〉の変容

1

前にも述べたように六〇年代から七〇年代にかけては高度成長の名の下に日本の工業化が著しく進行した時期だった。こうした工業化の波は、それまでの産業別における労働人口のバランスを変動させ、その結果都市への人口集中という事態の進行を促したが(注1に同様)、この都市への人口集中化は、農村／都市の人口比を激しく変動させただけではなく、地縁に縛られない匿名的で流動的な都市労働者を大量に産出することにより、日本人のライフスタイル――特に〈家族〉のあり方――を大きく変化させた。森岡清美『現代家族変動論』(93・5、ミネルヴァ書房)は、国勢調査の集計をもとに一九五五年から九〇年の間の五年ごとの核家族世帯数の親族世帯総数に対する比を「核家族率」として算出しその推移を検討しているが、それによれば、一九二〇年では五八・八%が夫婦と子供あるいは夫婦のみという核家族形態であったのが、一九五五年には六二・〇%となり、六五年には六八・二%、七五年は七四・一%と「核家族率」が高まっていったという。この傾向について森岡は次のように要約している。「(南注・一九二〇年から)一九五五にいたる三五年間で三・二%の上昇ということは、五年ごとの平均をとれば、〇・四%というごく緩慢な上昇となる。しかるに一九五五年以降は五年ごとに大幅な伸びを記録し、とくに一九六〇年からの上昇が目覚しく、一九七五までの一五年間に一〇・六%という空前の伸びを達成した。一九七五年を過ぎると伸びは急に鈍化し、その後いっそう緩慢なものになって今にいたっている。日本経済の高度成長期に、おそらく空前絶後の核家族率の急上昇を見たのである」(南注・引用は坂本佳鶴惠『〈家族〉イメージの誕生――日本映画に見る〈ホームドラマ〉の形成』97・1、新曜社から。森岡清美『現代家族変動論』の内容も確認したが、ここでの要約は、やはり坂本の紹介に依るところが大きいことを明記しておく)。

森岡はこうした六〇年代から七〇年代前半にかけての「核家族率」上昇の最大の理由を、民法改正を契機とする、直系的な家の存続を前提とした直系家族制から、夫婦と子供を単位とする夫婦家族制への理念の転換に見ているが、この夫婦家族制が浸透した背景には、こうした法的な要因のみならず、日本社会の産業化/都市化による直系家族制を支えていた地縁の衰退といった社会的要因があったことは想像に難くないだろう。

ともあれ、こうした高度成長期における直系家族制から夫婦家族制への移行という現象に関してここでさらに注目したいのは、この家族形態の変化が、単なる外形の変化に留まらず、家庭における構成員それぞれの役割――なかでも特に〈母〉の役割――をある種のジェンダーロールに囲い込むその契機ともなっていたと思われることだ。

この点に関して例えば坂本佳鶴惠『〈家族〉イメージの誕生――日本映画にみる〈ホームドラマ〉の形成』(前掲)は、「戦前から戦後にかけて最大の大衆娯楽であった映画において、家族をめぐる物語のカテゴリー化がどのように変遷したか」を考究するなかで、「映画における家族の物語のカテゴリー化は、一九五〇年代を境に」「『お涙頂戴もの』と言われ」「母と子の関係に、なんらかの障害を設け、二人が引き裂かれながら、互いを思いあうというメロドラマが基本とな」る「『母もの』『小市民映画』」(注4)から、『我が家は楽し』(51年、中村登監督)『陽のあたる家』(54年、田畠恒夫監督)などの一九五〇年以降の松竹映画に代表されるような「家族のパターン化された生活を繰り返し描」き、「誰もが日常経験するであろうリアリティを重視」した「〈ホームドラマ〉」(注5)へと変化したと指摘し、そこに「女性の(南注・家庭における ジェンダー役割の)変化と高度成長期の生活変動」の反映を見て取っている。坂本は「母もの」と「ホームドラマ」では「母親が果たす役割」に大きな違いがあるとして、次のように述べている。

母ものにおいては、女性は、子供のために献身するが、家族とともにいて家族を中心的に支えていくような存在ではなかった。家族の生活にではなく、もっぱら子供との関係によってのみ、母親として位置づけられていた。子供に献身し子供との関係で慕われることが、母親の最大の報酬として描かれ、母親は、自らの人生を自分の手で変える機会をほとんど持たなかった。／これに対して、一九五〇年代に登場したホームドラマは、テクスト上で明示的に、母親を家族の中心的な管理者・支え手として位置づけた。母親が家計の心配をし、家族全員に気を配り、頑固な夫と子供たちの仲をとりもつ。このような母親は、母ものの母親と異なり非常に能動的である。

坂本はこの引用に続くかたちで、「〈ホームドラマ〉は、ホワイトカラーの増加、都市への人口集中、実質所得と消費の増大、生活格差の縮小に先だって形成され、それらの社会経済的諸現象の出現とともに人気をあつめる」ようになり、「一九六〇年代後半から七〇年代」に「絶頂期」を迎えたと述べるが、「ホームドラマ」における〈母〉の描かれ方には、坂本が指摘するように、こうした「社会経済的諸現象の出現」による家族形態の変化にともない、「女性観客に向けて家族生活という枠内での女性の積極的な生き方の啓発や、家族関係や生活管理の知識の提供という側面を含んでいた」(坂本、同前)ことはもはや想像に難くないのではないか。つまり言い換えれば、ある意味で「ホームドラマ」とは、高度成長以降の社会における家庭のあり方に一定のモデルを提供し、女性を家庭の「中心的な管理者・支え手」となる〈母〉として教育するための、いわば教化装置であったとも言えるように思われるのだ。

2

実際に管見に入った限りで言えば、坂本が「ホームドラマ」の「絶頂期」と指摘する「一九六〇年代後半から七〇年代」における同時代の言説には、〈母〉を坂本が言うように家庭における「管理者」と位置づけ、そのうえで、こうした「管理者」としての〈母〉が〈子〉に与える影響という観点から、社会的な諸現象の分析を試みたものが少なからずある。ただし、ここで坂本とこれら六〇年代後半から七〇年代に書かれた「管理者」としての〈母〉という視点を採用した論考の間に見られる違いを挙げるとすれば、それは、坂本がこうした「管理者」としての〈母〉の台頭に、「女性たちは、もはや運命に翻弄され夫にしたがう無知で無能力な存在ではなく、積極的に自らの力で生活の質の向上と、家族成員の感情の管理による『家族愛』という幸せを獲得する存在となった」として「女性」の〈自立〉というプラスの側面を見ているのに対して、六〇年代後半から七〇年代に書かれた論考は概ね共通して、〈子〉の立場から「管理者」としての〈母〉を語り、そこに〈子〉の〈自立〉を妨げその主体性を根こそぎ奪い取る怪物というマイナスイメージを重ねていることだ。

例えば六八年六月一六日付けの『朝日ジャーナル』に詩人の鈴木志郎康は「まず、虚構のなかで母親を殺せ」と題したエッセイを掲載しているが、そのなかで鈴木は、「最近のデモで逮捕された学生のときでも金嬉老事件のときでも、母親の存在がクローズアップされ警察に利用されているのを見るにつけ」

「(南注・現代の社会においては)母親の存在が国家権力による体制維持のための、ほとんど確実な道具として使われている」のを認めざるを得ず、また、自分自身を振り返って見ても「実際、母親は存在するだけで、私にとっては力として働きかけてくるのを感じないではいられない。何かことあるごとに、普段は見えない母親の絶対的な姿が現れ、彼女の言葉はややもすると私の態度を決定してしまうことがある」と述べている。そして鈴木は、こうした社会心理の存在ゆえに「(南注・日本では)当然反体制的な行動を意図して行おうとすれば、先ず第一に母親の心配とエゴイズムに衝突することになる」のであり、この「構造」を突破するためには、まず「母が体制そのものの権化ではなく生身を持った人間であることをはっきりさせ、私との間に何らかの交通を回復する」ことが重要であるとして、「体制の自己保存のメカニズムをあばき出す」ための「(南注・象徴的な意味での)母殺し」の必要性を説いている。また、この鈴木志郎康のエッセイと同号の『朝日ジャーナル』に掲載された作田啓一、小田島雄志、見田宗介による座談会「学園の活動家と盛り場のヒッピー」では、昨今の「アングラ劇団」において「母親殺し」が潜在的なテーマ」になっているという話題を巡り、以下のような議論が交わされている。

作田　(略)一般的に母親が支配的な文化では、個々の家族のなかで、そのお母さんが勢力を持っていなくても、ある文化の型として一つの傾向があるわけですね。(略)

編集部　じゃあ日本の文化自体が母親支配的な傾向を持ち始めている……。

(略)

小田島　父親も母親も、同じになってきているんですね。

見田　父親のほうがかえって母親化しちゃって、母親が「勉強しろ勉強しろ」父親は「テレビ見てもいいじゃないか」そうすると、作田先生の説を調査したら、実は父親に育てられた子供のほうがヒッピーだったなんて（笑い）。それは、先生の説の誤りじゃなくて、日本の父親の母親化現象ということになる。

（略）

見田 やっぱり気にしているんじゃない？ プロテスタントが父親殺しになるのとちょうど逆で。（略）父親殺しというのでは、アングラではおもしろがられないわけですね。やっぱり母親殺しだとどきりとくる。

作田 ママゴンというようなことばが出現している時代ではないと、母親殺しという着想が出てこない。

その他、中村雄二郎「ニッポン『断絶』考」（『朝日ジャーナル』71・4・16）、河合隼雄「青年は母性社会に反抗する」（『朝日ジャーナル』77・5・12）など、六〇年代後半から七〇年代にかけて産出された論考のなかで「管理者」としての〈母〉が〈子〉に与える影響という視座から社会の諸現象にアプローチを試みたものは数多く存在するが、（注6）今にして思えば土居健郎『「甘え」の構造』（71・2、弘文堂）が当時ベストセラーとなったのも、同書が「甘え」というキーワードからこうした時代の潮流に鋭くメスを入れたからではなかったか。土居はこの『「甘え」の構造』において、「父なき社会」というヴィジョンを提示し、父親の影が薄くなるとともに母親と子の結びつきが異常に強まっているのが現代社会の特徴であり、この母子の異常な結びつきが個人の確立を妨げ「甘え」の氾濫をもたらしているという見解を提出しているが、（注7）『「甘え」の構造』が当時多くの読者の支持を得たのは、こうした土居の提示する「甘え」というキーワードが、都市化による「核家族率」の上昇にともない、父が企業に取られ母が支配的となった家庭のなかで母子の歪な精神的な密着が起きはじめた六〇年代後半から七〇年代における、負の社会心理的側面を正鵠に射抜いていたからであったように思われるのだ。

かつて上野千鶴子は、安岡章太郎、吉行淳之介、庄野潤三など「第三の新人」と呼ばれる作家たちの作品群に農耕社会の衰退とそれにともなう「自然」＝「母」という土俗幻想の「崩壊」を見て取りつつ、しかしその「崩壊」を、〈子〉が「『母』が存在し得ないことに怯え」ながらも、自立した個人として「成熟」していく契機として捉えた江藤淳『成熟と喪失――〝母〟の崩壊』（67・6、河出書房）を批判し、「『農民社会』のなかでは『母子密着』などおきようがない。母親は労働に忙しいし、母は子に単に無頓着なだけである」「『母子密着』が起きるのは、『近代』にはいってから（略）『母』であることにだけ存在証明がかかるようになった『専業の母』が成立してからのことである」（「『成熟と喪失』から三十年」93・10、講談社文芸文庫）と述べているが、こうして見ると、ある意味で「母子密着」が始まったのは、江藤が分析の対象としている「第三の新人」たちの〈子〉の世代からであり、同時に、こうした〈制度〉と直結した「管理者」としての〈母〉によって教育された子どもたちがその成長後に向かわされたのもまた、当然のごとく、江藤が言うようにカウボーイが誰にも頼らずたった一人で人生を切り開いていく「フロンティア」などではなく、（注8）〈家族経営主義〉という言葉に代表される、組織への一体感を前提としたある種の母性原理的な性格を持つ時空であったと言えるように思われるのだ。（注9）そして、こういった見地からここであえて付け加えれば、江藤が『成熟と喪失』のなかで提示した農耕文化に基づく「自然」＝「母」という図式の衰退とそれに伴う個人の「成熟」というフェイズは、いみじくも上野が先の引用のなかで指摘するように戦前／戦後にかけての日本社会の位相を正鵠に写し取ったものではなく、むしろこの『成熟と喪失』が書かれた六〇年代後半に現前してきた「母子密着」状況を批判するそのアンチテーゼとして、江藤がある種意識的に〈創造〉したパラダイムであったと言えるのではないか。

3

ともあれ、こうした〈父〉不在の家庭でおこる〈母〉との過度の心理的密着や干渉が、当時の若者たちに〈母〉に対するどうにもならない愛憎を植え付け苦しませたことは想像に難くないのではないか。と同時にその一方で、こうした「管理者」としての〈母〉の抑圧が強まれば強まるほど、それに平行して当時の若者のなかには、「自然」＝「母」といった江藤的な土俗幻想のうちに語られる〈癒し〉を求める心理的メカニズムが発生していったように思われる。この点に関して桜井哲夫『ことばを失った若者たち』(85・9、講談社現代新書)は、「全共闘」や「ヒッピー」といった当時の若者たちにおけるムーブメントからは、――先に挙げた鈴木志郎康のエッセイや見田、小田島、作田の座談会におけるアングラ劇団を巡る発言に見られたような――「管理者」としての〈母〉に対する〈母殺し〉と、(かつてあったのかもしれない)土俗幻想の内に語られる〈癒し〉の〈母〉を探し求める〈母探し〉という二つの欲望の併存を読み取ることが可能だとして、次のような指摘を行っている。

思えば、「家族帝国主義」ということばがひっきりなしに大学闘争中に語られたものであった。〈IQママ〉から〈教育ママ〉を経て〈キャラメル・ママ〉、果ては〈ママゴン〉へと名づけられてゆく、奇怪な人工的につくりあげられた抑圧装置としての〈母〉は、どうしようもなく若者たちを圧迫し続けたのである。／(略)／追いつき追い越せの学校制度の頂点に君臨していたのが、近代的な〈母〉であったということなのだろうか。いや、それにしても近代化された〈母―子〉のイメージよりもまだ、このころには、土俗的な〈母〉への執着と管理の象徴としての近代的な〈母〉からの脱出願望とのまぜあわされたイメージの方が大きかったといえるだろう。唐十郎の『腰巻お仙』のなかにみられる、「母親殺し」と「母親探し」の欲望とのふたつながらの併存のなかに、この時代の日本の混乱した精神状態をみることもできる。

　ここで桜井は「『母親殺し』と『母親探し』の欲望とのふたつながらの併存」が見られる具体例として今の引用にあった唐十郎主宰の状況劇場による『腰巻お仙』の他に、橋本治による六九年の東大駒場祭のポスター「とめてくれるなおっかさん」、カルメン・マキの歌う「時には母のない子のように」(69年、寺山修司作詞)のヒット、果ては童顔巨乳のアイドルアグネス・ラムの爆発的人気[注10]などを挙げているが、ここで六〇年代後半から七〇年代にかけて青春時代を送った戦後生まれの作家に目を向けてみれば、この当時に学生時代を過ごした三田誠広、高橋三千綱、青野聰といった作家たちの作品に、こうした〈母〉に対するアンビバレントな欲望の痕跡を指摘する声が多いのも事実であろう。実際、「母性神話の崩壊」という特集が組まれた八〇年四月の『国文学　解釈と鑑賞』では、その巻頭に神谷忠孝、中野美代子、日高昭二による鼎談「新世代作家における〝『母からの脱出』〟」が収録されているが、この「戦後文学を考えるひとつの視点として『父権の失墜』と『母性文化』の顕在化という現象に目を向け、戦後生まれの作家が作品にどう反映しているかを眺めてみた」(神谷)という鼎談において彼らは、三田誠広『僕って何』(77)、青野聰『母と子の契約』(78)、そして村上龍『限りなく～』を「母にとらわれているということでは」「根底のところでほとんど共通性をもっている」(神谷)という認識から議論の俎上に

載せている。(注11)

以上、本節ではまず、六〇年代後半から七〇年代の日本社会のなかで〈母〉の役割がどのように変容したのかを概観してきたが、こうして見ると『コインロッカー』において提示される二人の少年による〈母殺し〉と〈母探し〉の物語は、作者である村上がその青春時代に流れていた〈母〉に対するこうした同時代的無意識を鋭敏に受けとめ、またそれを自身の内面で反芻し突き詰めた、その結実として捉えることが可能なのではないか。というのも、――先の鼎談「新世代作家における〝『母からの脱出』〟」(前掲)のなかでも議論の俎上に載せられていたように――この『コインロッカー』から遡ること四年前(七六年)に発表された、村上のデビュー作である『限りなく〜』には、『コインロッカー』ほど鮮明ではないものの、すでに〈母殺し〉と〈母探し〉というモチーフが意識されていた痕跡を見て取ることができるからだ。換言すれば、『コインロッカー』で前景化する〈母殺し〉と〈母探し〉というテーマは、『限りなく〜』執筆の段階ですでに育まれていたのであり、その意味で『コインロッカー』はいわば『限りなく〜』の発展形に位置する作品とも言えるのである。そのような理由から、次節ではまず『コインロッカー』を論じる前段階として、『限りなく〜』に見られる〈母殺し/母探し〉の痕跡について触れておきたい。

第二節『限りなく透明に近いブルー』に見る〈母探し／母殺し〉

1

一章のなかでも述べたように、村上のデビュー作である『限りなく〜』は、在日米軍横田基地周辺の街（福生）を舞台に、ヒッピーたちのドラッグとセックスに明け暮れる退廃的な日常を描いた作品である。作者である村上龍は、村上春樹との対談集『ウォーク・ドント・ラン』（81・7、講談社）のなかで「もし、人の目に触れるようなことがあったら、若いやつらには受けるんじゃないか、と思ったですよ。なぜかっていうと、それまでで、ヒッピーの生活書いたものは、マスコミにも、ときどき出てはいたけど、あまりにもひどくてね。風俗を正確に伝えていないということじゃなくて、エキセントリックじゃなかった。で、絶対、ぼくのは受ける、本が売れると思ったんですよ（笑）」と『群像』への応募動機を語っているが、この「ヒッピーの生活」に見られる「エキセントリック」な側面を『限りなく〜』の一つの〈売り〉にしようとした村上の目論見は、「現実や日常——総じて〈他律的〉な状況への全的否定としてのヒッピーの凄惨な生態そのものこそが、この作の真の主題にして本質なのだ」とする小泉浩一郎「村上龍論——〈悪〉による状況否定の文学」（『国文学』88・8）の「現実や日常への、他律的なる〈秩序〉そのものへの完璧にしてエキセントリックなまでの否定の遂行。——（略）あるのは、覚醒剤やヘロインをめぐる脱日常の世界への陶酔と沈溺——生も死も、正気も狂気も一瞬に転換、同一次元に還元される凄惨な日常性解体のドラマに他ならない。これらヒッピーたちの異常と倒錯に充ち充ちた凄まじい生態の活写と定着においてこそ、作品『限りなく透明に近いブルー』は、（略）日本現代文学の一齣にその名を確実に留めるのである」といった見解に鑑みればある程度功を奏したと言えるだろう。

確かに村上自身や小泉が言うように『限りなく～』において描かれるドラッグ・パーティや乱交シーンはある意味「エキセントリック」で「異常と倒錯に充ち充ち」ており、また、こうした作中で描かれるヒッピーたちの「脱日常」的で「エキセントリック」なあり方が、人々の耳目をあつめ『限りなく～』をベストセラーとした一因であることは疑い得ない。しかしそのような点を認めたうえで、ここで注目したいのは、本章のテーマである〈母〉という視座から『限りなく～』に登場するヒッピーたちを見たときに、その「現実や日常」を「否定」するかに見える「エキセントリック」で「異常と倒錯に充ち充ちた」行動とは裏腹に、心情的な部分で彼らが常に〈母〉というものを意識し、その存在に固執しているように見受けられることだ。

例えば、『限りなく～』にはドラッグパーティの最中に、ヨシヤマという大阪弁で話すヒッピーが、妙にしんみりと語り手の「僕」（＝リュウ）に死んだ「おふくろ」の思い出を語る印象的な場面がある。「おかあさんだけどさあ、病気だったの？」という語り手の問いかけにヨシヤマは「おふくろ」との思い出を次のように振り返っている。

「病気って言えば病気やけど、体がなボロボロよ。疲れが目一杯溜まって、あれ昔より全然小さくなってたな、死んだ時は。まあ可哀そうなおふくろやったな、他人事みたいやけど本当に可哀そうかったよ。

知ってるか？　富山の薬売り、あれの行商やってたんや。俺小さい頃一緒によく附いて回ったよ、あの冷蔵庫くらいの荷物背負って朝からずっと歩いて回るわけよ。全国におとくいさんがいてな、お前知ってるか？　おまけの紙風船、息吹いて膨らませるやつや、知ってるやろ？　あれで俺なんかよく遊んだよ。」

ここでヨシヤマの語る「おふくろ」は、どこか江藤的な土俗幻想（自然＝母）の内に語られる〈母〉像を想起させる「おふくろ」であると言えようが、このヨシヤマが、ヒッピー仲間であり恋人でもあるケイから別れ話を切り出されたときに言う「『俺達はさあ、お互いを必要としてるわけよ。俺にはよくわからないんや、もう俺にはケイしかおらんし、おふくろももうおらんしなあ、俺達って敵が多いやろ？（略）おふくろが死んだ時さあ、あれ冷たくしたわけやないんやで、わかってくれよケイおふくろの方が大事やったわけちゃうんや、とにかくもうおふくろはおらんし、もうケイしかおらんし、な？　帰って二人でまたやり直しや。わかってくれたやろケイ、わかったやろ？』」という言葉からは、彼が死んだ「おふくろ」の影を未だに背負っており、ケイに不在の「おふくろ」にかわる〈癒し〉の場を求めていることが鮮明に読み取れる。

結局、このヨシヤマの説得は、「あんたのおふくろがどうしたって？　関係ないわよ、あんたのおふくろなんて知らないもん」というケイの冷たい拒絶にあい、実を結ばないものの、ここでヨシヤマを冷たく拒絶したケイもまた、「（南注・自分のことを）あたいなんて言うの止めろ！」とヨシヤマから揶揄されたさい、「オフクロさん譲りよ、オフクロ自分のことあたいって言うのよ知らなかったの？」と自分が母親の影響で「あたい」という呼称を使うようになったことを認めるなど、『限りなく〜』に登場するヒッピーたちの言葉からは、程度の差こそあれ、彼らが常に自身の内にある〈母〉からの影響を意

識していることが窺える。(注12)

『限りなく〜』の作中時間である七〇年代前半の新聞には「若もの漂流から定着へ――夢の〝国家〟手作り」(『毎日新聞』夕刊72・2・19)、「ヒッピーと前衛武道と――〝原始人に帰る〟大集会」(『読売新聞』朝刊72・8・31)といったヒッピーたちの〈脱文明的〉な活動を報道する記事が数多く見られるが、(注13)こうしてみると、この当時ヒッピーとなった多くの若者の心のなかには共通して、既存の社会からのシェルターとなるような、「自然＝母」という幻想の内に語られる〈癒し〉の空間を自分たちで創り出そうとする心理的欲求があったのかもしれない。

ともあれ、このように『限りなく〜』における主人公の周辺人物たちの言動からは、彼らの持つ〈母〉に対する強いこだわりを見て取ることが可能だが、ここで、こうした周辺人物たちから一転して本作の語り手であり主人公である「僕」(＝リュウ)に目を向けてみれば、これらの周辺人物と同様に、「僕」自身もまた〈母〉を意識した存在であると言えるのではなかろうか。というのも、この「僕」はヨシヤマやケイのように、実際に言葉で自身の母親について言及したりこそしないものの、彼の語りを通してこちら(＝読者)に伝えられるその意識のあり方からは、ある意味で彼が精神的に〈母なるもの〉に囚われた存在であり、またそこからの脱出を望んでいることが読み取れるようにも思われるからだ。

2

『限りなく〜』における「僕」の語りは、しばしば〈映像的〉と言われ映画のカメラワークに喩えられてきた。例えば仲俣暁生『日本文学：ポスト・ムラカミの日本文学』(注2に同様)は、『限りなく〜』の冒頭部における「飛行機の音ではなかった。耳の後ろ側を飛んでいた虫の羽音だった。蝿よりも小さな虫は、目の前をしばらく旋回して暗い部屋の隅へと見えなくなった。／天井の電球を反射している丸くて白いテーブルにガラス製の灰皿がある。フィルターに口紅のついた細長い煙草がその中で燃えている」という記述を引用し、「一読してわかるのは、言葉が即物的な記述のためだけに使われていることです。心理描写を排し、主人公で語り手のリュウに無人格なカメラの役割を果たさせながら、徹頭徹尾、映像的にものごとを記述する。そのことを意識的におこなったのがこの作品の新しさでした」と述べているが、ここで注目したいのは、今井裕康「解説」(『限りなく～』講談社文庫版、78・12)が、中俣の言うこうした「僕」の語りに見受けられる「心理描写を排し」た「映像的にものごとを記述する」特徴に着目したうえで、それを「僕」が持つ「一種の胎内回帰願望の現われ」として捉えていることだ。

小説「限りなく透明に近いブルー」がすぐれているのは、そこに展開された風俗描写が強烈だからなどではまったくない。この小説が徹底して没主体の文学だからである。(略)ここにあるのは、ただ、見ること見続けることへの異様に醒めた情熱だけである。(略)ただ全的に見ること全的に感じることによってのみ私は根拠づけられている。この、感覚を全開にした受動性は、近代から現代にいたる日本文学のもっとも中心的な主題である〈私〉意識の解体を文体そのものにおいて、みごとに定着してみせたのである。／(略)／ここに見られる鮮烈な〈私〉意識の崩壊は、一種の胎内回帰願望の現われであると考えたほうがよいかもしれない。感覚を全開にした受動性はある意味で胎児を思わせるといえなくもないからである。

作者である村上龍が『限りなく～』を執筆する段階でどこまで「〈私〉意識の解体」といった文学的

テーマを視界に入れていたかはさだかではないものの、こうした「あらゆる意味づけを拒否」した語りが、主人公の持つ「一種の胎内回帰願望の現われ」なのではないかという今井の見解は、「僕」のあり方を、恋人であるリリーとの関係から捉えたとき、ある程度首肯し得るものであるように思われる。というのも、『限りなく〜』では、このリリーこそ、主人公のこうした一種の「胎児」的なあり方を保証する人物として設定されているように見受けられるからだ。

阿部好一「村上龍『限りなく透明に近いブルー』論」(『神戸学院女子短期大学紀要』85・3)が、物語においてリリーは「リュウの生活のひかえめな検証者の役割を果たしている」と述べるように、『限りなく〜』では、しばしばリリーが、語り手である「僕」の性格や志向性について分析的な発言をする場面が見受けられる。(注14) その意味で「作者はリリーという人物を設定しその視点を借りてリュウの生活を検証している」という阿部の指摘は首肯しうるが、こうしたリリーの持つ役割を踏まえたうえで注目したいのが、一章でも触れた、「僕」とリリーが雨の中「米軍基地」に向けてドライブにでかける場面である。

このドライブにでかける直前、リリーは「僕」に対して「リュウ、あなた変な人よ、可哀相な人だわ、目を閉じても浮かんでくるいろんな事を見ようってしてるんじゃないの？　あなた何かを見よう見ようってしてるのよ、まるで記録しておいて後でその研究する学者みたいにさあ。小さな子供みたいに。実際子供なんだわ、子供の時は何でも見ようってするでしょ？」と、「僕」の「見る」ことへのこだわりが一種の幼児性の現れであることを指摘しているが、ドライブの終盤、「米軍基地」のフェンス近くで、メスカリンに酔った「僕」が「あたしを殺して」と叫ぶリリーの首に手をかけようとしたとき、リリーは唐突に「僕」に対し「やっぱりあなた赤ん坊なのよ」と叫び出す。その場面は次のように描かれる。

ねえ、リュウ、あたしを殺してよ。何か変なのよ、あなたに殺してほしいのよ。目に涙を溜めてリリーが叫ぶ。僕達は放り出された。鉄条網にからだをぶつける。肩の肉に針が食い込む。僕はからだに穴をあけたいと思っている。（略）早く殺して、早く殺して。僕は赤い縞のある首に触れる。

その時空の端が光った。

青白い閃光が一瞬全てを透明にした。リリーのからだも僕の腕も基地も山々も空も透けて見えた。そして僕はそれら透明になった彼方に一本の曲線が走っているのを見つけた。これまで見たこともない形のない曲線、白い起伏、優しいカーブを描いた白い起伏だった。

リュウ、あなた自分が赤ん坊だってわかったでしょう？　やっぱりあなた赤ん坊なのよ。


ここでのリリーの言動はかなり唐突な感があり、また、「僕」が「一瞬」目にする「白い起伏」が何を意味するのか、そして、なぜ「白い起伏」を目撃した「僕」が「赤ん坊」なのかということについての説明は一切なされていない（この「白い起伏」については本節のなかで後に言及する）。しかし、ここで唯一言えるのは、リリーが、主人公である「僕」の無意識に潜む「胎児」的な傾向をはっきりと指摘しているということだ。先に引用した阿部好一「村上龍『限りなく透明に近いブルー』論」（前掲）は、作者である村上が『限りなく〜』に登場するほとんどの人物が程度の差こそあれ概ねモデルとなる人物が実在しているのに対して、リリーだけは数人の女性をミックスして創りあげた、フィクショナルな要素が強い存在であることを認める発言をしていることに着目し、（注15）「リリーにフィクショナルな要素が極めて多いという事実は、リュウが作者の分身であるのと同様、リリーにも作者の心情や主観が他の人物以上に反映しており部分的にはリリーもまた作者の分身ではないかという推測を可能にする」と述べているが、こうした阿部の見解を踏まえたうえで先に引用したリリーの言動を見てみれば、リリーは作者によって、「リュウの生活の（略）検証者」であると同時に、主人公の「胎児」的なあり方を保管する庇護者として、ひとりの独立した個人としてではなく、常に主人公とセットで語られることを前提に生み出された女性であると言えるのではないか。

3

こうしてみると、『限りなく〜』で描かれる「僕」とリリーの関係は恋人というより、むしろ〈母〉と〈子〉のそれに酷似しており、その意味でリリーは「僕」にとって、まさしく〈代理の母〉とでも呼びうる存在であると言えるのではないか。もちろんこのような解釈が、作中の言説を自身の論点に多少強引に結びつけたものであることは承知している。ある意味でリリーは多様な解釈が成り立つ存在であり、『69』での「バリケード封鎖」が学校側にばれて落ち込む主人公を励ます妹との繋がりをリリーに見るなら、彼女を柳田国男の言う〈妹の力〉になぞらえて捉えることもできるだろうし、また先に述べた主人公の分身という点にアクセントを置けば、リリーを主人公の内なる女性性を具現化した存在として見ることも可能であろう。ただし、このようにリリーが多様な解釈を許容する存在であることを認めつつも、あえて彼女を「僕」の〈母性願望〉を具象化した存在として捉えて見れば、物語の最終部において「僕」がリリーと別れたとき再び前述した「白い起伏」を見る場面を、「僕」が自己の〈甘え〉に気づき自立を志す場面として捉えることが無理なく可能となることもまた事実であるように思われるのだ。

ある時、リリーとともに自分の部屋にいた「僕」は、突如「激しい寒気」に襲われ、同時にリリーのことが「古くなってカビの匂いのする人形、紐を引くと同じ台詞をしゃべる人形」に見え出す。そして、こうした一種の錯乱状態に陥った「僕」の前に「巨大な黒い鳥」の幻覚が現れる。

この部屋の外で、あの窓の向こうで、黒い巨大な鳥が飛んでいるのかも知れない。（略）ただあまり巨大なため、嘴にあいた穴が洞窟のように窓の向こう側に見えるだけで、その全体を見ることはできないのだろう。僕に殺された蛾は僕の全体に気付くことなく死んでいったに違いない。(注16)

この「巨大な黒い鳥」の幻覚に襲われた「僕」は、「リリー、あれが鳥さ、よく見ろよ、あの町が鳥なんだ、（略）俺は鳥を殺すよ、リリー、鳥を殺さなきゃ俺が殺されるよ。リリー、どこにいるんだ、一緒に鳥を殺してくれ」とリリーを呼ぶが、その時すでに「リリーは走って外へ出」てしまい、「僕」は「絨毯の上にあったグラスの破片を拾い上げ」「腕に突き刺し」、何とか精神の安定を取り戻す。その後、ひとりになった「僕」は、夜明けの公園を歩き芝生のうえに寝転ぶのだが、その時ふと「ポケット」に「ガラスの破片」が入っていることに気づき、それを空にかざした「僕」は、次のような光景を目の当たりにすることとなる。

影のように映っている町はその稜線で微妙な起伏を作っている。その起伏は雨の飛行場でリリーを殺しそうになった時、雷と共に一瞬目に焼きついたあの白っぽい起伏と同じものだ。波立ち霞んで見える水平線のような、女の白い腕のような優しい起伏。

これまでずっと、いつだって、僕はこの母のような白っぽい起伏に包まれていたのだ。

血を縁に残したガラスの破片は夜明けの空気に染まりながら透明に近い。

限りなく透明に近いブルーだ。僕は立ち上がり、自分のアパートに向かって歩きながら、このガラスみたいになりたいと思った。そして自分でこのなだらかな白い起伏を映してみたいと思った。

僕自身に映った優しい起伏を他の人々にも見せたいと思った。


物語は、このように「雨の飛行場でリリーを殺しそうになった時、雷と共に一瞬目に焼きついたあの白っぽい起伏と同じ」ものを「目に焼き」つけた「僕」が、「僕自身に映った優しい起伏を他の人々にも見せたいと思った」という意志を示したところで幕を下ろすのだが、「女の腕のような優しい起伏」「母のような白っぽい起伏」という記述からは（実は「母のような」という記述は『群像』初出時にのみ見当たるもので、単行本化のさいにはカットされているのだが、いずれにせよ）、ここで「僕」が目にする「白い起伏」が、ある種の〈母なるもの〉を象徴したものであることが鮮明に読み取れるのではないか。そして同時に、この場面において「僕」が、「これまでずっと、いつだって、僕はこの母のような白っぽい起伏に包まれていたのだ」と過去形を使ってこの「白っぽい起伏」を眺めているということは、「僕」がここですでに、（精神的な意味において）こうした〈母なるもの〉から距離を取り、それを対象化しうる位置に立っていることをも示唆していると言えるように思われる。「リリーを殺しそうになった時」や、リリーが「僕」の前からいなくなったとき——換言すれば〈母〉を想起させる女性の影響下から脱したとき——だけこの「白い起伏」が見えるという設定も、そのことを裏付けるものであろう。

実際、この点について神谷忠孝「二十代作家論——『母』の扱いをめぐって」（『国文学　解釈と鑑賞』

78・12)は、『限りなく〜』について言及した際、「『母性文化』にひきつけて読みすぎたきらいもあるが」と前置きしながらも、いま引用してきた叙述に着目し、この場面は主人公が「母性的なものに囲まれていた状況を認識」したことを示すものとして受け取れるといった見解を提示している。また、阿部好一「村上龍『限りなく透明に近いブルー』論」(前掲)も、「リュウが目にする『白い起伏』も一つの隠喩である」として、「母胎を想像させる白っぽく優しい起伏に包まれていたリュウは、リリーが言うように赤ん坊なのである。『これまでずっと』自分を包んでいたこの起伏がはっきりと目に映るようになった。(略)自分をとりまいていた世界への自己の甘えを知ったのであり、そこから彼は新しい別の世界を志向しはじめる。その新しい世界とは、『優しいカーブを描いた優しい起伏』に対して『透明に近い』ガラスのような冷たく硬質の世界である。これまでとは対極的な世界の入り口にリュウはいま立った」と述べているが、こうして見ると、『限りなく〜』は、〈母なるもの〉の庇護下にあった主人公が、「自己の甘え」に気がつき、誰にも依存せずに主体性を回復しようと試みる、言わば〈母離れ〉の物語として読むことが可能なのではないか。その意味で「『このなだらかな白い起伏を映してみたい』とは、(略)『白い起伏』との同化を意味するのではなく、自己の外部にある対象としてそれを客観化することとして解釈すべき」という阿部の言葉は、主人公が最終的に着地した地点を正確に捉えたものであると言えるのだ。

以上、本節では『コインロッカー』について言及する前段階として、デビュー作である『限りなく〜』においてすでに、『コインロッカー』で前景化する〈母殺し〉と〈母探し〉というモチーフが胎動していたことを確認してきたが、こうして見ると、この『限りなく〜』はヨシヤマやケイといった主人公の周辺人物の声を借りて同時代の無意識に流れていた〈母探し〉の欲望を汲み取り、その一方で主人公である「僕」とリリーの決別を描くことで〈母殺し〉の欲望にも言及した作品として把握することが可能なのではないか。と同時にさらにここで、論者が一章において『限りなく～』に見た、アメリカとの力関係を隠蔽し自己充足する日本社会に対する異議申し立てという視座に絡めて言えば、この『限りなく～』は、こうしたアメリカを始めとする外部からの影響を無意識の内に包み隠し見えなくしてしまう日本社会の母性原理的な体質をも示唆した作品であると言うことが可能なのかもしれない。

ともあれ、いずれにせよ村上はこの四年後に、『限りなく～』のラストにおける主人公の「僕自身に映った優しい起伏を他の人々にも見せたいと思った」という思いそのままに、〈母殺し／母探し〉というテーマを真っ向から見据えた『コインロッカー』を発表するのである。

第三節 『コインロッカー・ベイビーズ』におけるキクに見る〈母殺し〉——〈制度の破壊〉

1

いままでは『コインロッカー』を論じる前段階として、『限りなく〜』に見られる〈母殺し／母探し〉の痕跡を辿ってきたが、村上の文学を〈母〉という視座から語るうえで、『コインロッカー』は間違いなく避けては通れない作品である。この、キクとハシという同じ日（一九七二年七月十二日）にコインロッカーに遺棄された二人の少年の数奇な運命を通して、同時代の深層に流れる〈母殺し／母探し〉の欲望を浮き彫りにした本作は、本章の今までの文脈に照らし合わせてみたとき、その冒頭の二段落からして既に非常に示唆的なものであると言わざるを得ない。

女は赤ん坊の腹を押しそのすぐ下の性器を口に含んだ。いつも吸っているアメリカ製の薄荷入り煙草より、細くて生魚の味がした。泣きださないかどうか見ていたが、手足を動かす気配すらないので赤ん坊の顔に貼り付けていた薄いビニールを剥がした。段ボール箱の底にタオルを二枚巻いて敷き、赤ん坊をその中に入れてガムテープを巻き、紐で結んだ。表と横に太い字ででたらめの住所と名前を書いた。（略）駅に着くと女は一番奥のコインロッカーに段ボールを押し込み、鍵は生理綿に包んで便所に捨てた。熱と埃で膨らんでいる構内を出てデパートに入り、汗がすっかり乾いてしまうまで休憩所で煙草を吸った。（略）洗面所で、買ったばかりのマニキュアをていねいに塗った。

女が左手の親指を塗り終えようとしている頃、暗い箱の中、仮死状態だった赤ん坊は全身に汗を掻き始めた。（略）赤ん坊は熱に充ちた不快極まる暗くて小さな夏の箱の中でもう一度誕生した、最初に女の股を出て空気に触れてから七十六時間後に。赤ん坊は発見されるまで叫び続けた。

村上と同じく戦後生まれの作家である中上健次が、坂本龍一との対談（「三島由紀夫の復活」『文学界』82・6）のなかで「文学をひっくり返すのは母系の力なんじゃないか」という発言の延長として『コインロッカー』に触れた際、「あいつ、すごい才能があると思うのは仮設の母をつくるよね。エレクトリック・マザーをつくるよね、コインロッカーというね」「すごい。俺、あの部分（南注・冒頭の部分）だけ、三十枚だけは天才だと思っている」と評したこの冒頭部は、確かに〈母〉というものに対する村上の認識の鋭さを物語るものであろう。というのも、六〇年代後半から七〇年代にかけては日本社会において、〈母〉が「管理者」といった〈子〉にとってある種の抑圧を与える存在へと変容した時期だと考えられるが（本章第一節）、生みの母によってコインロッカーという〈人工物〉に遺棄された赤ん坊が、その「不快極まる暗くて小さな夏の箱」を第二の〈母胎〉（中上の言葉を借りれば「エレクトリック・マザー」）として「もう一度誕生」するまでを一息に描いたこの冒頭部は、そういった抑圧装置としての〈母〉の台頭を、わずか二〇行あまりのうちに物語化することで、比喩的に表現したものとして捉えることができるからだ。

思えばコインロッカーが現代日本の都市化を象徴するアイテムとしてクローズアップされたのも、こうした〈母〉の変容期にあたる六〇年代後半から七〇年代にかけてであるが、[注17]もしかすると村上は、生母によってコインロッカーに遺棄された嬰児たちに、閉塞的な日本社会に閉じ込められた自分自身の姿を見出したのかもしれない。もちろんこのような解釈が、作中の言説を自身の論点に多少強引に結びつけたものであることは承知している。しかし、このように考えるとコインロッカーから救出され一命を取り留めた赤ん坊の一人であるキクが、里親の住む北九州の離れ小島で出会ったガゼルと名乗る青年との会話(注18)を契機に抱き始める〈母親殺し〉の欲望を、徐々に増幅させ、彼をコインロッカーに捨てた生母のみならず、最終的には、コインロッカーの比喩によって表される閉塞的な現代日本社会それ自体へとその対象を拡大させていくことも無理なく納得できるのである。

ちなみにここで、キクを〈母殺し〉の欲望に目覚めさせるガゼルという青年について触れておけば、この青年はキクとハシが里子として移り住んだ北九州の小島にある炭鉱跡地の廃屋となった映画館に住んでおり、炭鉱跡地に紛れ込んだキクとハシを野犬の群れから救ったことで彼らと親しくなるのだが、注目すべきは、その邂逅以来しだいにこのガゼルが、キクのなかで、乳児院にいたときシスターたちが祈りを捧げていた「礼拝堂の壁に掛けてある絵の中の髭のお父様」のイメージと重なり合っていくことである。第一節において述べたように、「管理者」として〈母〉の台頭は、同時に〈父〉の〈子〉に対する影響力を希薄化させ、その結果象徴的な意味における「父なき社会」(土居健郎『「甘え」の構造』前掲)を到来させる原因ともなったと考えられるが、こうしてみると、このガゼルからキクが自身の内なる〈母殺し〉の欲望に気付かされ、その欲望を成就するためのおまじないである「ダチュラ」という言葉を教えられる場面(注18に同様)は、ある意味で、〈母〉によって廃墟に追いやられた〈父〉から〈子〉が〈母殺し〉の依頼を請けた場面として読めるのである。そしてその意味から言えば、この場面において「関係ない人はかわいそうじゃないか」と言うキクに対してガゼルが放つ、「お前には権利があるよ、人を片っぱしからぶっ殺す権利がある」という言葉の裏には、キクが閉じ込められたコインロッカーが、打ち破るべき〈制度〉としての〈母〉の論理を象徴するものであるという視点が既に込められていたと受け取ることも可能なのだ。

だが、キクにこの「ダチュラ」というある種の神託を与えたガゼルという青年は、「一九八七年の夏」に「オートバイで崖から墜落」し、あっさりと死んでしまう。キクの前に一瞬現れたかに見えた〈父〉は、「ダチュラ」という謎の言葉を残したままキクの成長を見届けることなく消えていった。そして、「筋肉が強くなるにつれて」、キクもまた「乳児院の礼拝堂にあった絵の中のお父様とガゼルを混ぜ合わせるのを止めた」。

こうしてガゼルを〈父〉と同一視することを止めたキクは、ガゼルの残した「ダチュラ」という言葉を胸に秘め、今度は自らが〈父〉(=個人)となるために〈母殺し〉を決意するのだ。

2

ただし、本章の「はじめに」でも述べたように、キクが実際に内なる〈母殺し〉の欲望を意識的に日本社会に横たわる〈母〉の論理へと結びつけていくのは、ガゼルが死んでから二年後、十七歳になろうとしていた彼が、生みの母を訪ねるために家出したハシを捜すため養母とともに東京に向かったときである。このとき、若者たちの乱闘騒ぎに巻き込まれ頭を強打した養母をホテルに運ぶキクの前に、東京の歪んだ姿がはっきりと見え始める。養母を抱えタクシーを待ちながらキクは次のように感じる。

「空車」ランプを点けて次々と通り過ぎるタクシーの群れ、キクにはわからない。どうして止まってくれないのだろうか、手を上げても素通りしてしまう、このキラキラする街のルールは一体何なのだろうか。どうすれば他人とうまく付き合えるのだろうか、金でも暴力でもなさそうだ。（略）キクは体中から力が失くなっていくのがわかった。ゆっくりと血を抜かれる気がした。こんな無力感は初めてだった。三十分経った頃やっと一台が止まった。キクはこのキラキラする街のルールを一つ知った。それは待つことだ。騒がず叫ばず暴力を振るわず走らず動き回らず、表情を変えずに、ただ待つのだ。自分のエネルギーが空になるまで待つことだ。

桜井哲夫『ことばを失った若者たち』（前掲）は、学生運動鎮静化後の日本社会を「支配」したのは「対立に対する極度の恐怖感だったのではなかっただろうか」と述べたうえで、「六〇年代の問題に目をふさぎ、七〇年代以後、ひたすら問題に直面しようとしない日本社会のあり方こそが現在の若者や子供の危機の根底にある。どこもかしこも、ひたすら『対立』を生まぬことだけが、管理強化の道を推し進めた」という見解を提出しているが、養母を背負ってタクシーを待つキクが見た「街のルール」とは、ここで桜井が言う「『対立』に対するアレルギー症状を呈し」、その均衡とひきかえに個人の主体性を根こそぎ奪い取ろうとする現代日本の醜貌だったのではないか。そして、この「街のルール」のために手当てが遅れた養母が目の前で吐血して死んだとき、ついにキクの内部でこうした閉塞的な都市の現状と、かつて自分を閉じ込めていたコインロッカーのイメージが直結する。本章の「はじめに」でも注目したその場面をここでさらにくわしく引用してみよう。

閉じ込められている、そう気付いた。ガラスとコンクリートに遮断されたこの部屋、閉じ込められたままだ、いつからか？　生まれてからずっとだ、（略）いつまでか？　赤いシーツを被った硬い人形になるまでだ、コンクリートが砕ける音がする、窓の外の街は熱暑で歪んでいる、ビルの群れが喘いでいる、（略）東京がキクに呼びかけている、キクはその声を聞いた、壊してくれ、全てを破壊してくれ、キクは窓から下を眺める、（略）ある瞬間の自分をイメージした、東京を焼きつくし破壊しつくす自分、叫び声と共に全ての人々を殺し続け建物を壊し続ける自分だ。（略）そのイメージはキクを自由にした。十七年前、コインロッカーの暑さと息苦しさに抗して爆発的に泣き出した赤ん坊の自分、その自分を支えていたもの、その時の自分に呼びかけていたものが徐々に姿を現し始めた。（略）殺せ、破壊せよ、その声はそう言っていた。

川崎賢子「小説『ピアッシング』論——市場・性・暴力・そして〈母〉」（『国文学　臨時増刊号　村上龍特集』01・7）は、殺人衝動を持つ男と自殺願望を持つ女の邂逅を描いた『ピアッシング』（書下ろし、94・12、幻冬舎）を論じながら、「『ピアッシング』の男は、女の盛ったハルシオンのおかげで、アイスピックを持って女に馬乗りになったまま意識を失う。その刹那、母親が身体の中にはいりこんだような、母親と交わっているような、母親に自分のからだを乗っ取られたような吐き気のするような一体感におそわれる」ことに着目し、「（南注・村上龍の小説では）超越への意志が失われ、もしくは奪われると、母親の幻影が押し寄せてきて、他者も社会も見えなくなる。これは憂鬱な日本社会の寓話だろうか」と述べているが、ここで川崎が『ピアッシング』に見た「憂鬱な日本社会の寓話」が、『コインロッカー』で提示される〈コインロッカー＝鉄の母胎＝閉塞的な日本社会の象徴〉という図式の延長に位置するものであることはもはや疑い得ないだろう。実際、この『ピアッシング』のほかにも、『コインロッカー』

のキクとハシの「生まれかわりである」と作者自らが公言する登場人物たちが、「母なる日本だ、オレは母を犯して、父を殺すんだよ」という宣言のもとに、日本に革命を起こそうとする『愛と幻想のファシズム』(初出『週刊現代』84・1・1〜86・3・29→87・8、講談社)[注19]や、主人公がマザコンの男をその母親もろとも社会的に抹殺しようと画策する『音楽の海岸』など、村上の作品には〈母殺し〉をモチーフとしたものが多数存在するが、こうした作品群の原点にあるのが、まさしく先に引用したキクの「殺せ、破壊せよ」という叫びであると言えるのだ。

3

もっとも、キクがこの内なる〈母殺し〉の声を自覚してから、実際に「ダチュラ」を東京に撒き、人々の精神に内面化した制度としての〈母〉の論理を破壊するまでには苦難の道のりが待っており、目的を達成するまでに彼は偶然邂逅した実母をショットガンで射殺し少年刑務所に投獄され、そこで出会った仲間たちと共謀して脱獄したりと様々な出来事を経験しなければならないのだが、ここで注目したいのが、その過程のなかでキクが知り合うこととなる恋人・アネモネの存在である。

このアネモネとキクは物語の前半部でふとしたことで知り合って以来たがいに惹かれあい行動を共にするのであるが、物語のクライマックス近く小笠原諸島の海底で発見した「ダチュラ」を東京の中心部に輸送するためオートバイ工場にアネモネとともに立ち寄ったキクは、そこの店員から「それにしてもあんた達いい色に焼けているね、サーファーかい？　白いスーツできめているところを見ると、サーフシティ・ベイビーズだね？」とたずねられたとき、「いや、違う」と前置きしたうえで「俺達はコインロッカー・ベイビーズだ」と答えている。

作中において「コインロッカー・ベイビーズ」という言葉が登場するのは、唯一この場面だけなのだが、このときキクの隣に居るのが、実際にキクと同じくコインロッカーから発見されたハシではなく、キクに言わせれば「ちゃんとした家の子供」であるはずのアネモネであることは、『コインロッカー・ベイビーズ』という作品タイトルが、主人公たちだけを指しているのではなく、主人公たちと同世代の全ての少年少女たちに敷衍されるものであることを如実に物語っていよう。

与那覇恵子「現代文学に見る『家族』の形」（村松泰子／ヒラリヤ・ゴスマン編『メディアがつくるジェンダー』98・2、新曜社）は、アネモネがキクに惹かれ行動を共にするのは、彼女が「経済的には何不自由なく暮らしているが、精神的には親に捨てられた子も同然である」からだとしたうえで、「アネモネは親の自由と引き換えの金だけは与えられて捨てられた子供の象徴である。共に日本の経済が驚異的に発展し、『自立』という言葉に『親』が踊らされた時代の犠牲者だと言えるだろう」と述べているが、こうした指摘を踏まえてみれば、アネモネもまた「精神的」な意味では、「自立」と放任（＝「甘え」）を履き違えた歪んだ家庭に閉じ込められた「コインロッカー・ベイビーズ」であると言えるのだ。事実、作中に登場するアネモネの両親は、「お互いの認めた若い愛人」を家庭に連れ込むことに何のためらいもなく、またそういった歪んだ家庭のあり方に「吐き気を催した」アネモネが家を出ると言い出したときにも「五ＬＤＫの贅沢な部屋」を与えることで彼女の苦悩が解決すると考えるような人物たちである。その意味で、こうした両親のエゴに踊らされた精神的な捨て子の象徴であるアネモネが、キクにたびたび言う「あたしは一番嫌いなのよ、我慢ってことが嫌いなの（略）あたし達みんな子供の頃から我慢しすぎなのよ」という台詞は、「甘え」と「自立」を無自覚のうちに混同した日本社会に様々な形で抑圧された子供たちを解放に導こうとするメッセージとして受け取ることができるのだ。

ともあれ、アネモネをはじめとするこうした少年少女たちの期待に答えるべく物語のクライマックスにおいてキクは、「ダチュラ」を片手に東京へと乗り込む。そして、ついに「ダチュラ」を東京に散布しようとしたときキクの脳裏に溢れ出したイメージには、アネモネやハシといった、それら親の造りだした社会の歪みによって抑圧され続けてきた〈子〉が解放される瞬間がはっきりと暗示されていると言える。

何一つ変わっていない、誰もが胸を切り開き新しい風を受けて自分の心臓の音を響かせたいと願っている、渋滞する高速道路をフルスロットルですり抜け疾走するバイクライダーのように生きたいのだ、俺は飛び続ける、ハシは歌い続けるだろう、夏の柔らかな箱で眠り続ける赤ん坊、俺達はすべてあの音を聞いた、空気に触れるまで聞き続けたのは母親の心臓の鼓動だ、一瞬も休みなく送られてきたその信号を忘れてはならない、信号の意味はただ一つだ。キクはダチュラを摑んだ。十三本の塔が目の前に迫る。銀色の塊が視界を被う。巨大なさなぎが孵化するだろう。夏の柔らかな箱で眠る赤ん坊が紡ぎ続けたガラスと鉄とコンクリートのさなぎが一斉に孵化するだろう。

ここでキクの脳裏に横溢するヴィジョンは、テッド・グーセン「現代日本文学における終末論と母親殺し」（注2に同様）が言うように「理由のない虚無的な破壊行為とは程遠く、創造のあるいは生殖の行為として描かれている」のだが、ここで留意すべきは、この「生殖の行為」を暗示する「巨大なさなぎ」のイメージが、実はキクがその乳児院時代に既に育んでいた想像を変奏したものであるということだ。乳児院時代、遠足で行った遊園地で初めてコインロッカーを見たキクは、次のような思いを抱いている。

キクは、礼拝堂の壁に掛けてある絵の中のお父様がヌルヌルした人間の卵を一つ一つコインロッカーの中に置いている様を想像した。でも違うような気がした。卵を置いていくのは女のような気がする。そしてその中で生まれた赤ん坊をお父様が天に掲げるのだ。

この乳児院時代のキクが想像する、「コインロッカー」から「赤ん坊」を取り出し「天に掲げる」「お父様」とは、閉じ込められた子供たちを救出し覚醒させる解放者として捉えることが明らかに可能である。つまり、この乳児院時代におけるキクの想像は、端的に〈子〉を抑圧する〈母〉とそれを解放する〈父〉という図式に還元できるのだが、とすれば、クライマックスにおいて「ダチュラ」を片手に「巨大なさなぎ」の「孵化」を予見するキクはまさに、アネモネやハシといった「コインロッカー・ベイビーズ」たち全員を解放し「天に掲げる」「お父様」そのものであると言えるのだ。それは言い換えれば、このクライマックスにおいてキクが、「ダチュラ」を東京に投擲し、閉塞的な〈母胎〉としての都市を破壊することで、ついに〈父〉（＝個人）としてのアイデンティティを確立したことを意味していると言えよう。

第四節 『コインロッカー・ベイビーズ』におけるハシに見る〈母探し〉——〈身体の発見〉

1

ここまでは『コインロッカー』に内在するモチーフの一つである〈母殺し〉の内実を、主人公のひとりであるキクの行動を辿ることで検討してきたが、こうして見ると村上龍の紡ぎ出した〈母殺し〉のヴィジョンが、なぜこれほどまでに人気を博したかがわかるのではないか。「コインロッカー」に嬰児が遺棄されるという事件が多発した七〇年代（注17に同様）、村上龍がその事件の向こうに見たものは、コインロッカーと変わるところのない閉塞的な日本社会に閉じ込められ、喘ぎ、苦しむ子供たちの怨嗟の声であった。だが、村上の並々ならぬところは、それら閉じ込められた子供たちの声を、恨みとか復讐心といった言葉で語られる負の物語として描き出すのではなく、彼らが抑圧された結果抱くこととなった怒りを、生を肯定するエネルギーへと転換し解放の物語として語ってみせたことである。その意味で、キクの〈母殺し〉は同時代を生きる少年少女たちへの贈り物であったとすら言えるだろう。

ところで、この『コインロッカー』の主軸には、キクの物語の他に、キクと同じ日にコインロッカーから発見されたもう一人の主人公であるハシの物語が据えられている。このハシは、コインロッカーから発見されて以来、十五歳のとき「母親を捜しに」里親の家から出奔するまでキクと兄弟同様に過ごすのだが、三浦雅士「解説」（前掲）が「キクは外向的でありハシは内向的である。キクは肉体的でありハシは精神的である」と述べるように、その人柄はキクのそれとは対照的であると言っていい。「怯えてちゃだめだ、怒れ、迷ったらもうおしまいだ、一瞬でもとまどうと厚いガラスで遮られ、とじこめられてしまうぞ」という言葉が示すように、心理的な葛藤や逡巡を排した猛進を信条とする行動型のキクに対して、ハシは、家出した自分を拾ってくれた男色家の芸能プロデューサー・ミスターDに「あ、D、僕は、役に立つ？　あんたにとって役に立つ人間かい？」と哀切な調子で訴えることからもわかるように、周囲のものごとに常に気を配り、如何なるときも内省的に振舞おうとする。

「暗く熱い箱の中で叫び続け警察官を振り返らせたキクと違って、ハシはその病弱さのせいで助かったのだ。ハシを捨てた女は赤ん坊を洗わずに全裸で紙袋に詰めコインロッカーに押し込んだ。ハシは蛋白アレルギーによる湿疹のために全身に天花粉を塗られ咳をし続け嘔吐した。病気と薬の匂いが箱の隙間から流れ出て偶然通りかかった盲導犬を吠えさせたのだ」とあるように、そもそもこの二人の対照性は遡ればその救出時の状況にまで行き着くのだが、ここで注目すべきは、こうした二人の対照性が、その人柄のみならず、〈母〉という存在に対する認識の違いにも如実に反映していることだ。

柴田勝二「肉体と世界」（『群像』87・9）は『コインロッカー』を評して「自分を閉じ込めるものからの脱出というイメージは主としてキクが担い、自分の根を探し求めるというイメージは主にハシによって担われる」と述べているが、ここでこの柴田の見解を〈母〉という視座を絡めて言い換えれば、柴田の言う「自分を閉じ込めるものからの脱出」は〈母殺し〉と置き換えることができ、「自分の根を探し求める」という行為は〈母探し〉と捉えることが可能であろう。実際、ハシに焦点を絞ってみた場合、乳児院時代に治療のために聞かされた「胎児が聞く母親の心臓の音」を常に追い求め、それが高じて東京へ「母を捜し」に家出するといった彼の行動や、若い女の弾力のある肌では勃起せず、「若くない女の小刻みに震える柔らかい皮膚が好き」で、「固めてもすぐにグニャリと崩れてしまう水を入れすぎた粘土」のような肌を持つ中年女性としかベッドインできないというその性癖からは、彼が明らかに一種の〈母胎回帰願望〉を持つ人物として設定されていることが読み取れる。その意味で、ハシが結婚相手として選んだ「三十八歳」の「スタイリスト」であるニヴァは「明らかにハシの母性願望の化身」（野崎六助『リュウズ・ウイルス』序に前掲）であり、「ハシを育てることを拒否した生みの母親のメタファとして意味づけることができる」（柘植光彦「村上龍『コインロッカー・ベイビーズ』のアネモネ」『国文学』84・3）存在であると言えるのだ。

こうして見ると、ハシの心理的基調には常に、江藤的な土俗幻想に繋がる〈癒し〉を与えてくれる「自然」としての〈母〉を希求しようとするメカニズムが働いていたと言えるのではないか。そして、このようなハシの心理的な特質を踏まえたうえで、『コインロッカー』の最終部を見たとき、「ダチュラ」に侵され、妊婦を殺そうとしながらも、その時偶然耳にした妊婦の心音から自分が乳児院時代から探し求めていた音がこの「母親の心臓の音」であったことを悟ることで、殺人を思い止まり自身も再生していくこの（ハシにとっての）クライマックスは、次のように言いなおすことが可能になると思われる。つまり、この最後の場面は、キクが「ダチュラ」を撒き〈人工物〉に席巻された都市を破壊することで、ハシの前に「自然」としての〈母〉が復権してきたことを示しているのだと。実際、テッド・グーセン「現代日本文学における終末論と母親殺し」（注2に同様）は、『コインロッカー』におけるこのクライマックスを取り上げ、「皮肉なことであるが、この最後の一点については、美的感覚においても哲学においても明らかに隔たっている『暗夜行路』の最終部、主人公時任謙作の大山における、すべてを包み込む母なる自然との恍惚とした融合の場面と結びつく」と述べたうえで、「作品全体の構造という点からすれば、『コインロッカー・ベイビーズ』は母胎回帰の軌跡を描いた近代前期の古典、志賀直哉の『暗夜行路』にさらに似ていると言えよう」という見解を提出しているが、これは、テッド・グーセンが『コインロッカー』の「作品全体の構造」に〈文明の破壊と自然への回帰〉といったテーマを見たことを示す、その証左として捉えることが可能だ。

2

ただし、このように『コインロッカー』の「作品全体の構造」に〈自然への回帰〉といった色調が読み取れることを認めたうえで、ここでさらなる検討が必要なのは、物語の最終部でハシの前に立ち現れてくる、その「すべてを包み込む母なる自然」の内実であろう。というのも、先の引用のなかでテッド・グーセンは『コインロッカー』を志賀直哉『暗夜行路』と比較しているが、「近代前期」の日本を舞台背景とする『暗夜行路』と違い、『コインロッカー』は八〇年代末の東京を舞台とした作品であるからだ。この『コインロッカー』の舞台背景となった八〇年代末に、たとえ都市を徹底的に破壊したところで、そこには「すべてを包み込む母なる自然」が復活してくる余地など本当に残されているだろうか。さらに言えば、上野千鶴子「『成熟と喪失』から三十年」(前掲)が述べるように、「母」＝「大いなる自然」＝〈癒し〉という図式自体がそもそも「近代」によって捏造されたある種の幻想ではなかったのか。事実、『コインロッカー』の作中に目を戻してみれば、幼少時代のハシがデパートの屋上で営業に来ていたアイドルから催眠術をかけられ、「そうねえ、今度は橋男君は、小さい頃に戻っちゃうのよお、うんと小さい赤ちゃんの頃に戻っちゃって、赤ちゃんになっちゃうの、ほらどんどん時計が逆回りして、橋男君は、今ね、一つにもならない赤ん坊よ、ねえ、どんな気持ち」と言われたとき、ハシが戻ったのは、その「『暑い』／(略)／『暑くて死にそうだ』」という苦痛を伴った呻きからもわかるように、「すべてを包み込む母なる自然」などではなくコインロッカーという金属製の箱のなかであった。そしてまた、成長したハシが結婚相手として選んだ「生みの母親のメタファ」であるニヴァも、「癌の手術で乳房を両方とも摘出」した経歴をもつ、いわば人工の手がすでに入った女性であった。これらハシを取り囲む符牒は、とどのつまり、都市をいかに破壊したところでそこには金属製の「コインロッカー」と変わることがない廃墟が広がるだけであり、ハシが帰るべき〈癒し〉の空間としての〈母胎〉などどこにもないことを意味していよう。

それでは、物語の最終部においてキクが都市を破壊したときにハシの前に立ち現れてきた「母なる自然」とは何だったのか。多少の飛躍を恐れずにここで結論を先取りすればそれは人間の〈身体性〉なのだと言っていいのかもしれない。ここで養老孟司の次のような言説に耳を傾けてみたい。養老はその著作『唯脳論』(89・9、青土社)『日本人の身体観の歴史』(96・8、法蔵館)『身体の文学史』(97・1、新潮社)などにおいて、「脳化」という概念を用いて現代社会を説明しようと試みる。この養老が言う「脳化」とは、現代の都市空間は人間の「脳」が作ったもので、それは「自然」が「脳化」された帰結であるという意味で考えればよい。交通、建築、通信網、社会制度、すべてが人間の「脳」の産物で、そのような都市空間で暮らすことは「脳」のなかで暮らすことだと養老は言う。そして養老は、こうした「脳化社会」のなかで人間に最後に残された「自然」こそが〈身体〉なのだと力説する。「ヒトは『外部の自然』を従え、それを統御してきた。多くの賢者が、自然はやがてそれに復讐するであろうと語った。自然を甘く見るな、と。(略)しかし、ここまで来ればわれわれに復讐する自然がじつはどこにあったかは、もはや明瞭であろう。それは『外部の自然』ではなかった。ヒトの身体性であり、ゆえに脳の身体性であったのである。自然はどこに隠れたわけでもない。われわれヒトの背中に、始めから張りついていただけのことである」(『唯脳論』)。

つまり、養老において〈身体〉は常に「脳」(=人工)と対立する「自然」として定位される概念なのだが、それゆえに養老は「脳化を善とする」現代社会では、「性」や「暴力」といった「身体性を連想させるもの」は「禁忌として捉えられている」のだと指摘する。「性と暴力とはなにか、それは脳に対する身体の明確な反逆である。これらは、徹底的に抑圧されなければならない。(略)それが身体に関する脳化の帰結である」(『唯脳論』)。そして養老は、江戸時代から明治維新を経て敗戦へと続く日本の歴史は「ただただ一直線に、脳化が進んだ」歴史であり、「だからこの国は高度先進社会になった。高度先進社会とはすなわち、脳化社会だからである。(略)江戸時代以降この国は、身体の消失に関する挿入に満ちている」(『日本人の身体観の歴史』)という見解を提示するが、こうして見ると、ここで養老が言う「脳化」の歴史の延長線上に、村上の思春期にあたる〈高度経済成長〉があることはもはや疑い得ないだろう。

実際にここで村上に目を向けてみれば、村上もまたエッセイや小説のなかでこうした養老の見解と響きあうような発言をたびたびしていることに気づかされる。例えば、『69』の続編的性格を持つ『長崎オランダ村』(書下ろし、92・3、講談社)では、作者の分身である語り手の「私」が、日本が海外の文化を受け入れるときの傾向について、「開放的な国が外国人に、犯罪者でもないのに、指紋を押しとけなんて言うか? 生の人間は怖いくせにレコードとか文章になっているとむさぼるように受け入れる。ブルースは好きだけど、体臭は我慢できないというわけだ」と批判しているが、ここには、「レコード」や「文章」といったメディアを経由して入ってくる、いわば記号化(=脳化)を経た情報は「受け入れる」が、「生の人間」や「体臭」といった〈身体性〉を喚起するものは拒絶するという、日本社会における過度の「脳化」傾向に対する「私」の嫌悪感が鮮明に示されていると言えよう。おそらく、このような日本社会に対する村上の批判が、一章で触れた、アメリカの影響を身体的な地平から感受することができた「基地の街」と、そうしたアメリカをはじめとする外部の影響が巧妙に隠蔽されている東京という対立構図を源泉として導きだされたものであることは疑い得ないが、こうして見ると、『限りなく～』の主人公がそこからの脱出を願った「白い起伏」や、キクが破壊を試みる鉄の〈母胎〉とは、こうした、その対象が有する外部性や他者性を剥ぎ取り、記号化可能なもののみを「受け入れる」、日本の「脳化社会」的側面を指していると捉えることも可能なのではないか。その意味で、『限りなく～』のクライマックスにおいて、「黒い鳥」の幻覚に襲われた主人公が、「絨毯の上にあったグラスの破片を拾い上げ」「腕に突き刺し」精神の安定を取り戻す場面には、〈身体〉こそが、現代社会のなかでアイデンティティを確認できる唯一の拠り所であるといった認識が既に打ち出されていたと見ることもできるのだ。（注20）

3

ともあれ、このように考えてみると、『コインロッカー』のクライマックスにおいてハシの前に立ち現われてきた「母なる自然」とは、山河草木といった〈外部の自然〉ではなく、自身の「身体」という〈内なる自然〉であったと言えるのではないか。つまり言い換えれば『コインロッカー』の大きな特徴のひとつは、〈母胎回帰〉という物語コードを表層的にはある程度踏襲しながらも、それを「すべてを包みこむ母なる自然（＝外部の自然）」との一体化＝〈癒しの空間の再生〉というある意味でのクリシェと同一化させて描くのではなく、〈身体性〉の復権という、いわば個人の主体性回復（＝自立）の物語として描き出した点にあると言えるように思われるのだ。

実際、この最終部に限らず『コインロッカー』には、「脳化社会」に否を突きつける、いわばアンチ「脳化」とでも呼べる要素が数多く見受けられる。例えば、キクの恋人であるアネモネは、キクに「考える人って有名な彫刻があるでしょ。あれ嫌いなの、あれ見てると爆破したくなってくるわ」と言う。アネモネは「考える」ことを激しく憎み、ゆえに「考えない」キクに惹かれる。「考えちゃだめよキク、考えちゃだめ、あんたあの高い棒を跳ぼうとする時、何か考える？　走り出した後よ、跳べるだろうか、失敗するだろうかって考える？　考えないでしょ？　あたしが嫌いな人間は大勢いるわ、その中でも最低なのは悩んだり反省ばかりしている連中よ」。

「考えない」こと、そして「悩んだり反省してばかりいる連中」を憎むこと。それは、「怯えてちゃだめだ、怒れ、迷ったらもうおしまいだ」と自身に言い聞かせ、「脳」が作った都市を「まっ白にしたい」と望み続けるキクの意志と響きあい、重なり合う。つまりこうして見ると、キクとアネモネはアンチ「脳化」というモチベーションによって結ばれたカップルであり、その意味でキクの〈母殺し〉とは、「脳」によって作り上げられた都市にはびこる制度を、〈身体〉の論理から打ち壊すことであったとも言えるのだ。[注21]このようなキクの〈母殺し〉が有する性格は、キクが東京に撒くことになる「ダチュラ」が、爆弾やミサイルといった物理的な破壊兵器ではなく、それを吸引すると「絶大な快感の中で破壊を開始する。瞳孔が拡がり、緑色の泡を吐き、筋肉が『鉄のように』硬く強くなる。目に入る物はすべて破壊し、生物を殺し続ける。彼は殺されるまで止めない。殺す以外に彼を制する方法はない」とされる、人間の理性を後退させ〈身体〉に内在する暴力性を引き出す一種の精神化学兵器であることにも顕著に表れていよう。

同様に物語の最後で、キクの散布したこの精神化学兵器「ダチュラ」に侵され精神薄弱の妊婦を殺そうとしたハシが、その時偶然耳にした妊婦の心音から、自分が乳児院時代から探し求めていたのがこの「心臓の音」であったことを悟り再生していく場面には、ハシが自身の〈身体性〉を回復する瞬間が鮮明に描かれていると言える。そもそもここで翻ってみれば、身体の持つエネルギーの過剰さによってコインロッカーから救出されたキクとは対照的に、ハシはその身体の虚弱さが逆に功を奏すかたちで救い出されたのであった。と同時に、こうした自身の出自を引きずるかたちで、ハシは作中において常に自身の身体的エネルギーの希薄さに悩み続けるキャラクターとして描かれていた。「中学生の頃、運動場に水溜りができると体育の授業は中止になった、時間割に体育がある日は雨だけを待った。特に器械体操は嫌だった。鉄棒で逆上がりが出来ないのはクラスでハシ一人だったのだ」。その意味で、ハシの〈母探し〉とは己の〈身体性〉を取り戻す過程そのものだったといえようが、クライマックスにおいて、ついに「母親の心臓の音」をつきとめたハシは、その音から次のようなメッセージを受け取っている。

心臓だ。とうとう見つけたぞ、ハシは叫んだ。この心臓の音だったのか、僕を産んだ女の心臓の音だったのか、僕は空気に触れるまでずっとこの音を聞いていたんだ。ハシはその音に感謝した。体中にみなぎる力と圧倒的な至福をもたらしたその音に感謝した。その音を憎むことができなかった。(略)そうだ、心臓の音は信号をおくり続けている、この狂った妊婦の腹にいる胎児も同じ信号を受け取っている。ハシは息を吸い込んだ。涼しい空気が舌と声帯を冷やす。母親が胎児に心臓の音で伝える信号の意味は一つしかない。ハシはまた息を吸い込んだ。冷たい空気が喉と唇をつなぐ神経を一瞬甦らせ、ハシは声を出した。初めて空気に触れた赤ん坊と同じ泣き声をあげた。もう忘れることはない、僕は母親から受けた心臓の鼓動の信号を忘れない、死ぬな、死んではいけない、信号はそう教える、生きろ、そう叫びながら心臓はビートを刻んでいる。筋肉や血管や声帯がそのビートを忘れることはないのだ。

「母親から受けた心臓の鼓動」は「声帯」や「筋肉」や「血管」といったハシの「身体」に「生きろ」というメッセージを送ってくる。「心臓の鼓動」を発見し「体中にみなぎる力」を確認したハシは「初めて空気に触れた赤ん坊と同じ泣き声」をあげながら「無人の街の中心へと歩き出した」。ハシのまわりには包み込んでくれるような〈外部の自然〉(=癒しの空間)などどこにもない。そこには「無人の街」が広がるだけである。だが、一体化できるような〈外部の自然〉はなくとも、人間には最後に残された〈内なる自然〉を発見することは可能だ。その〈内なる自然〉こそが「心臓」や「筋肉」や「血管」といった〈身体〉であり、いまこそ「脳」の専制を離れてその力を思い出してみるべきなのではないか。ハシの最後の叫びは我々にそう告げている。

おわりに

以上、本章では村上龍の初期代表作である『コインロッカー』を、村上の思春期にあたる六〇年代後半から七〇年代前半にかけての社会心理に流れていた〈母殺し／母探し〉の欲望と絡めつつ論じてきた。日本における六〇年代後半から七〇年代前半は、〈高度成長〉による核家族化が急激に進み、密室化した家庭のなかで精神的な〈母子密着〉が起こることで、〈母〉が〈子〉にとってある種の「管理者」＝抑圧装置としてふるまいはじめた時期であったと考えられる。そしてこのような「管理者」としての〈母〉の台頭は、家庭の中心に制度と一体化した〈母〉が居座ることで、家庭が社会からのシェルターとしての役割を失い、社会的規範を教化する場へと全面的に変わったことをも意味していた。その意味で、「マイホーム→学校→企業という、集団から集団への移住」（栗原彬『管理社会と民衆理性』注9に同様）を前提とした日本型管理社会――言わば「父なき（南注・個人なき）社会」（土居健郎『「甘え」の構造』前掲）――の基盤は、この「管理者」としての〈母〉が台頭した六〇年代後半から七〇年代前半に、確立されたものと思われる。と同時にこうした制度と一体化した〈母〉の台頭は、その反動として当時の若者のなかに、「自然」＝「母」といった土俗幻想のうちに語られる〈癒し〉の空間を求める欲求を助長させていったのではなかったか。

当時の若者文化に見受けられる、土俗的な〈母〉への執着（＝母探し）と抑圧的な〈母〉からの脱出願望（＝母殺し）といった〈母〉に対する二面的な性格は、このような時代状況の反映であったと考えられよう。実際、村上龍のデビュー作である『限りなく～』における主人公を中心としたヒッピーたちのあり方からは、こうした〈母〉に対するアンビバレントな欲望の併存を読み取ることができた。その意味で、『コインロッカー』は『限りなく〜』の延長線上に位置づけることが可能な作品であり、村上は『コインロッカー』において、自身の青春期に流れていた〈母〉に対する二面的な欲望を、キク(=母殺し)とハシ(=母探し)それぞれに仮託して描き出したと言えるだろう。言い換えれば、『コインロッカー』のなかで村上が試みたのはある意味で、〈制度としての母〉を破壊し、〈自然としての母〉を復権させることであったと考えられる。ただし、ここでさらに特筆せねばならないのは、村上が『コインロッカー』において、この〈自然としての母の復権〉というモチーフを、〈外部の自然との一体化〉=〈癒しの空間の再生〉といった紋切り型の母性幻想の構図と重ね合わせるのではなく——主人公たちを乳児院から引き取る心優しい田舎の女性であった養母の不慮の死や、ハシの「母性願望の化身」であったニヴァが女性的機能の一部を欠落させた存在であったことは、江藤が『成熟と喪失』で提示した自然神を想起させる〈癒し〉としての母親像を村上が信じていないことのアイロニカルな表明であると考えられる——、それを〈内部の自然(=身体)の復権〉という、個人の主体性を回復する物語として描き出していることだ。『コインロッカー』を現代小説の傑作としているのは、まさしくこの点にあるのではないか。物語の最終部において、「母親の心臓の音」を発見することで自身の〈身体性〉を回復し、「無人の街」へと叫びながら歩みだしていくハシの姿には、あらゆる意味で人工物に取り囲まれた現代社会(養老孟司の用語を使えば「脳化社会」)のなかでは、〈身体〉こそ個人のアイデンティティを確認できる唯一の場であり、またそれこそが制度を突破できる可能性なのだという村上の認識が鮮明に表れていると言えよう。

そして最後にここで、作者である村上龍のその後の活動に視線を向けてみれば、この『コインロッカー』以降村上は、自身の〈身体性〉を回復し「新しい歌」を発見したハシそのままに、『イビサ』(初出

『月刊カドカワ』89・1〜91・11→92・3、角川書店）や『ＫＹＯＫＯ』といった、自己の〈身体感覚〉をアイデンティティの拠り所として、国家や社会的階層といった（「脳」が作り出した）制度的境界を縦横無尽に横断する主人公が登場する作品を数多く発表していくのだが、そのことについては、村上にとってのもう一つの重要なテーマである〈アメリカの相対化〉という視座と絡めながら次章で詳しく論じることとする。

注

（1）例えばこの点について、都市労働者の住宅難について取材した橋本功「閉じ込められた人々」（『朝日ジャーナル』72・1・7）は「どの資料を見ても、それは昭和二〇年代後半から三〇年代にかけて、都市集中化が起こったとある。（略）／つまり、戦後日本の都市人口集中比は、資本主義的生産向上のために農民からの土地収奪と低賃金労働力の集中化を必要とした結果である。いわゆる『農業構造改善政策』や〝労働力流動化政策〟による若年低賃金労働力の吸収は、産業界からの必然的要求でもあったのだ。／この結果、戦前八〇％あった農業人口は高度成長期に入る昭和三五年には三〇％、そして昨年すでに二〇％を切り一九％になった。／（略）／農村人口が減少の一途をたどる半面、都市人口はすでに七〇％にもなろうとしている」と、高度成長期における農業人口の減少と都市の人口集中化の関係をまとめている。

（2）この点について、『コインロッカー』を〈母〉という視座から分析した論考には仲俣暁生『日本文学：ポスト・ムラカミの日本文学』（02・5、朝日新聞社）やテッド・グーセン「現代日本文学における終末論と母親殺し」（平川祐弘・萩原孝雄編『日本の母——崩壊と再生——』所収、97・9、新曜社）などがある。

（3）『コインロッカー』はその年（八〇年）の「野間文芸新人賞」の受賞作に輝いたが、現在でもこの『コインロッカー』を村上文学の最高峰とする声は多く、この点に関しては村上龍自身もまた「村上龍自身による自著作品解説」（『Ｒｙｕ Ｂｏｏｋ 現代詩手帖特集版』90・9、思潮社）のなかで「今の村上龍があるのはこの作品のおかげなんですよね。これを書いたことによって本当に自分自身に自信が持てたし、周りの人もこれを書いたことによって認めてくれたんじゃないかな」と振り返っている。

（4）坂本佳鶴恵『〈家族〉イメージの誕生――日本映画にみる〈ホームドラマ〉の形成』（前掲）は、実際に「母もの」作品を批評している当時の『キネマ旬報』などを引用しながら、「母もの」映画の定義やそれがもつ特質を、「『キネマ旬報』における戦後の母ものに対する評をみると、『新派悲劇』であり、『お涙頂戴』の『しめっぽさ』が予想され、姑や運命による母親いじめと、母子の生き別れと再会の場面によって構成される、型にはまった『陳腐な』映画とされている。母ものがめざすべき成功は、通俗的ながらも、『人類普遍』の『尊い母性行為』を自然な形で描き、感動を呼ぶことである」「戦後、一九四〇年代後半から一九五〇年代後半の母ものブームは、このような戦前の心情を拠り所とした比較的伝統的・回顧的なものと近く、決して新しい時代の先端を切り拓く憧れの対象という意味あいのブームではなかったと思われる」と説明している。

（5）坂本佳鶴恵『〈家族〉イメージの誕生――日本映画にみる〈ホームドラマ〉の形成』（前掲）は、日本における「ホームドラマ」の起源や史的変遷、そしてそれが有する特徴について「〈ホームドラマ〉は、振り返ってみると、日本の高度成長期の少し前から登場し、高度成長とともにその絶頂期を迎え、高度成長期の終焉とともに急速に人気が衰えたジャンルである」「〈ホームドラマ〉のジャンルイメージは、二つの点で、一九五〇年代から一九七〇代の経済と家族のあり方と符号している。第一は、誰もがもつ平凡でありふれた家族生活という画一化への志向性である。（略）／第二は、家族の焦点化と結びつけられて女性が対象となっていることということである。一九五〇年代は、家族が消費の単位および場として大きな役割を果たすようになっていった時代である。（略）女性たちはこうした家族生活のための商品の購買と使用に関わっていた」と説明している。

（6）例えば中村雄二郎「ニッポン『断絶』考」（前掲）は、「（南注・現代日本社会に横たわる）世代ギャップの問題」に着目し、その主な原因を「親（とくに父親）と子の関係の変化、父性原理の喪失」と「母性的なものに対する幼児的依存」に求めている。また河合隼雄「青年は母性社会に反抗する」（前掲）は、「日本社会における青年の異議申し立ては、母性文化に対して向けられているように思われる」とし、「学生たちは心の中に父と息子との戦いを描きつつ、実は母と息子の戦いをやっていたのだ」という見解を提出している。

（7）土居健郎『「甘え」の構造』（前掲）第五章「『甘え』と現代社会」参照。また宮本忠雄「日本文化の特異な指標——土居健郎『「甘え」の構造』」（『朝日ジャーナル』71・5・7）は「最後の第五章」について「現代社会を素材として著者の筆勢はふたたび冴えてくる。すなわち、敗戦による天皇制と家族制度のしめつけが撤去され、いわば父親的権威が失墜した結果として、日本では個人の確立ではなく、『甘え』の氾濫がもたらされて、さまざまの精神的社会的混乱が生じているというのがおそらくここでの核心」であろうと解説している。

（8）江藤は『成熟と喪失』のなかで、安岡章太郎『海辺の光景』（59）を論じたさいに、主人公「信太郎」に対する「母」の「圧しつけがましさ」に着目し、「信太郎の母の『圧しつけがましさ』は、彼女の『近代』に対する危機意識のあらわれだともいえるかも知れない」としたうえで、「日本の『近代』は学校教育制度を導入することによって、大草原の彼方にではなく男たちの心の中にひとつの『フロンティア』を開いた。そして母親たちは、あの『ヒリヒリと痛いやうな恥づかしさ』をのがれるために、息子をこの『フロンティア』の彼方に旅立たせなければならない」という認識を提出している。

（9）この点について例えば社会学者である栗原彬は、「六〇年代の高度成長のもたらした社会構造の変化」について考究した『管理社会と民衆理性』（82・6、新曜社）のなかで、高度経済成長期に成立する中産階級に所属するホワイトカラー（あるいはその子供）のライフサイクルについて触れ、それを「マイホーム↓学校↓企業という、集団から集団への移住」と見なしたうえで、「この集団は島宇宙的な分節集団を形成しつつ、しかも半所属の両義性によって、マイホーム↓学校↓企業↓大国ナショナリズムへと連動する中間構造型管理の再生産装置を構成している」「『イエ』から『マイホーム』まで、また『家族国家』から『企業一家』までを貫くメカニズムは中間組織による『社会統合』である。（略）企業の家族化と家族の企業化は、日本型の社会統合の重要な環節であり、中間組織の水準での構造型管理と国家規模再生産の源泉である」といった認識を提示している。

（10）桜井哲夫は『ことばを失った若者たち』（前掲）のなかで、アグネス・ラムについて触れ、「思えば一九七四年の麻田奈美に始まって一九七六年のアグネス・ラムといった若者の〈オナペット女性〉が、いずれも巨大なバスト（乳房）と童顔というアンバランスな魅力を持ったモデルであったのも象徴的であった。顔は少女的でありながら、大きな乳房を持つ女性は、男の側が主導権を握りながら、その乳房のもとで幼児に退行できるという夢想の対象ともいえるものだったように思う」と述べている。

（11）さらにこの鼎談（「新世代作家における〝『母からの脱出』〟」前掲）のなかで日高はこれらの作品を「父が登場してないで、母が中心にすえられているということ」においても共通すると述べている。また神谷は「『僕って何』にみられるような『母なるもの』にとらわれている状態、そこからもう脱出できない状態っていうのが非常に悲観的な結末に終わっているんですけども、（略）『限りなく透明に近いブルー』についてみますと、（略）やはりこれも母というのが大きな核になっていると読めるんではないかと思います」とも述べている。

（12）この点に関しては、神谷忠孝、中野美代子、日高昭二による鼎談「新世代作家における〝『母からの脱出』〟」（前掲）のなかで日高も「『限りなく透明に近いブルー』という小説を読んでいると、それぞれの登場人物が自分の母親を確かに気にしているというふうに出てきますね」と論者と同様の指摘をしている。

（13）例えば「若もの漂流から定着へ――夢の〝国家〟手作り」（前掲）は、「神奈川県葉山の関東学院大学の寮に、長髪、ジーパンの和製ヒッピー約二百人が集まり」「鳥取県八頭郡佐治村」に「『さくらんぼユートピア』を建設しよう」と計画していたことを取り上げている。また、「ヒッピーと前衛武道と――〝原始人に帰る〟大集会」（前掲）は「東京・新宿などから乗り込んだヒッピー、フーテンの若者たち」が「『人間が精神的、肉体的に自然に帰らないと、公害におかされ、地球は爆発寸前になる』との危機感から、（略）大自然の中での〝まつり〟を呼びかけ」、「さる（南注・七二年八月）二十六日から三日間、千葉県・九十九里浜」で「人間と宇宙のまつり・原始人大会」という集会を開いたことを伝えている。

（14）例えば作中においてリリーは、「リュウ、あなた変な人よ、可哀相な人だわ、目を閉じても浮かんでくるいろんな事を見ようってしてるんじゃないの？　あなた何かを見よう見ようってしてるのよ、まるで記録しておいて後でその研究する学者みたいにさあ」と「僕」の人間性を分析するような発言をたびたびしている。

（15）村上龍はのちにこの『限りなく～』を自ら脚色・監督して映画化したが、その「撮影日誌」（『真昼の映像・真夜中の言葉』所収、79・1、講談社）のなかで、村上はリリーについて触れ、「リリーは数人の女性をミックスして作り上げた。（略）大げさに言えば、二ヶ月前までは僕にとって永遠の女性だったわけだ」と述べている。

(16) 正直にいえば、この、クライマックスにおいて主人公の眼前に現われ、その精神を混乱させる巨大な「黒い鳥」が何を意味するのか、論者はまだ明確な回答を用意できていない。ただ、ここでは今井裕康「解説」（前掲）をはじめとして多くの論者が、この「黒い鳥」を「現代社会」のメタファーであると分析していることは付け加えておきたい。

(17) 一九六八年一月二一日の『朝日新聞』（東京版）には「コインロッカー喫茶店にまで」というタイトルで新宿や渋谷、池袋などの各所で「コインロッカー」の利用者数が急増していることを伝える記事が掲載されている。また、キクとハシが「コインロッカー」に遺棄された七〇年代前半は、この種の乳児遺棄事件が多発した時期だったと思われる。ここでは残念ながらその統計資料は入手していないものの、桜井哲夫『ことばを失った若者たち』（前掲）の「巻末年表」には、七三年二月に「渋谷駅のコインロッカーでえい児の死体発見（この年各駅で続発）」と明記されている。

(18) このとき、キクとガゼルの間では次のような会話が交わされている。「『まてよキク、お前捨て子だってな』／『ああ』／『おふくろを憎んでるか？』／『おふくろって捨てた女のこと』／『そうさ、憎んでるか？』／『うん、そうだな、憎んでるな』／『親を殺したいと思うだろ？　産んだやつをよ』／『誰だかわかんないんだよ』／『片っぱしから殺していけばいつかそいつにあたるよ』／『関係のない人はかわいそうじゃないか』／『お前には権利があるよ、人を片っぱしからぶっ殺す権利がある、おまじないを教えてやるよ』／『おまじない？　何の？』／『人を殺したくなったらこのおまじないを唱えるんだ、効くよ、いいか覚えろよ、ダチュラ、ダチュラだ』」

(19) 村上龍は『愛と幻想のファシズム』文庫版(90・8、講談社)の「あとがき」において、「冬二、ゼロ、フルーツ、という三人の人物は、『コインロッカー・ベイビーズ』の、キク、ハシ、アネモネの生まれかわりである。／三人は、また名前を変えて、私の小説に登場してくるだろう」と述べている。

(20) この点に関して太田鈴子「村上龍『限りなく透明に近いブルー』――身体化された『自己』による地平の発見――」(『学苑』99・1)は、この、主人公が床に叩きつけたグラスの破片を自分で自分の腕に突き刺す場面に着目し、「すると破片の刺さった左手だけが生きていることを感じるのである。その後転んだ拍子に口のなかに入った草の苦さ、口の中に入った虫のギザギザした足の感触、虫が持ち込んだ草の露は覚醒を促す役割を果たす」と述べたうえで、「権力や制度が定めた規範の中でもがくあまりに薬物に逃避した自己はここにはいない。(略)自己の身体が生き生きと活動し、自己の立脚する場所が見出され、他者と関係しあえる場所を求めている人間がある」という見解を提出している。

(21) 実は養老の認識を援用して『コインロッカー』を論じた先行研究には、布施英利『電脳的』(一章第三節に前掲)があり、このなかでもキクとアネモネを「脳化社会」に対立するカップルとして分析している。ただし、本稿と布施の論は養老の言説を援用している点では共通するが、論全体の流れ(養老を参照するに至る手続きなど)については異なっていることを明記しておく。

三章　もう一つの「基地の街」としての熱帯の〈島嶼〉

（ハワイ、グァム、サイパン……そしてキューバ）

——『悲しき熱帯』『だいじょうぶマイ・フレンド』『イビサ』『KYOKO』 etc——

はじめに

本論の一章において、「基地の街」が村上のなかで〈原風景〉として定位するトポスであったことはすでに述べた。いわば、村上にとって「基地の街」とは、アメリカと日本の間に横たわるリアルな力の差が鮮明に露出する場であり、それゆえに、そうした日米間の力関係が隠蔽されようとしている日本社会のあり方を相対化する根拠ともなるトポスであった。『69』『映画小説集』『限りなく〜』といった村上自身の自伝的な性格を色濃く持つ作品群からは、「基地の街」と「東京」を対比することで、東京に象徴される、外部の世界からの影響に目をそらしたまま自己充足していく日本社会の欺瞞的なあり方を批判しようとする村上の意図を明確に読み取ることができる。と同時に、こうした外部からの影響に対するリアルな意識という点を、角度を変えて見れば、『69』の主人公が「外人バー街を歩くと胸がときめく。人類にとってなくてはならない場所だということがよくわかる」と述べているように、まさしく村上にとって「基地の街」とは、アメリカを始めとするまだ見ぬ外部の世界と自分を接続する、いわば「胸がときめく」夢の中継地点であったとも言えるだろう。

しかし皮肉なことに、村上がこの「基地の街」を舞台とした『限りなく〜』でデビューする前年(一九七五)にベトナム戦争が終結したことを受け、それ以降、(沖縄を除く)日本国内の米軍基地は縮小の一途を辿ることとなる。ここで『69』や『限りなく〜』の舞台となった佐世保(米海軍佐世保基地)と福生(米空軍横田基地)に焦点を合わせて見れば、佐世保基地は一九七五年五月に米軍による基地機能大幅縮小の方針が発表され、艦船係留施設の八割が日本側に返還されることが決定している。また福生にある横田基地は、一九七二年に提案された関東地区の米軍関係施設を横田に統合しようという〈関東統合計画〉によって、その存続の危機は回避したものの、この統合計画の煽りを受けるかたちで、姉妹関係にある立川基地が七七年一一月三〇日をもって日本側に全面返還されている。こうしたベトナム戦争終結による米軍基地廃統合の流れは、当然の帰結として米軍基地に経済的に依存していた「基地の街」の活気を失わせていった。柘植光彦「原郷としての佐世保——村上龍、そして井上光晴」（序注4に同様）は、九〇年代における「基地の街」（佐世保と福生）の様相を次のように伝えている。

今、佐世保の街を訪れてみると、様相は一変している。基地は、米軍の縮小と円高ドル安に伴って、まったく活気を失った。佐世保橋から基地側に入った中町の米軍クラブも、最近とり壊された。基地の街の雰囲気を色濃く残しているのは、ほんの小さな一画だけだといっていい。（略）／じつは筆者は、村上龍が浪人時代を過ごした福生の外人バー街にも行ってみたのだが、ここにも佐世保と同じような落魄の雰囲気が漂っていた。外人相手の通りには、一般の商店が入り込んで虫食い状態になり、アメリカ人の姿はちらほらとしか見えない。ただ一つ、どぎつい装飾の大きなラブホテルが存続し、昔の面影を伝えているが、そのホテルのゲートをくぐる娼婦の姿は見えなかった。

そして柘植はこの引用に続くかたちで「村上龍が『胸がときめく』と表現した外人バー街は、もう佐世保にも福生にも存在しないのだ。『人類にとってなくてはならない場所』であったはずの佐世保のその街は、今は村上龍の輝かしい記憶のなかに埋もれ、それを読むわれわれ読者の想像の中に蘇るだけだ」と指摘するが、このような「基地の街」を巡る状況は村上自身も明確に自覚しており、彼はその対談やエッセイのなかで、自身の〈原風景〉である「基地の街」が、現実世界においてはすでに消滅していることをたびたび語っている。(注1)

村上は「寓話としての短編」(『村上龍自選小説集3——寓話としての短編』所収、97・6、集英社)と題したエッセイのなかで、「対ドルレートで二百円を切った一九七八年にこの国の近代化が終わったとわたしは考えているが」、それは「近代化における矛盾が解決したからでは決して」なく、「矛盾を隠蔽し閉じ込める史上例を見ない閉塞的な日本化が始まった」ことを意味しているという認識を提出しているが、村上がこのような日本社会に対する認識を持つに至った背景に、彼にとって日本に内在する矛盾を露出するための根拠であり、また、自身と外部の世界を接続する回路として機能するトポスであった「基地の街」の衰退という現象が大きく影響していることは疑い得ないだろう。と同時に、自身のデビューと平行するかたちで、このような、「矛盾を隠蔽し閉じ込める史上例を見ない閉塞的な日本化」の始まりと、その徴証としての「基地の街」の衰退という社会的動向に直面することで、それ以降の村上の文学的活動はふたつの大きな流れに分岐したものと思われる。そのひとつは、二章で論じた『コインロッカー』をはじめとした、「矛盾を隠蔽し閉じ込める」「閉塞的な」日本社会に対する攻撃を中心的なテーマとした作品を書き続けることであり、他方は、失われつつある自身の〈原風景〉と類似する環境を求めて世界へと視線を向け、そうした世界中にある「基地の街」を髣髴させるトポスを舞台背景とした作品群を産出することである。そしておそらく、その村上の文学活動における、デビュー直後のもっとも早い時期に、こうした「基地の街」を髣髴させるトポスとして彼の目に留まったのが、オーストラリア、メラネシア、ミクロネシア、ポリネシアからなる、いわゆるオセアニアと呼ばれる地域に(注2)浮かぶ、ハワイ、グァム、サイパンなどを中心とした、熱帯のリゾート地として名高い島々であったと思われるのだ。

第一節 「基地の街」と、『悲しき熱帯』収録短編の舞台(オセアニアを中心にした、熱帯の島嶼群)との相似性

1

七六年に小説家としてデビューした直後から八〇年代前半にかけて村上龍は頻繁に、フィジー、グァム、サイパン、ハワイ、パラオといったメラネシアやミクロネシア、ポリネシアにあるリゾートとして名高い島々を訪れている。(注3) 村上がこれらの島々を足繁く訪れたその表面的な目的は、自身の趣味であるスキューバダイビングを楽しむための、いわばレジャー観光にあるのだが、こうした様々な島嶼への旅は村上の娯楽的欲求を満たすと同時に、その創作意欲をも強く刺激したらしく、実際にこの時期に書かれた彼の作品のなかにはタヒチやハワイ、グァムといった、主にオセアニア地域に浮かぶ島嶼群を中心に、熱帯のリゾート地として有名な島々を舞台としたものが数多く存在する。なかでも、『フィリピン』(南注・正確な舞台は、フィリピンのルソン島)(注4)(初出『野性時代』78・1)『ハワイアン・ラプソディ』(同79・5)『スリーピー・ラグーン』(南注・舞台はタヒチ)(同80・5)『鐘が鳴る島』(南注・舞台はグァム)(同81・7)『グァム』(同81・2)の五編を収録した短編集『悲しき熱帯』(南注・八八年七月にこの『悲しき熱帯』は『Summer in the city』というタイトルで単行本化され角川書店から出版されてもいる)は、こうした著者の島嶼体験が生み出したひとつの成果であると言ってよかろう。ただし、村上自身が「私は、サマセット・モームのように暑気と湿気の中でトラブルを抱えて、それを小説にしたりはしない」(『Summer in the city』「あとがき」）と言うように、村上は、これらオセアニアを中心にした、熱帯の島嶼を舞台とした作品を描くうえで、エッセイ調の体験録やカルチャーショックを売り物とした旅行記といった体裁をとらなかった。これらの作品に共通する特徴は、物語の主人公がすべてその土地に住む現地人に設定されていることである。つまり、村上はこうした島嶼のリゾート地に根を下ろして生きる人々のなかに、ある種の「小説の芽」（同前）を発見したのだと言えようが、こうした村上の選択に自身の〈原風景〉である「基地の街」とこれらの島々が持つある種の相似性が大きく影響しているのは想像に難くないと思われる。

『悲しき熱帯』収録短編の舞台である、これらリゾートとして名高い島々と「基地の街」との相似性。ここでこの「基地の街」を村上の故郷である佐世保に限定して見た場合、その相似性の一因は、まず端的にこうした島々と佐世保の地形的な類似にあると言うことが可能であろう。柘植光彦「原郷としての佐世保――村上龍、そして井上光晴」（序注4に同様）が「観光客の目でこの街（南注・佐世保）を見てみると、たしかに観光資源には恵まれている。まず天然の観光資源として、九十九島に代表される美しい島々がある」と述べるように、こうした佐世保に見られるある種の群島的な性格が、村上に、ハワイやグァムやタヒチといったこれらオセアニアを中心とする熱帯の島嶼と自身の故郷との類似を感じさせる一因であったことはもはや疑い得ないのではないか。ただし、――村上にとってもうひとつの「基地の街」である福生が、こうした島嶼的な性格を持たないことからもわかるように――このような地形的な要素は、「基地の街」とこれら『悲しき熱帯』の舞台となった島々との相似性を語る要素としては、あくまで副次的なものに過ぎない。それでは、これら『悲しき熱帯』の舞台となった島々と「基地の街」との相似性を構成する中心的な要素は何かといえば、おそらくそれは、両者の社会的・文化的背景を追ったときに立ち現れてくるある種の共通点にこそあると思われる。

2

村上が『悲しき熱帯』に収録された諸短編で舞台としたこれらの島々のほとんどが、戦前・戦中を通じて(旧大日本帝国を含む)北側の近代帝国主義国家による植民地支配を経験しており、戦後もまたアメリカやフランスなどの信託統治領として、未だに政治・経済的な独立を果たしていない地域が多く残ることは周知のとおりである。(注5) 清水昭俊「近代の国家と伝統」(注4に同様)は、「フィリピン、インドネシア、マレーシア、ブルネイ、オーストラリア、ニュージーランド」といった「環太平洋」側にある国々と、メラネシア、ミクロネシア、ポリネシア地域を、共にオセアニアと総称したうえで、主に後者の、「太平洋の広大な本体に」散らばる、ハワイやグァム(アメリカ合衆国領)、タヒチ(フランス領ポリネシア)、あるいはフィジー共和国といった、「国家として独立していない」もしくは「独立していても、『国家』という言葉がある種の違和感をよびおこさずにはおかない」「ミニ島嶼国家群」が現在直面している政治・経済・文化的な問題について触れ、「近代西欧諸国による植民地支配の文化的インパクト」が「現在まで軋轢を持続させている点」でこれらの地域は「やはり特異である」としながら、その原因を大まかに「主要な国際市場から地理的に遠く、漁業と観光以外に資源は乏しく、少ない人口のために、域外の資本には労働力市場、商品市場としての魅力に乏しい」ため、「経済発展を試みるとしても、全面的に先進諸国の援助に依存せざるを得ない」ことにあるとまとめている。「政治と経済の自立が困難であるというオセアニア特有の条件が、自由連合という特異な政治的自立の形態の目立つ理由であり、また、いまなお植民地という地位にある地域の多い理由である」(清水、同前)。

また、石森秀三「観光開発と二〇世紀」(石森秀三編『観光の二〇世紀』所収、96・12、ドメス出版)は、これらメラネシアやミクロネシア、ポリネシアにある「ミニ島嶼国家群」を中心とする「南の開発途上国」（ここにはフィリピンやインドネシアといった清水の言う「環太平洋」側の地域も含まれる）(注6)は、「一九八〇年代に入ると『観光立国』を重視するようになった」「巨大な資本や資源や専門的人材を必要とする『工業立国』よりも、豊かな自然や多様な民族文化を活用する観光立国のほうが二一世紀の国家デザインに適しているので、数多くの開発途上国が国際観光の促進に力を入れはじめた」と述べながらも、しかし、「開発途上国における観光開発は必ずしも成功したとはいえない状況にある」として、「開発途上国における観光開発は先進諸国の資本で行われることが多く、『新・植民地主義』や『新・帝国主義』と言われる状況をも生み出している」といった見解を提出している。

おそらく、ここで石森が言う「新・植民地主義」「新・帝国主義」とは、資本投下する先進諸国側のメディアや観光業者によって、それが「欲する形態の伝統芸能や美しい白い砂浜に適合するように、現地が改変されていく」（中山速人「観光地イメージの形成――商品としてのハワイ」『観光の二〇世紀』前掲所収）そのメカニズムのことを指していると捉えて差し支えなかろう。つまり一言でいえば、サイパンやグァムといった「ミニ島嶼国家群」に代表されるような、「観光立国」化を目指す開発途上国を巡る「新・植民地主義」「新・帝国主義」とは、欧米を始めとする北側の先進諸国が、まさしく「現地人を一方的に表象し、表象する側の関係を徹底的に実践して、現地人みずからを表象に合致した存在に変える、というオリエンタリズム的な権力機構」（春日直樹「オセアニア・オリエンタリズム」春日直樹編『オセアニア・オリエンタリズム』所収、99・2、世界思想社）の別称であると言えるのだ。事実、例えば一九八〇年代のハワイでは、このような「新・植民地主義」「新・帝国主義」による一方的なイメージの押し付けや、それに伴う文化を巡る同意なき改竄に対して、現地人の間から文化の古典回帰運動が起きている。(注7)

3

こうして見てみると、『悲しき熱帯』収録短編の舞台である、オセアニア地域に浮かぶ島嶼群を中心とした熱帯のリゾート地（ここには『フィリピン』の舞台であるルソン島も含まれる）とは、決して文明社会から切り離された大自然が残る夢の〈楽園〉などではなく、欧米を中心とした北側の先進諸国による政治・経済・文化的な支配と簒奪が恒常化した、いわば「基地の街」と同様に、差別や偏見、あるいは支配／被支配といった様々な力関係が目に見えるかたちで露出するトポスだと言うことができるのではないか。ここで村上に目を向けてみれば、実際に村上もまた、こうしたリゾートと「基地の街」との類似する側面を意識しており、例えば彼はそのエッセイ「水に学ぶ　水に遊ぶ」（注3に同様）のなかで、パラオ（一九二一年に日本の委任統治領となり、戦後の解放後は国連信託統治領となり現在にいたる）での体験を次のように記述している。


　パラオの海は美しい。それはこれまで私が潜った中でも最高の美しさである。イルカの群れを見ながら、トローリングで1メートルを優に超すバラクーダを釣り、透明度100パーセントの珊瑚礁で獲ったシャコ貝の貝柱をバター焼きにして海岸で食べた。

　それは悦楽である。私はその悦楽を全面的に肯定する。そして、日本人が資本によって再び世界進出に成功したからその悦楽がもたらされたのだと認める。認めた上で、私はその悦楽を肯定する。

　その悦楽の陰には、過去の思い出と重なる現地人の暗い思いがあるかもしれない。日本人が全面的に歓迎されているわけがないではないか。

だが、悦楽とは常にそのようなものである。民主主義的な悦楽などこの世に存在しない。悦楽とは、差別的であり、また特権的だ。だが私は悦楽を肯定する。(略)悦楽のためには、ボーイやウェイトレスやポーターやメイドやポートドライバーやビーチの清掃員と、そして金が必要なのだ。

ここで村上は、資本主義のルールによってパラオを支配する北側の人間である自身の立場をはっきりと自覚している。だが、同時におそらく村上は、資本の力によって支配される側の「ボーイやウェイトレスやポーターやメイドやポートドライバーやビーチの清掃員」といった「現地人」のなかにもまた、強者であるアメリカに対して憧憬と反撥というアンヴィバレントな感情を抱き、それに引き裂かれていたかつての自分の姿を見ていたのではないのか。思えば『悲しき熱帯』所収の諸短編に登場する主人公は全て、ガイドやスキューバダイビングのインストラクターや大道芸人といった観光客相手のサービス業に従事していたが、こうした人物設定の選択に、GIによって自国の女が買われるのを小学校の窓から眺め、また上京してからは米兵に女や麻薬を売って生活していたかつての自分との相似性が反映していることは想像に難くないだろう。事実、『悲しき熱帯』の巻頭に収められている『フィリピン』では、「きのうの夜一晩中お互いの体にオリーブ油を塗り合った三十八歳のアメリカ女は、カメラをビニール袋に入れヴォイスの横に座った」として、ルソン島の観光地で河下りのガイドをする主人公(ヴォイス)が、その裏では、観光客にからだを売る男娼もしていることが示されているが、このように、自身のからだを商品として「アメリカ女」に提供する主人公のあり方は、村上のデビュー作『限りなく～』における「自分は人形なのだ」「俺は最高に幸福な奴隷だ」と自分に言い聞かせ米兵にからだを売っていた主人公の姿と明らかに重なるものであると言えよう。

第二節　八〇年代における〈アメリカ相対化〉の失敗――『悲しき熱帯』から『だいじょうぶマイ・フレンド』、そして『愛と幻想のファシズム』へ

1

ここまでは、村上が『悲しき熱帯』収録の諸短編において舞台としたオセアニア地域にある「ミニ島嶼国家群」を中心とする熱帯のリゾート地と、彼の〈原風景〉である「基地の街」との環境的な類似性を概観してきたが、このように考えてみると、村上がこれらの作品群において展開を試みた中心的テーマとは、これらの島々をもうひとつの擬似的な「基地の街」と見立てたうえで、そこに住む現地人と欧米世界との関係を通して、自身とアメリカとの関係をもう一度再検討し、その相対化が可能であるかを追求することであったと言えるのではないか。この点に関して作者である村上は、『悲しき熱帯』の「あとがき」において「すべての作品の主題は、強権・父権・神権といったことだ」と述べ、また末国善己「村上龍全作解題」(『ユリイカ　総特集＝村上龍』97・6)は『悲しき熱帯』について、「どの作品にも、(略)『アメリカ』が大きく影を落としているのが見てとれる」という見解を提出しているが、これらの言説は、こうした一連の作品群の中心的な主題が、アメリカを中心とする欧米世界と作者自身の間に横たわる支配／被支配といった一種の権力的関係を巡る考究に据えられていることの証左になると思われる。

ただし、七〇年代後半から八〇年代前半にかけて産出されたこれらの作品群に、自身の精神に一種の

権力として内面化するアメリカを相対化しようという村上の意図を認めたうえで、あえて結論を先取りすれば、ここでの村上の挑戦は、残念ながらアメリカとの新たな関係を構築するまでには至らず、達成感がもたらされることはなかったようである。ここで多少の誤解を恐れずにその原因について言及すれば、おそらくその最大の理由は、日米間における力関係を始めとする外部の世界からの影響に目をそらしたまま自己充足していく日本社会のあり方、いわば「矛盾を隠蔽し閉じ込める」「閉塞的な日本」を批判していたはずの村上自身が、ある意味で、こうした自己充足していく日本社会の〈気分〉に便乗しながら、これらの作品のなかでアメリカを見つめていたことにあると思われる。つまり言い換えれば、「対ドルレートで二百円を切」り、日本はアメリカを始めとする欧米世界と比肩するほどの大国になりつつあるのでないかという、高度成長以降の日本社会に蔓延し始めた欺瞞的な〈気分〉に乗るかたちでアメリカと向き合ったことが、これらの作品において自身とアメリカの関係を追及する村上の筆を〈甘く〉した原因であると思われるのだ。

村上はエッセイ集『アメリカン★ドリーム』のなかで、「五〇年代までは、アメリカはまだはっきりと世界の君主だった。(略)それが、破られそうになって、みんな騒いだだけなのではないのか」「アメリカに頼っていた私達は、弱いアメリカに我慢できずに反戦を叫んだだけなのである」として、アメリカがベトナムのような小国に対して勝利を収められなかったことに対する苛立ちともとれる発言をしているが、実際、この『悲しき熱帯』に収録された各短編に共通する特徴のひとつは、これらの作品で描かれるアメリカが、どこか翳りのあるアメリカであるということだ。

例えば、巻頭に収められた『フィリピン』は、観光ガイドをしている主人公の町に、ハリウッドの撮影隊が訪れ、偶然にもエキストラ係と知り合った主人公が、端役としてその映画に出演することになるというストーリーなのだが、ここには、父権的なアメリカを象徴する人物として撮影隊のクルーから「神」と呼ばれる映画監督が登場する。しかし、『フィリピン』においてこの「神」と呼ばれる映画監督は、単純に威厳に満ちた人物として描かれているわけではない。逆に主人公は、この映画監督について「威厳など感じなかった」「俺の知ってる喘息持ちのこそ泥とそっくりだ」と述べているが、注目したいのは、ここで主人公から「喘息持ちのこそ泥」と表現される映画監督が、撮影後のパーティで主人公から「失礼かも知れないけど背が低いですね、あなたのことを神と聞いたんでもっと大きい人かと思ってました」と言われたことに対して答える以下のような台詞である。

私は神なんかじゃない、(略)体育の時間、みんなと一緒にサッカーをやれずにグラウンドの隅でただ見てる子がいなかったかい? 体の弱い子だよ、それが私さ。(略)私はブルックリンという場所で育った、知ってるかい? そうだ大きな橋があるところだ、ハイスクールの頃の話だよ、三ブロックの町を二十周するマラソン大会があった、もちろん出場できなかった、(略)一つのコーナーの食料品店の前で、走ってくる奴にあと残りは何周だって教える係だった、(略)私は惨めな気分になって泣き出してしまった、その時に思ったんだ、自分が走る人間じゃないな、って思った、私はずっと他人が走っているのを見るだけだったんだ、それに気付いたんだ、他人を走らせてカメラに撮るのさ、今もそうだ。

柄谷行人は「想像力のベース」(一章注10に同様)のなかで、「私は村上の作品(南注・『限りなく〜』)に感じたのは『動物性』の圧倒的優位というようなものである」と述べ、「動物性」とは「アメリカ的生活様式」に見られるような「(階級)闘争はなく、欲求は満たされ、したがって、『〈世界〉や自己を理解する』という思弁的な必要をもたない」「ポスト歴史的な」態度を指していると説明したうえで、「実際、アメリカ的生活様式とは、アメリカが絶頂期にあった一九五〇年のものであり、そこにはまさに『精神』が欠けていたと見えたのである」「これ(南注・『限りなく〜』)は、私が見ないでいたあのアメリカの『ポスト歴史的な動物性』をまざまざと想起させた。アメリカはもはやこうではないという思いと、しかしやはりそうだという思いが交錯した」といった見解を提出している。(注8) しかし、上記の引用にある「見る」ことに固執する映画監督のあり方は、柄谷が『限りなく〜』で描かれるアメリカに見た「ポスト歴史的」で「動物」的な態度とは裏腹の、内省的で「精神」的なものであると言えるのではないか。ここで『限りなく〜』のなかでリリーが「僕」に対して「あなた何かを見よう見ようってしてるのよ、まるで記録しておいて後でその研究する学者みたいにさあ」「うまく言えないけど本当に心から楽しんでたら、その最中に何かを捜したり考えたりしないはずよ」と言っていたことを思い出してもいいかもしれない。つまり、村上において「見る」ことは、「『〈世界〉や自己を理解する』という思弁的な必要をもたない」「ポスト歴史的な」態度とは正反対の性格を持つ行為として認識されていると言えるのだ。

その他にも『悲しき熱帯』には、現地の若者との性的関係に癒しを求める中年の「アメリカ女」(『フィリピン』『スリーピー・ラグーン』)や、無人島で隠遁生活を送る元「伝説のロックスター」(『鐘の鳴る島』)など、栗本慎一郎「解説——悲しく透明な無頼派の愛」(『悲しき熱帯』所収)の言葉を借りれば「市場文明の中で傷つき挫折した人間」が多数登場するが、いままでの文脈に即してみれば、これらの人物はまさに、自信を失いかけているアメリカを象徴したものであると言えよう。そして、おそらく『悲しき熱帯』収録作品全体を通じて、こうした、凋落のきざしを見せ自信を失いかけているアメリカをもっともカリカチュアライズした存在が、『ハワイアン・ラプソディ』に登場する〈飛べなくなったスーパーマン〉なのだ。

2

村上が「トラック島で見た夢」(『メイキング・オブ・だいじょうぶマイ・フレンド』所収、83・4、CBS・ソニー出版)を作品化したというこの『ハワイアン・ラプソディ』は、ハワイを舞台に、故郷の「クリンプトン星」に帰る途中で飛翔力が衰え不時着してしまった老「スーパーマン」と、そんな彼を助けようとする現地の若者たちの奮闘を描いた作品である。クリスマス近くのある日、「小さな台風」が通り過ぎた後の海岸で、「僕」と友人のゴンザレスは、「黒のタキシード上下、ビロードの蝶タイとカマベルト、赤の裏地を使った夜会用のマント」といういでたちの老人が倒れているのを発見する。「この老人がスーパーマンだった」。彼の話によれば、どうやら彼は「スーパーマンである自分に嫌気がさし」故郷の「クリンプトン」に帰ろうと「風を利用して飛行訓練」をしていたが、能力が衰えていて海の中に落ちてしまったらしい。「スーパーマン」を可哀相に思った「僕」は友人のゴンザレスや気象観測官のハズミンとともに、ハンググライダーやパラセーリングなどあらゆる方法を使って「スーパーマン」の回復訓練に協力するが、それらは全て失敗し、あげくに「スーパーマン」はヘリコプターを使用した訓練の最中に大事故を起こし、回復不能となってしまう。そこで仕方がなく「僕たち」は「スーパーマン」を気球に乗せて空に送り出す。「ゴンザレスがロープを外した。銀色に輝くバルーンは音を立てて空気を震わせて上昇する。スーパーマンは傾いた車椅子をしっかりと摑み、宙に浮いた」。

ハワイが一八九八年にアメリカ合衆国に正式に合併され五〇番目の州となってからも、その政治的な待遇や観光開発を巡ってアメリカ本土との間に様々なトラブルを抱えていることは既に述べたが（注7に同様）、こうした地政学的な背景を考慮すれば、この『ハワイアン・ラプソディ』における「オアフで生まれオアフで育」った「僕たち」と「スーパーマン」の関係は、『限りなく～』における「基地の街」に住む主人公と「米兵」の関係に類似するものだと言えよう。しかし、『限りなく～』の「米兵」と主人公の関係に見られたような支配／被支配という構造的な性格は、『ハワイアン・ラプソディ』においては、「スーパーマン」の衰弱によって自然消滅してしまっている。つまりこの『ハワイアン・ラプソディ』では、村上のなかにあったはずの、アメリカと自身の間に横たわる支配／被支配の構造は、乗り越える以前に、アメリカ側の衰弱により自動的に解消してしまっていると言えるのだ。作中には、飛行訓練に失敗し入院中の「スーパーマン」が「僕」に「古い革表紙の日記を見ながら」「昔話」をする場面がある。そこで彼が語る「昔話」とは「第二次大戦中はアムステルダムでスパイをしていたこと、マレーネ・ディートリッヒと三度握手して一緒にポルカを踊り上海料理を食べたこと、素手でメッサーシュミットと戦ったときのこと、連合軍のドレスデン爆撃の際は敵国ドイツの傷兵や絵画、彫刻、工芸品を救ったこと、戦後第一回のスーパーボウルの時は三千個のアドバルーンを下げてマイアミを何度も旋回飛行したこと」などであり、その思い出は、強く輝いていた頃のアメリカの記憶とそのまま重なるものである。だが、それはあくまで過去のアメリカを象徴するものであり、いまや「スーパーマン」（＝アメリカ）は、「僕たち」の協力なくして「飛ぶ」ことはできないのだ。

おそらく村上がこのような〈飛べなくなったスーパーマン〉に象徴される衰弱したアメリカを描いた背景には、ベトナム戦争の敗北やドルの権威の低下といった当時のアメリカに見られる凋落の兆しが大きく影響していたことは疑い得ない。ただし、先にも述べたように、ここにはこうしたアメリカ側の事情に関連して、相対的に円の価値が上がることで、日本はすでに欧米に比肩する経済大国に成長したという当時の日本に蔓延しつつあった〈幻想〉に、作者自身が知らず知らずのうちに酔ってしまっていたという理由もまた働いていたのではないか。これは作家論的な見方になるのだが、村上が、そうした自身のなかに知らず知らずのうちに忍び込んでいた一種の〈甘え〉に気づくのは、『ハワイアン・ラプソディ』を長編化した『だいじょうぶマイ・フレンド』の大々的なメディアミックス展開が失敗したことによってだ。

『だいじょうぶマイ・フレンド』は、『ハワイアン・ラプソディ』における「僕たち」を直接日本の若者に置き換えて、〈飛べなくなったスーパーマン〉と彼らの交流を描いた作品である。そのタイトルが示すように、この作品において、主人公である日本人の若者たちと〈飛べなくなったスーパーマン〉の関係は、親和的な〈友達〉として描き出されている。ある日、ホテルのプールで遊ぶ「ミミミ、ハチ、モニカ」のところへ、タキシードを着た初老の男が落ちてくる。男の名は「ゴンジー・トロイメライ」。彼は人間を超越した力を持つ異星人であり、映画「スーパーマン」は彼をモデルにして作られたらしい。一方、精神病院と細胞工場を持つ大企業「ドアーズ」は、ゴンジーのクローンを作るため、彼の行方を追っていた。「ドアーズ」の指揮官ドクター・タミヤは、ハチとモニカを誘拐し、ゴンジーの居場所を吐かせようとする。洗脳器具が挿入される寸前、ゴンジーとミミミが救出に現われる。ゴンジーは空を飛んで逃げようとするが、飛ぶことができない。飛行能力を失ってしまったのだ。ゴンジーに飛行能力を取り戻してもらうため、ミミミたちはサイパンへ向かう。ハンググライダーやパラセーリングを試すがうまくいかない。その頃、ゴンジーを追ってタミヤを始めとする「ドアーズ」の一味もサイパンに潜入してくる。こうして、サイパンを舞台にゴンジーたちと「ドアーズ」の闘いが幕をあける。

この『だいじょうぶマイ・フレンド』は八三年に小説と作者自らが監督を務めた映画が同時に発表されている（小説は二月、映画は五月）。上記のあらすじは小説、映画のどちらにも共通するものであるが、ここで、この作品が発表された八三年に焦点を合わせて見れば、まさしくこの八三年は、豊かさの幻想が日本全体に蔓延し始めた年だったと言えるのではないか。(注9) 清水修「ヤツらの〝おいしい生活〟」（『アスペクト19　バブル80'Sという時代』所収、注9に同様）は、八三年当時の日本社会に流れていた〈気分〉を次のように振り返っている。

80年～83年は決して皆が金を持っていた時代ではない。円高で消費も頭打ち。だが、なぜか庶民は楽天的だった。ブランドブームに浮かれていたし、イトイ（南注・糸井重里）たちの〝おしゃれな生活提案〟にもホイホイ乗った。これは、世間が「日本がこれから豊かになる！」と感じていたからだ。／（略）／田中角栄が逮捕され、サラ金地獄で自殺者、殺人、強盗件数が急増した83年。企業倒産も続出。それでも世間はカフェバーだDCブランドだと浮かれ、翌年からの好景気に突入していく。／84年になるとそれまでの不況とは打って変わって大繁盛！　日本の経常黒字は350億ドルを超えて史上最高。米国の対日貿易赤字も史上最高。トヨタの売上げが5億円を超え、国民の9割が中流意識を持つに至る。

この引用のなかで清水は、「庶民」は「イトイ（南注・糸井重里）たちの〝おしゃれな生活提案〟にもホイホイ乗った」として、当時の社会的な〈気分〉を形作るうえでテレビCMや広告のコピーが果たした役割に注目しているが、実際にこの八三年前後は、「おいしい生活」（西武、82）「いかにも一般大衆の喜びそうなアイデアですね」(サントリー、83)といった、豊かな社会に生きる中産階級というイメージを露骨なまでに人々に意識させるキャッチコピーが、時代の〈気分〉を的確に捉えたものとして多大な支持を集めた時期だったのである。

八三年三月一四日の『朝日新聞』(朝刊)掲載の書評は、『だいじょうぶマイ・フレンド』について、「なるほど、ゴンジーの破壊シーンあり、サイパン島のロケになったであろう場面あり、ハンググライダーあり、パラシュートセーリングありで、スピーディーな文体も快く、若者向けの楽しさがある」としながらも、「しかしこれを作家の小説としてみたらどうか。時代のリズムと同調させすぎていはしないか」と述べているが、まさしくこの『だいじょうぶマイ・フレンド』は、こうした豊かさの幻想が蔓延し始めた「時代のリズム」と「同調」した作品であったと言えよう。ホテルのプールサイドでの日光浴、「コンチネンタルエアラインのジェット機」でのサイパン旅行、そしてハンググライダーやパラセーリングといった、作中に散りばめられた豊かな時代の到来を象徴する記号の数々。また、サイパン旅行の場面には、「モニカは敬礼して、電気ハーモニカを吹き始めた。『星条旗よ、永遠なれ』アメリカ国歌は風の唸りに乗って、自殺岬によく似合っていた」「ランドクルーザーは砂煙をあげて珊瑚質の道を駆け上がる。バンザイ岬で戦跡慰霊団の人々をはねそうになり、怒号を浴びた。涙の戦跡でなんたる暴走!」といった、日本の戦時中の記憶を露骨にパロディ化した記述がたびたび登場するが、これらの記述、そしてこうしたかつて日米の戦場であったサイパンを舞台に、戦後生まれの若者が衰弱したアメリカを象徴する「スーパーマン」の能力回復に協力するというストーリーからは、もはや戦後は終了し日本は欧米に並ぶ経済大国として新たに生まれ変わったのだという、時代に対する作者の意識をはっきりと読み取ることができるのではないか。

そして、このような作中から読み取れるメッセージそのままに、村上は総制作費一〇億という巨額の資金を投入し、主演に『イージー・ライダー』(69、デニス・ホッパー)のピーター・フォンダを迎え、その他にも音楽にはサディスティック・ミカ・バンドの加藤和彦、主題歌には桑田佳祐といった新世代の旗手たちを起用し、この『だいじょうぶマイ・フレンド』を自ら映画化していく。末国善己「村上龍全作解題」(前掲)は映画『だいじょうぶマイ・フレンド』を「ミュージカル、アクション、スーパーヒーロー、SFXと、ハリウッド映画を構成する記号を多数盛り込んだ一作」と紹介しているが、この『だいじょうぶマイ・フレンド』映画化の背景に、ハリウッドと並ぶ娯楽大作を撮ろうという村上の矜持があったことは疑い得ない。だが、村上がそのアイデンティティを全面に押し出した映画『だいじょうぶマイ・フレンド』は、結果的に村上が期待した仕上がりからはほど遠い出来となり、興行的にも大失敗してしまう。(注10)

3

この映画『だいじょうぶマイ・フレンド』の失敗により、映画制作を巡る日本とハリウッドの間に横たわる力の差を実感したことで、村上は、日本は欧米と並ぶ国力を手に入れたという豊かさの〈幻想〉から目を覚ましたと言えよう。後年、村上は映画『だいじょうぶマイ・フレンド』の失敗から自身が得た認識を次のように述べている。

『だいじょうぶマイ・フレンド』はSFミュージカルという無謀な試みだった。わたしはハリウッドのSF特撮技術とブロードウェーミュージカルのダンスをイメージして脚本を書いたが、そういった特撮やダンスの技術が日本には存在しないことを知らなかった。(略)／わたし自身も「おいしい生活」に代表される勝利のムードに酔っていたのかも知れない。「おいしい生活」というコピーには、欧米、特にアメリカに追いついた、あるいは経済的には凌駕したという驕りが含まれていたと思う。(略)／だが、少なくとも映画の特撮技術とダンスのレベルに関しては、日本はアメリカの足元にも及ばなかった。結果的に十億という大金を浪費して、痛みと共にわたしはそのことを学んだということになる。(「戦争とファシズムの想像力」『村上龍自選小説集5――戦争とファシズムの想像力』所収、00・5、集英社)

この引用に続けて村上は「明らかに『おいしい生活』は幻想だったのだ」と述べているが、こうした豊かさの〈幻想〉に踊らされた自分に対する一種の自戒、そして、自分が映画の失敗という「痛み」とともにそこから目覚めた後もなお、そうした〈幻想〉のなかで浮かれている日本に対する憎しみが、村上をして、政治経済をモチーフとしたポリティカル・スリラーであり、日本憎悪を極限まで推し進めた作品『愛と幻想のファシズム』を書かせる原動力となったことは想像に難くない。ここでは論の都合上、この『愛と幻想のファシズム』について多く言及することは避けるが、ひとつだけ指摘しておきたいのは、この『愛と幻想のファシズム』のなかでアメリカは、『だいじょうぶマイ・フレンド』のように〈友達〉としてではなく、日本を食い物にしようとする倒すべき〈敵〉として描き出されているということだ。『愛と幻想のファシズム』にはアメリカの意志を体現する存在として、銀行、石油、電気、自動車、情報産業などを世界規模で統括しようと試みる多国籍企業コングロマリット「ザ・セブン」が登場するが、この「ザ・セブン」に代弁されるアメリカの戦略は、「アメリカはさらに暖かい笑顔と共に、裏では強圧的な関係を押しつけてくるはずだ。アメリカしか頼るものがないのだと国民全員が納得するまで、資源だろうが穀物だろうが在日米軍だろうが、総動員して締めあげてくるだろう」とあるように、日本を経済的に占領し、自分たちの下請け工場として他の発展途上国並みに利用しつくすことにあった。
物語は、このようなアメリカの謀略から日本を防衛すべく、主人公である鈴原冬二と相田剣介――作者によればこの二人は『コインロッカー』における「キク」と「ハシ」の生まれ変わりなのだが（二章注19に同様）――のコンビが立ち上げた政治結社「狩猟社」と「ザ・セブン」の対立を軸に展開していく。「狩猟社」は日本を防衛するための手段として、「弱い奴、頭の悪い奴」つまり鈴原冬二の言葉で言えば制度に依存して生きるしかない「システムの奴隷達」を「正統に差別して統治」し、日本を強い人間が「支配」する「超近代的な部族社会」に改変させ、そのうえで日本から在日米軍を始めとするアメリカの影響を一掃するという一種の「ファシズム」を選択する。この国内の「ファシズム」化の過程で、主人公である鈴原冬二が日本に対して感じる次のような苛立ちには、『限りなく〜』や『コインロッカー』において見られた、外部への視線を持たぬまま自己充足する日本という、村上の日本批判の核となる認識がより直接的な言葉によって反復されていると言えよう。

しかし俺は先祖を呪う。日本人はまったく何をやっていたんだ。女みたいな国だ。濡らされて、股を開かれて、全部状況をととのえて貰わないと、おまんこできないブスでヒステリー持ちの女だ。世界が押し入っている。いつもだ。うたたねをしていると、いつの間にか裸にされていて、世界の男根が目の前に迫っている。もう一発やるしかないという時になって、尻を振り、イヤがる真似をしたり、突然ヒステリックになって噛みついて、叱られて怯えたりする。今と明治維新直前と、どれだけ違っているというんだ。俺達は何も知らない、快楽もない。

しかし、このような日本社会の現状を憎悪し、構造的弱者を「切り捨て」日本を強者が統治する「超近代的な部族社会」に変革することでアメリカを乗り越えようとする主人公たちの試みは失敗に終わる。どれだけ鈴原冬二が日本国内の「ファシズム」化を押し進めても、倒すべき〈敵〉であるアメリカは一向に現実の地平を見せない。それどころか、鈴原冬二は、この「ファシズム」を押し進める過程で、いつのまにか憎悪していた日本的「システム」に取り込まれてしまった自分の姿を発見する。物語のなかで鈴原冬二は次のような感覚に囚われている。「ベトベトなまぬるい雨がからだの中にも入り込んでくるような気がして、俺は不快だった。(略)ヌルヌルと不快な雨粒と群集が、俺を、膨張させ、失望させた。俺が望んだのは、厳寒の闇を切り裂くような光り輝くエルクになることだった。だが今の俺はなまぬるく曖昧なものを詰め込まれてブクブクとふくれあがっているだけだ。その失望は俺を動揺させ、ふいに涙が流れた」。

鈴原冬二に敵対する政治家のひとりは作中において、「君には磁力のようなものがある、君は人間を魅きつけるだろう、だがきっと君のところへ集まっているのはみなクズだ、カスだ、それは君自身が一番よく知っているはずだ」という批判を展開しているが、つまり、鈴原冬二の「ファシズム」の理念に「魅きつけ」られ「集まって」くる人間は概ね、自立した強者などではなく、鈴原冬二に無条件に同一化することで自己合理化を果たそうとする「システムの奴隷達」ばかりだったのである。(注11) 言い換えればそれは、鈴原冬二の「ファシズム」が結局は、個人の自立よりも学校や企業といった組織との一体感を優先する日本社会の構造をなぞるものであったことを意味していよう。おそらく先に引用した「ベトベトとなまぬるい雨がからだの中にも入り込んでくるような気がして、俺は不快だった」という感覚は、自身の押し進めた「ファシズム」が、今まで憎悪してきた日本社会の構造的特性をなぞるものでしかなかったという逆説に気がついた鈴原冬二の慙愧の念の表れであると言えるのだ。こうして「ファシズム」によって日本を「超近代的な部族社会」に変革することでアメリカを倒そうとする鈴原冬二の野望は脆くも潰えさり、ハシの生まれ変わりという剣介もまた自殺する。

やや作品個々の具体的な分析を経由せずに、作者側の事情に偏ったかたちで論を進めてしまったきらいは拭えないが、ともあれ、『悲しき熱帯』に収録された一連の短編群を始めとして、それを長編化した『だいじょうぶマイ・フレンド』の大々的メディアミックス展開の失敗と、その反動による『愛と幻想のファシズム』執筆というこのような村上の経緯に鑑みれば、これらの作品が書かれた七〇年代後半から八〇年代前半における村上のアメリカに対する相対化の試みは、日本の経済的成長を過信したことによって失敗し、その結果、村上をしてさらに日本に対する反撥を強めさせるに至ったとまとめることができるのではないか。言い換えればそれは、アメリカと自身の間に横たわる支配／被支配という一種の権力的関係から村上が解放されなかったことを意味している。その意味で、「アメリカとの関係において私は非常に日本的だった。ナショナリストと非国民の間の狭い波打ち際を歩く、などと見栄を張っていたが実際には何もできなかった。アメリカの価値観の奴隷となるか、アメリカ的なものをヒステリックに排斥するか、両極端な二つの姿勢しかなかった」（『KYOKOの軌跡――神が試した映画』96・3、幻冬舎）という村上の言葉は、これら七〇年代後半から八〇年代におけるアメリカに対する相対化の試みとその挫折を総括するものであったと言えよう。

しかし、ここであえて結論を先取りすれば、こうした村上とアメリカの間に横たわっていたある種の膠着状態は、村上が、『悲しき熱帯』収録短編の舞台であるオセアニア地域に浮かぶ「ミニ島嶼国家群」とは別の、もう一つの「島嶼国家」を発見したことでドラスティックな変化を見せることとなる。その「島嶼国家」こそが、カリブ海に浮かぶキューバなのだ。

第三節　キューバという装置の発見――〈対立〉から〈融合〉へ

1

初めて、キューバに行ったのは、一九九一年だった。その時は、音楽が強烈なところだなという印象だった。最初は、エスニックとか、ワールド・ミュージックのノリで聞いていた。だが、キューバから帰ってくると、「何か、変だな」という気持ちが、どんどん強くなってきた。（『新世界のビート――快楽のキューバ音楽ガイド』93・7、新潮社）

これは九一年六月に村上龍が初めてキューバを訪れたときの印象を語ったものである。このとき村上が、どのような理由でキューバを訪れたのかはさだかではないものの――おそらくここにもまた佐世保とキューバに共通する島嶼的な性格が反映していたのかもしれないが――いずれにせよ、この初訪問以降、村上はその小説作品やエッセイ、対談のなかでキューバの持つ魅力についてことあるごとに言及し始め、[注12]その後しばらくの間彼は、まさしく「キューバ漬け」（野谷昭文「キューバという装置」『ユリイカ総特集＝村上龍』前掲）の状態となってしまう。

しかし、いったいキューバの何がそこまで村上を惹きつけたのであろうか。一見、本論で言及してきたような村上とアメリカの関係を軸に考えてみると、その理由は単純に、アメリカに依存しないキューバの国家形態にあるように思えるかもしれない。もちろん、こうしたキューバを巡る対米的背景が、村上がキューバに惹かれた理由の一端であることは確かだ。一九五九年のキューバ革命が、その後六〇年代後半に世界規模で吹き荒れる反体制運動に多大な影響を与えたことはもはや周知の事実であろう。(注13)六〇年代後半に佐世保の高校生として反体制運動の周辺にいた村上もその一人であり、彼は『KYOKOの軌跡——神が試した映画』のなかでその当時キューバ革命という歴史的事件を知った感動を次のように振り返っている。

アメリカに対してごめんなさい、とか、まいった、と言うのは嫌だという姿勢——それは基地の街生まれの少年にとっては当時からカッコいいな、と思えたんだよ。主体性とはこういうもんだろうって。キューバ革命っていうのはちょっと左がかった、反体制な人間にとっては感動的な革命だった。/(略)/そんなふうに僕の中にはキューバという国は昔から存在してはいたんだけど、ただ、あそこにあんなすごい音楽があるっていうのを身を持って知ったのは、最初にキューバに行った九一年。

実際に、村上は七六年に『限りなく〜』が群像新人文学賞を受賞した際の「受賞のことば」(『群像』76・6)で「昔は医者になりたかった。カストロ将軍がキューバに医者を！　と叫んでいた頃だ」と述べているが、このような村上自身の言葉を踏まえれば、キューバ革命に「感動」した青年が、長い月日を経て実際に革命があった場を訪れ、革命から凡そ三〇年が経った今でも、アメリカから幾多の経済制裁を受けながら「アメリカに対してごめんなさい、とか、まいった、と言うのは嫌だという姿勢」を貫くその「主体性」に触れ、心酔していくという構図はじゅうぶん考えられる。ただし、このような構図を認めたうえで、ここでなお付け加えねばならないのは、村上がキューバに心酔していった背景には、さらに、こうした「アメリカに対してごめんなさい、とか、まいった、と言うのは嫌だという姿勢」を貫くその「主体性」を、村上に〈実感〉させるだけの何らかの具体的な要素が必要不可欠であったと思われることだ。身も蓋もない言い方をすれば、現在でもキューバが「アメリカに対してごめんなさい、とか、まいった、と言うのは嫌だという姿勢」を保持し続けていることは、実際にキューバに行くまでもなく書物を通してでも知ることができる。(注14) 言い換えれば、「アメリカに対してごめんなさい、とか、まいった、と言うのは嫌だという姿勢」を貫くその「主体性」を〈実感〉するだけの何かを、現実のキューバを訪れることで発見したからこそ、村上はキューバにあれほど深く魅了されていったと言えよう。そして、ここで結論を先取りすれば、村上にそうしたキューバの「主体性」を〈実感〉させた要素こそが、――先の引用に「音楽が強烈なところだなという印象だった」「あそこにあんなすごい音楽があるっていうのを身を持って知った」とあることからもわかるように――キューバの「音楽」であり「ダンス」なのだ。

2

村上がキューバに心酔した最大の理由は、キューバの「音楽」や「ダンス」から受けたインパクトにこそある。村上はことあるごとに、「はじめ僕はキューバに対しては音楽から入ったのです」(「対談　柄谷行人・村上龍から――キューバ　エイズ　六〇年代　映画　文芸雑誌」『国文学　村上龍　欲望する想像力』93・3)「キューバとその音楽、文化を知ったときに、すごくアメリカから自由になるような感じがした」(『KYOKOの軌跡――神が試した映画』)と、自身がまず「音楽」を媒介としてキューバと接触したことを強調しているが、これらの発言は、村上がキューバを巡る政治的状況より、むしろその「音楽」や「ダンス」に内在する何らかの特質にこそ、アメリカを相対化する契機を発見していたことの証明となろう。つまり換言すれば、まず始めに、キューバの「音楽」や「ダンス」のなかにアメリカの相対化を可能とする何らかの方向性の発見があり、そこに、その方向性を保証する証明として、アメリカの圧力に耐え続けるキューバの社会的な現状が重ねあわされることで、村上にとってキューバは、自身とアメリカの関係を再構築するための拠点となる、第二の〈基地〉として定位していったように思われるのである。

それでは、村上にアメリカの相対化を可能とする方向性を示したキューバの「音楽」や「ダンス」の特質とはいかなるものであったのか。ここで、村上のキューバ音楽に対する発言を総合的に捉えたうえで、村上がキューバ音楽に見た特質をまとめてみれば、それは、キューバ音楽の歴史的形成の過程に見られるある種の〈融合性〉にあると言うことが可能であるように思われる。やや解りにくい言い方になってしまったが、ここで以下に村上の発言の中から、彼がキューバの「音楽」や「ダンス」に内在するこうした〈融合性〉の特質について言及した箇所をいくつか引いてみたい。

カンクンでは、ちょうどホテルのハコに入って仕事をしていたロス・バン・バンに会い、リーダーのファン・ホルメルにインタビューをした。／（略）／彼は融合という言葉をよく使った。／フォルメルだけでなく、他のミュージシャン、例えばNGラ・バンダのホセ・ルイス・コルテスもよく融合、フュージョン、という言葉を使う。／フュージョンというと、私達はアメリカ西海岸のゴミのようなバンドを思い浮かべてしまうが、キューバ人が使うと、意味合いが違ってきて、その言葉の本質が浮かび上がってくる。／融合、何かが混ざり合うということだが、誰だって好き好んで混ざり合いたいと思うわけがない。／私達日本人には、移民や亡命によって、違う価値観に混ざり合うということが、絶対にわからない。(『すべての男は消耗品である。Ｖｏｌ．４』95・9、ＫＫベストセラーズ)

キューバのダンスのステップは、コロンブスの新大陸発見に始まる五百年の年月が産み出したものばかりだ。／例えば有名なチャチャチャなどのステップにしても、誰が考えたのか記録などには残っていない。(略)／キューバでは今でも毎晩毎晩数え切れない新しいダンスの動き、ステップが産まれているが、ほとんどすべてのものが淘汰され、残っていくのは極わずかである。／淘汰の基準は、極めて具体的で、大衆の意志によるフェアなものだ。大衆のからだの快感が淘汰の基準であること、それがあらゆる種類のポピュラーダンスの定義だろう。／キューバダンスの歴史を勉強することから始めなければいけないと言っているわけではない。それは教養主義にもつながるし、意味がない。／淘汰の連続である歴史というものに正当な敬意と恐れを持つべきではないかということだ。(『すべての男は消耗品である。Ｖｏｌ．５』98・10、ＫＫベストセラーズ)

村上　僕は、アフリカのダンスは一切嫌いなんです。それが新世界に奴隷として渡っていって、失われたものとして彼らが再生しようというときに、一種モダニズムの洗礼を浴びるというか、抽象化が行われる。そういう中で、かつ民衆レヴェルで本当にぽつっぽつっと生まれたリズムが残っている。(略)

浅田　もともとあって、放っておいても残るような伝統だったら、それはただの「伝統芸能」になっちゃうわけでしょう。そういう根を切られて別の世界に連れてこられたときに、不可能としりながら伝統を抽出しつつ再構成するっていう意識的な課題が出てくる。別に偉大な芸術家がいなくても、みんながそれをやっていれば、一層すばらしいわけじゃない？　そういうものとしてキューバに魅かれるというのは、とてもよくわかる気がするな。（村上龍×浅田彰「映画とモダニズム」『群像』96・4）

村上（南注・現代では）「これはヨーロピアン・クラシックだから」とか、逆に「アメリカン・ポップスだから」といったエクスキューズが、もうできない。例えば、アメリカ映画で、エンディングなどで非常にヨーロッパの映画みたいなものが増えているし、フランスやイタリアの映画が、撮影技法や編集、音楽などで、アメリカっぽくなっているのがある。／文化的な価値観が一つになる、というより、多様性の示し方が、より厳密でなければならなくなる。／今のところ、その新しい地平で、すごいと思うのは、カリフォルニアの「オーパスワン」というワインと、キューバの音楽です。二つとも、新世界でしかできないものだけど、ヨーロッパの伝統を、システムとして利用している。（村上龍×小山鉄郎「『五分後の世界』をめぐって――日本は〝本土決戦〟をすべきだった」『文学界』94・6）

これらの発言からは、村上が、その歴史的連続性のなかでクラシックといった「ヨーロッパの伝統」や果てはジャズといった一種の敵性音楽とも「混ざり合」っていく、〈淘汰〉という作用も含めた）一種の

〈融合〉という概念こそが、キューバの「音楽」や「ダンス」を理解するうえでのひとつのキーワードであると考えていることが如実に読み取れよう。そして、村上においては、「キューバ音楽を聞いている時は、とにかく身体が気持ちいい」(『新世界のビート——快楽のキューバ音楽ガイド』)と言うように、こうしたある種の〈融合性〉を背景に持つキューバ音楽に対する〈身体感覚〉を通した共感——つまりは〈実感〉——こそが、そのキューバ観を構成する中心的要素であるといえるのだ。村上は「対談　柄谷行人・村上龍から——キューバ　エイズ　六〇年代　映画　文芸雑誌」(前掲)のなかで、「はじめ僕はキューバに対しては音楽から入ったのですけれど、ふつうロックでもジャズでも、ドラムスとかピアノとかベースなどを導入した段階で、ある色に染まってしまう。例えばアフリカの音楽でもそうです。でもキューバは、ピアノという楽器、ドラムスという楽器を自分たちの音楽に流用するのです。だから乱暴な意見だけど、ひょっとしたらそんな感じで社会主義というシステムを流用したんじゃないか」「アメリカが政策を変えてキューバにバンと援助なんかしても、案外いいところだけとって、アメリカが思っているようにはいかないかもしれない。援助さえすればアメリカナイズすると単純に思っている人は結構いますけどね。革命前みたいになることはないと思います」と述べているが、こうした発言には、他のジャンルが持つある種の要素は「流用」するが、その「色」には絶対に染まらないという「音楽」に見られる〈融合性〉の特質を敷衍させるかたちで、キューバの国民性や政治形態を捉えようとする村上の志向性が鮮明に表れていると言えよう。

3

ここで、村上がキューバの「音楽」や「ダンス」に見たこうした〈融合性〉という特質を、他の言葉で表現すれば、それは〈混血（クレオール）〉と置き換えることが可能なのかもしれない。もともとは、（白人・黒人を問わず）植民地生まれの人間全般を指す言葉として、宗主国（本物）／植民地（偽者）の差異を示す差別的な意味合いを帯びていたこの〈混血（クレオール）〉が、宗主国人・輸入奴隷・先住民といった母国語が異なる人間どうしをつなぐために産まれた一種のカタコト共通語（ピジン語）についての研究を経ることで、近年では、国家・民族・言語に対する自明化した帰属意識を揺さぶる、いわばナショナリズムに対抗するための異文化混淆を象徴する概念として注目されるようになったことは既に広く知られているが、(注15) ここでキューバ音楽に目を向けてみれば、長嶺修「混血の果実――キューバ音楽①」（後藤政子・樋口聡編『キューバを知るための52章』02・12、明石書店）は、まさしくキューバ音楽の歴史は、こうした異文化混淆としての〈混血（クレオール）〉が産み出した様々な成果（＝「果実」）の歴史であるとして、以下のように述べている。

キューバ音楽を言い表すのに、「（スペインとアフリカの）非常に不幸な結婚から生まれた褐色の美女たち」といったフレーズが用いられたりする。これはなによりもまず、キューバ音楽がコロンブス以降の植民地化の歴史のもとに産み落とされたことを示すものだ。スペイン人たちの入植、それに伴う先住民の死滅とアフリカからの強制的な奴隷連行……。キューバ音楽はごく一般的に、スペインを中心とする白人たちのヨーロッパと、黒人たちがもたらしたアフリカの要素との（もともと双方が同意したものではなかった）混血の果実であり、先住民的な特徴はほとんど認められないと言われている。とはいえ、ヨーロッパとアフリカとの混交状態も様々な配分や変容、伝播ルートのもとになされてきており、キューバの音楽のジャンルは実に多彩だ。さらには、そこに他の要素が入り込んできたり、分派したスタイル同士が再融合を遂げたりで、ジャンルの分類すら必ずしも一義的ではないことを、最初に言っておかなければならないだろう。（略）都市部の音楽や農村の音楽、ヨーロッパやアフリカから渡ってきた音楽……。（略）こうして、いかにも多彩な民族＝民衆音楽の多くが伝統的な姿を保ったり、現代的なスタイルに発展を遂げながら、今もキューバには息づいている。

また工藤多香子「キューバ人の形成――『キューバの精神は混血なのだ』」（後藤政子・樋口聡編『キューバを知るための52章』前掲）は、「キューバ人の多くが好んで〈混血〉にキューバらしさを認めているとはいえ、人種別人口の統計をみるかぎり、キューバで混血が多数を占めているわけではない」ことに着目し、「ここで言う〈混血〉とは」「キューバ人の身体的・生物学的特徴というよりも、むしろ精神的・文化的側面をシンボリックにとらえた表現なのである」と述べたうえで、「一九世紀後半になると砂糖産業の発展で経済力をつけたキューバ生まれのスペイン人たちは、スペインからの独立へと動き始める。独立後の指導者であったホセ・マルティは、『キューバ人とは白人以上、ムラート以上、そして黒人以上のものである』として、独立達成のために人種間の融和と団結を訴えた。（略）また、フィデル・カストロは、革命後ほどなく、マルティの理念を繰り返して人種差別の廃止を訴えたばかりでなく、一九七〇年代半ばにはアンゴラへの派兵を正当化する演説のなかで『われわれはラテンアフリカ人である』という表現を用い、国民統合の呼びかけに〈混血〉のイメージを象徴的に利用した」と指摘するが、これら長嶺・工藤のキューバを巡る言説は、村上の描くキューバ観にある程度の客観的な妥当性を与えるとともに、キューバが自身の「文化的・精神的」イメージを成熟させる過程で〈混血（クレオール）〉の概念を積極的に活用してきたその証左となろう。

こうして考えてみると、村上はキューバ音楽に見られる〈融合性〉の特質に触れることを通じて、〈混血（クレオール）〉の概念が持つある種の有効性を〈実感〉したと言えるのではないか。つまり、キューバ音楽の持つこうした〈混血（クレオール）〉の特質に対する共感と、キューバがいまだにアメリカの外部であり続けている（村上の表現を真似れば、アメリカの「いいところだけとって」自分たちの「主体性」は守り続けている）という事実がその内面においてクロスしたとき、村上は、アメリカと自身の間に横たわる支配／被支配の関係を乗り越える確固たる方向性を発見したように思われるのだ。言い換えればそれは、「アメリカの価値観の奴隷となるか、アメリカ的なものをヒステリックに排斥するか、両極端な二つの姿勢」に分裂していた自己を〈融合〉する、新たな主体のあり方に村上が目覚めたことを意味していると言うことができるのかもしれない。[注16]そして同時に、このような村上がキューバで発見した〈融合〉というヴィジョンは、村上が「キューバの音楽とダンスは、（略）わたし自身の中でベルリンの壁やソ連の崩壊に重なっていた。わたしはキューバの音楽とダンスに、世界の現実と歴史を見ていたような気がする」（『村上龍自選小説集3――寓話としての短編』）と述べるように、村上のキューバ訪問に前後するかたちで表面化した〈冷戦終結〉という同時代の潮流とも共振するものであることも付け加えておかねばならないだろう。

ともあれ、このキューバ訪問以降、（論者が前章の末尾で述べたように）村上はその作品において、性差、人種、国家といった様々な境界を、ＳＥＸやダンスといった〈身体表現〉を通して乗り越え〈融合〉しようと試みる人物を積極的に描き出していくこととなる。それまでにも、『コインロッカー』以降の村上が継続的に、スポーツをモチーフとした『走れ！　タカハシ』（初出『小説現代』83・11、84・8、11、85・

4〜10、『小説現代別冊』85冬→86・5、講談社)や食について言及した『村上龍料理小説集』(初出『すばる』86・1〜88・9→88・10、集英社)などの作品において、〈身体性〉のなかに制度を突破する可能性を見出そうと試みていたことは広く知られているが、(注17)こうして見ると、おそらくキューバにおける「音楽」や「ダンス」といった〈身体表現〉に内在する〈融合性〉=〈混血(クレオール)〉の特質に触れたことは、村上が従来から持っていたこの、硬直した制度を突破する契機としての〈身体〉というモチーフにもまた、——(『コインロッカー』のように)制度と〈対立〉するものというだけではなく、そうした制度によって引かれた境界を〈融合〉し再構築するためのツールともなり得るといった——よりいっそうの彩を添える結果をもたらしたと言えるのだ。そしてここで結論を先取りすれば、村上がこのような〈融合性〉という視座から、「ダンス」という〈身体表現〉を通してアメリカに張り巡らされた様々な境界を横断していく主人公を描くことで、自身のなかにあるアメリカの相対化に成功した作品こそが、自らが「第二のデビュー作」(『世紀末を一人歩きするために』95・12、講談社)として位置づけ、さらには「きっと私の作品群は、キョウコ以前と以後に、大きく分けられることだろう」(同前)という『KYOKO』なのである。

ただしここでは『KYOKO』を論じる前段階としてまず、村上がキューバ発見の二年前から発見直後まで執筆していた作品である『イビサ』に注目したい。というのも、この『イビサ』は直接的にキューバからの影響を反映した作品ではないものの、ここからは、作中に描かれる主人公の〈身体感覚〉を通じて、村上の志向性が既に〈対立〉から〈融合〉へと変わりつつあったことが、鮮明に読み取れると思われるからだ。換言すれば、キューバの「音楽」や「ダンス」に触れることは、ある意味で、それ以前から無意識に流れていた村上のこうした志向性の変化を自覚させる契機であったとも捉えられるのであり、見方を変えれば、無意識のうちに村上が胚胎していた志向性の変化が、キューバの発見によって意識化されたときに、『KYOKO』という「第二のデビュー作」が生み出されたと言えるように思われるのである。

第四節　前段階(キューバ発見前史)としての『イビサ』――〈混血(クレオール)〉的主体へと繋がる「わたし」のあり方

1

『イビサ』を一言で言い表せばそれは、ひとりの若い日本人女性が、パリに始まりモンテカルロを経て、モロッコ、バルセロナ、果てはイビサ(熱帯ではないがこのイビサもまた島である)といったヨーロッパのリゾートをあてどなく放浪する物語であると言えよう。昼は普通のOL、夜は「新宿の裏路地」に立ち男たちの変態的な欲望を適える売春婦をしていた主人公の「わたし」(=マチコ)は、ある時精神のバランスを崩しそのどちらをも止め、「キウイ畑の彼方に小さく建物」が見える精神病院に一年ほど入院するのだが、その病院から見える景色を「イビサの旧市街のようだ」と喩えた医師の言葉がきっかけとなり、「イビサ」という固有名詞に「とりつかれてしまう」。病院から出た「わたし」は、ふとしたきっかけで知り合った日本の企業で新建材の研究をしているという「先生」と名乗る男とともに、憧れの「イビサ」に向かうため、パリへと飛び立つ。しかし到着先のパリで「先生」が実は人身売買目的で自分を同行したことを見破った「わたし」は「先生」のもとを逃げ出し、逃亡のさいに出会ったコバヤシという日本人とその友人のラフォンスとともにモンテカルロに向かう。モンテカルロに住む大富豪の屋敷に滞在した「マチコ」は、セックスとドラッグの退廃的な日々を送る。そして、モンテカルロでの生活にも飽きた「わたし」は、ラフォンスとともにモロッコに渡る。モロッコで麻薬の不法所持が発覚し逮捕された

「わたし」は、機転を利かせ何とかその危機を切り抜けるが、しかしラフォンスとは別れてしまい、単身で一路バルセロナへと向かうこととなる。そして、そのバルセロナで売春婦として売られていく少女の身代わりとなった「わたし」は、両手両足を切断されてイビサに到着する。「わたし」はイビサの「パチャ」というディスコのシンボルとして、今も自身の肉体を晒して生きている。

村上が短編集『トパーズ』(88・10、角川書店)を始めとして『コックサッカーブルーズ』(初出『週刊ポスト』88・8・19~89・2・10、89・10・6~90・4・25→91・5、小学館)や『ピアッシング』など、SMクラブで働く女性たちをモチーフとした作品を数多く発表していることは広く知られているが、「新宿の裏路地」で男たちの欲望を適える売春婦をしていたというそのキャラクター上の設定が示すように、『イビサ』における主人公の「わたし」(=マチコ)は、明らかにこれら一連のSMをモチーフとした作品群で描かれる女性たちと脈の通じた存在であると言える。(注18) 野崎六助『リュウズ・ウイルス』(序に前掲)は村上がSMに関心を持つに至った背景を「セックスの行為は単純にいえば、支配と被支配とに還元される。支配の政治シュミレーションを描いた作家が、そのメカニズムをインディヴィジュアルな領域に求めるとしても、それは奇異なことではない」と捉えているが、ここで村上の〈原風景〉である「基地の街」との関係から、『トパーズ』を始めとする一連のSMをモチーフとした作品群に登場する女性たちを見てみれば、支配/被支配の構造が生み出す差別や偏見といった矛盾を「隠蔽し閉じ込める史上例を見ない閉塞的な日本化が始まった」社会のなかで、SMという装置を通して、支配/被支配の関係を演じ続ける彼女たちは、ある意味で『限りなく~』や『映画小説集』に登場する主人公たちと同じく、いわば〈基地性〉とでも呼べるような支配/被支配の関係に対する鋭敏なレーダーを受胎した存在であると言えよう。

そして、この〈基地性〉という観点から『イビサ』の主人公である「わたし」に着目すれば、こうした支配／被支配の関係に対して鋭敏な感覚を持つ「わたし」が、作中において「イビサ」を中心とするヨーロッパに強い関心を示したのは、なかば当然の帰結であったと言えるのではないか。というのも作者である村上は、しばしばヨーロッパという空間を構成する基調が、支配、差別、階級といった一種の〈対立〉にあるという発言をしているが、(注19)『イビサ』の主人公「わたし」にとってもヨーロッパは、日本では隠蔽されている差別や階層意識、あるいは支配／被支配といった一種の〈対立〉を基調とする関係が、目に見えるかたちで露出したトポスとして認識されているからだ。例えば、『イビサ』の「わたし」は、旅の同伴者となる貴族階級出身のラフォンスについて、「ラフォンスはからだに階級が染みついている」、「宗教とか階級といってしまえばそれまでだが」「ラフォンスには白く乾いた皮膚の他にもう一枚何か被っているものがあるような気がする」として、たびたびラフォンスが無自覚のうちに身に着けている「階級」の鎧について言及している。また「わたし」は、モロッコのホテルで働くフロントマンについても、一種の「階級」に対する鋭敏な嗅覚を持っているとして以下のように述べている。

レセプションは小ぢんまりとしてダークスーツを着たフロントマンは金持ちの客への対応に関しては二十年以上も勉強してきてあらゆる金持ちの種類やレベル、階級に精通している顔をしていた。客が帯びている金とプライドの匂いを感じ胸に隠したバイオ・コンピュータでその量を正確にデジタルで計ることができるわけだ。

榎本正樹「インタヴュー形式による解説」(『村上龍自選小説集2——他者を探す女達』所収、97・10、集英社）は、『イビサ』について「リゾート地を放浪する日本人女性を通して、ヨーロッパ的なトポロジーや精神性を表象していくという村上さんの方法意識を強く感じました」と述べているが、こうして見ると『イビサ』における、ＳＭを通じて支配／被支配といったある種の非対称的関係に対する鋭敏な嗅覚を身に着けた「わたし」の語りは、支配や差別、あるいは階級意識といった、ヨーロッパというトポスの精神的基調に流れる〈対立〉の特質を正確に映し出す、まさしくその鏡として機能していると言えるのではないか。

2

ただし、『イビサ』における「わたし」の語りが持つこのような特質を踏まえたうえで、ここでさらに留意すべきは、物語のなかで「わたし」が、貴族の娘やジプシー、モンテカルロの大富豪、果てはヘルス・エンジェルスから外人特殊部隊といった様々な人種や社会的階層との交感を通じて、ヨーロッパの基調に流れるこうした支配や差別、あるいは階級の現実を映し出しながら、しだいにそういった現実をただ単に映し出すだけではなく、そこから「支配と被支配の交錯の果てにニュートラルとなり、生命をイメージさせることができる」ヴィジョンをも紡ぎ出し始めていることである。言い換えれば、『イビサ』では「わたし」の語りを通して、ヨーロッパというトポスが持つ〈対立〉の構造性が可視化されると同時に、そうした〈対立〉の構造を〈融合〉することで乗り越えようとする方向性が模索されていると言えるのだ。実際に、性的遊戯に没頭した「わたし」が抱く以下のような感覚からは、こうした〈融合〉のヴィジョンの発芽を読み取ることが可能なのではないか。

憶えているものとしては、まず、何かを体内に受け入れたい、ということがあった。ペニス、それも、ありとあらゆる人種の、ありとあらゆる年齢の、ありとあらゆるサイズのペニスを口にもあそこにもアナルにもほしいと思った。一人の、具体的な男のペニスでは満足できなくて、小人やボディビルダーや外人部隊やヘルス・エンジェルスや医者や幼児や労務者や貴族のペニスが全部同時に欲しかった。(略)体液が逆流してからだの中側が洗い流されるイメージが湧くのと同時に、排泄の欲求が起こった。からだから自分のものをすべて排泄してしまいたいと思い、奇妙なことに射精したいとさえ思うようになった。男達のように自分のからだから突き出たものをしごいて精液を出したかった。だがわたしは自分を失ったわけではなくて、自分が女であることを忘れ、男を真似て空想のペニスをしごいたわけではない。

陣野俊史「暴力と粘膜の共同体」(序に前掲)は、村上龍の作品群を『愛と幻想のファシズム』や『五分後の世界』といった男性的マッチョイズムを全面に押しだした「男根主義」の系譜と、『トパーズ』や『ラブ&ポップ』(書下ろし、96・11、幻冬舎)といった女性性の視線から社会を捉えた「女陰主義」の系譜に峻別したうえで、上記の引用に着目し、『イビサ』をそうした「男根主義と女陰主義が交錯するところで書かれ」た「ハイブリットな小説」と位置づけているが、このように村上の作品系譜を参照せずとも、ここでの、「ありとあらゆる人種の、ありとあらゆる年齢の、ありとあらゆるサイズのペニスを」「全部同時に」体内に受け入れ〈身体〉のなかで攪拌し、さらにはそれを自身の「からだの中側」もろとも「排泄」し、最終的には自身を女性性にも男性性にも囚われないものへと構築したいと望む「わたし」の感覚からは、「男根」や「女陰」といった性器中心主義的な対立軸をはじめとして、人種や階級といったあらゆる〈対立〉を〈融合〉することで乗り超えようとする、（陣野の言葉を借りれば）「ハイブリット」に対する志向性を鮮明に読み取ることが可能であると思われる。

石塚道子「クレオールとジェンダー」（複数文化研究会編『〈複数文化〉のために――ポストコロニアリズムとクレオール性の現在』98・11、人文書院）は、「ジェンダーという概念を使うことでフェミニズムは、女性／男性、外部／内部のような差異化の行為が各カテゴリーの間に非対称的な関係すなわち権力関係を生み出すことを明らかにしてきた」と述べたうえで、そうした「非対称的な」「権力関係」を乗り越えるものとして、「いくつもの対立領域を行き来し、その都度、異なる価値や見方をわがものとすることで、自身を多様な価値や見方が交錯しあう、いわば境界の場」として鍛えあげる「境界線上の主体意識」という概念を提唱するが、ここでの、自らの〈身体〉を「ハイブリット」な〈融合〉の場として開放しようとする「わたし」の感覚は、石塚の言う「自身を多様な価値や見方が交錯しあう、いわば境界の場」とする「境界線上の主体意識」と明らかに繋がるものであると言えよう。そしておそらく、こうした〈融合〉の力に目覚めた「わたし」が、最終的にたどり着くのが、以下のような「進化」を巡るヴィジョンなのだ。

新宿の裏路地に立っていた頃はサディステックな趣味の客の相手もしたことがある。彼らはわたしを浴衣のひもや持参したロープで縛って幼児のように泣かせようとした、羞恥心を上回る性的欲求と快感を訴えるのを見たがった、どうしてあの国にはそういうことだけに長けた男達が大勢いるのだろう、幻の階級を欲しがっているのはわかるがそんなことが進化につながるわけがない、（略）わたしはサディストにならなくてはならないのかも知れない、それも他者の被虐願望を見て満足するサディストではない、変化させようとする意志のようなものだ（略）イルカやクジラはひょっとしたら霊との交信の能力、バリアを自由に外す能力を持っているかも知れないが彼らは知能がある分進化には遠い、進化を促すのは知能ではない、創造性ではない、逃亡力とでも呼べる何かだ、逃げ続ける能力、境界を平気で侵す力だ、わたしにはそれだけがあるのだと思う（略）。

実はここで「わたし」が獲得するこの「進化」のヴィジョンは、これ以降村上が頻繁に繰り返すこととなる、「リアルな危機感を持った魚達の中で、つまり『ここでは生きていけない、ここにいたら殺されてしまう』と逃げ続けた魚達の中で、鰓ではなく肺で呼吸できるという突然変異を起こした種が、干潟に這い上がり、陸上動物の祖となった。進化というのはたかだかそういうものだ。強力な捕食能力を持ち、太古の海で支配的だった巨大魚のシーラカンスはいまだに二億年前と同じ姿で泳いでいる」（「他者を探す女達」『村上龍自選小説集2――他者を探す女達』所収）といった「進化」を巡る発言の、いわば原型とでも呼べるものであるが、いずれにせよ、ここで『イビサ』の「わたし」――あるいはその作者である村上――が唱えるこうした「進化」のヴィジョンは、村上の基調に流れる志向性が〈対立〉から〈融合〉へと変化していったことを告げるその鮮明な痕跡として受け取れるものであるように思われる。

3

このような変化は、ここで「わたし」が獲得する「進化」のヴィジョンと、それ以前の村上作品、例えば『愛と幻想のファシズム』のなかで鈴原冬二が提唱する「ファシズム」の理論などと比較したとき、より鮮明に立ち現われるのではなかろうか。一見すれば『イビサ』の「わたし」が獲得するこうした

「進化」を巡るヴィジョンは、『愛と幻想のファシズム』のなかで鈴原冬二が唱える

狩猟は極めてハードな作業であり、また極めて快楽的だった。狩猟に耐えられず、また道具製作などの特殊技術もない者は生きる資格がなかった。自然や抗争が彼らを淘汰した。だが、彼ら弱者は、農耕社会になると、奴隷として復活したのだ。原始社会にあって、九十九パーセントの人間は奴隷だった。（略）今も、多数の奴隷がいる。九十九パーセントという比率は変わっていない。現代の奴隷は力を持っている。彼らは徒党を組んで、要求する。奴隷であることを認めるあなた、私達「狩猟社」はあなたを攻撃するだろう。奴隷共を駆除して、強者だけの美しい世界を作りたいと考えるあなた、「狩猟社」はあなたの味方だ。

といった社会的ダーウィニズムを背景とする「ファシズム」の理論と酷似しているように思われる。実際に、適者生存という観点から見れば両者はほぼ類似するものであるのだろう。

ただし、鈴原冬二と『イビサ』の「わたし」の間に存在する明確な違いをただ一点あげるとすれば、それは、両者が自身の理想とする「進化」のヴィジョンに辿り着こうとする過程で発動される力の方向性の違いにこそあると言えるのではないか。吉本隆明「『愛と幻想のファシズム』」（『マリ・クレール』87・11）が「もう一度狩猟社会の理想を再生させるために、弱者や不適応者を絶滅しなくてはいけない。これが主人公トウジの毒々しい理念だ」と言うように、鈴原冬二が意識的に社会を階層化させ、強者／弱者、支配／被支配という対立構造を明確化したうえで劣位の項を切捨て排除することで社会の変革を実現しようとしていたのに対し、『イビサ』の「わたし」は、自身が構造的弱者であるという「危機感」

をバネにこうした「境界」(=対立構造)を侵犯する「逃亡力」こそが、新たな環境に適応する力を生み出し、「進化」を促す原動力になると言う。

川崎賢子「小説『ピアッシング』論——市場・性・暴力そして〈母〉」(二章第三節に前掲)は、『イビサ』の場合は、『社会性』の倫理にたいして『進化』の論理をぶつけるという試みがなされていた」として、『イビサ』の「わたし」における「進化」の発想には、「ニーチェ的な善悪の彼岸なり超人なりの希求、というよりはむしろ浅田彰的な逃走への意志が引用されている」と述べているが、つまり(ここでの川崎の見解を踏まえて見れば)、『愛と幻想のファシズム』における鈴原冬二の志向が、あらゆるものの上位に君臨する「超人」(鈴原自身の言葉で言えば「厳寒の闇を切り裂くような光輝くエルクになる」こと)という、いわば縦方向に向かおうとする権力への意志にあったとすれば、『イビサ』の「わたし」が獲得する「逃走力」とは、そうした権力構造が生み出す「境界」の横断を志向する、横方向への意志であると言えるのだ。そして、こうした『イビサ』において提示される横へ伸びていく力の結晶である「逃走」という概念が、——先に引用した石塚道子の「境界線上の主体意識」がまさしく「いくつもの対立領域」の「行き来」を志向するものであったように——人種、言語、性差、階級といった制度が規定するありとあらゆる境界線の越境を目指す〈混血(クレオール)〉的発想の根底に流れる理念と繋がるもの[注20]であることはもはや繰り返すまでもないであろう。

このように、『イビサ』とそれ以前の村上作品のなかから「進化」を巡る類似したヴィジョンを抜き出し比較してみても、そこには、そのヴィジョンへ至ろうとする道筋の違いを通じて、〈対立〉から〈融合〉へ向かおうとする村上の志向性の変化を読み取ることが可能なのだ。物語の最後で主人公の「わたし」は、バルセロナで売春婦として売られていく少女の身代わりとなり、両手両足を切断され、イビサのディスコのシンボルとして生きるようになる。正直に言えば、この主人公が両手両足を切断されるという結末にどのような意味づけが可能なのかという問いに対して、論者はまだ明確な回答を用意できていない。ただし、榎本正樹「インタヴュー形式による解説」(前掲)の「(南注・発言者は榎本)両手両足を切断された人間は究極の形式といえるかもしれません。SM的な支配と被支配の政治性さえも破綻させてしまうような、究極的なヴィジョンです」という発言や、中条省平「畸形・身体毀損・マゾヒズム——九〇年代村上龍のめざす人間の彼岸」(『ユリイカ　総特集＝村上龍』前掲)における「(南注・このような身体毀損というヴィジョンは)人間という概念の限界を露呈させ、それを腐食し、寸断し、破壊するための道具立てなのだ」といった見解に鑑みれば、ここでの両手両足を切断された「わたし」のあり方にもまた、「人間」という概念を規定する様々な倫理的・制度的規範を揺さぶろうと試みる、ある種の越境性の表象を見ることが許されるかもしれないという点だけは付け加えておきたい。

いずれにせよ、こうして見てみると『イビサ』を執筆する村上の意識は、さまざまな人種や階層との接触と離別を繰り返しながら、ヨーロッパという空間の基調に流れる〈対立〉の構造を浮き彫りにしつつ、〈身体性〉を軸に、そうした〈対立〉の境界線を横断し〈融合〉することで「進化」していく主体のあり方を模索することに向かっていたと言えるのではないか。このような〈対立〉から〈融合〉へという流れが〈冷戦終結〉という同時代の世界的な潮流ともまた共振するものでもあったことは先に述べたが、つまりこうして見ると村上は、ベルリンの壁崩壊(八九年一一月)、米ソ首脳による冷戦終結宣言(八九年一二月)、そして東西ドイツ統一(九〇年一〇月)といった世界の流れと平行して『イビサ』を書くことで、(本人も自覚しないうちに)既に〈融合〉への志向性を萌芽させていたと言えるのだ。そして、無意識裡に育んでいたこのような志向性の変化が、キューバの発見によって自覚化されたとき、村上は自身のなかにあるアメリカを真正面から見据え相対化しようとした作品『KYOKO』を執筆する決意を固めたと思われるのである。

第五節　『KYOKO』に見る〈アメリカの相対化〉

1

『KYOKO』は、九六年三月に公開された村上自らが監督を務めた同名映画のノベライゼーションとして九五年一〇月に刊行された。村上は映画『KYOKO』の公開にあわせてその撮影日誌や脚本などを収録した『KYOKOの軌跡――神が試した映画』を刊行しているが、それによればどうやら村上は九一年六月のキューバ初訪問直後から既に映画『KYOKO』の制作準備にとりかかっていたようだ。(注21)つまり、村上は初のキューバ訪問から五年近くの年月をかけて映画『KYOKO』を完成させ、その締めくくりとしてノベライゼーション版『KYOKO』を発表したことになる。

『KYOKO』はひとりの若い日本人女性がエイズ患者を連れてアメリカを縦断する、ロードムービー仕立ての物語である。生まれてすぐに両親を亡くし米軍基地のある街で叔父夫婦に育てられたキョウコは、八歳のときにGIのホセからキューバのダンスを教わって以来、ダンスが生きがいとなる。それから十二年後、トラックドライバーをして金を貯めたキョウコは、もう一度ホセと踊るために彼を訪ねてニューヨークに向かう。しかし、やっとのことで再会したホセは、既に末期のエイズにかかっていた。キョウコは、死ぬ前にもう一度家族に会いたいというホセの願いをかなえるべく、ワゴンに彼を乗せ家族の住むマイアミへ向けてアメリカ縦断の旅に出る。これが、映画／小説『KYOKO』の大まかなあらすじであるが、ここでまず注目したいのは、村上の他作品との関連から『KYOKO』を見たとき、どうやら作者のなかでこの『ＫＹＯＫＯ』が、『イビサ』と精神的なつながりを持つ作品として位置づけられているらしいことである。

実は村上は、映画の公開とそのノベライゼーションの刊行によって完結を見るこの『ＫＹＯＫＯ』を巡る一連のプロジェクトの初期段階に、『シボネイ——遙かなるキューバ』(以下『シボネイ』)『キョウコ』(『すばる』92・1〜12、11月は休載、単行本未収録)という映画／小説『ＫＹＯＫＯ』の原型とも言うべき二つの短編を発表している。この『シボネイ』『キョウコ』はともに、キューバを訪れていた小説家の「先生」(＝わたし)という聞き手に対して、キョウコが自分の過去を告白するという、いわば〈聞き書き〉形式の作品である。キューバを訪れた小説家の「わたし」は、キューバでダンスを習う若い日本人女性キョウコと出会う。「わたし」の小説を読んでいたキョウコは、「わたし」に自身の出生やホセとの出会い、そしてニューヨークで再会したホセをマイアミまで運んだことなどを話し始める。これが『シボネイ』の物語であり、『キョウコ』では二度目にキューバを訪れた「わたし」(南注・『キョウコ』では「私」となっているが、ここでは混乱を避けるため「わたし」に統一する)が、さらに詳しくキョウコのアメリカ縦断の道行きを聞くという設定になっているが、『シボネイ』のなかで、はじめて「わたし」とキョウコが出会ったときふたりの間では以下のような会話が交わされていた。

お名前は？

「みんなが呼んでいるように、キョウコっていうことにしても構いませんか？」

わたしはうなずく、からだはとても細いのに、妙な力を感じる。名前は忘れたが、昔の女優に似ていた、確かガラス越しの接吻のシーンで有名になった女優だ。

「わたし、小説はあまり読まないんですが、先生の作品は一作だけ読ませていただいたことがあります。一人の女性が、ヨーロッパを旅して、最後は誘拐されて手足を切断されて売りとばされるっていうお話です。それで、その女性はある有名なディスコのシンボルになるんでしたよね」
そうです、ちょっと荒唐無稽なストーリーですけどね。

「私は多くのストーリーを作ってきた、ドラッグをテーマにしたもの（南注・『限りなく〜』）もあったし、飛べなくなったスーパーマンを主人公にしたSF（南注・『だいじょうぶマイ・フレンド』）もあったし、経済危機の中に現れてダーウィニズムをうたう若き政治的カリスマ（南注・『愛と幻想のファシズム』）を書いたこともある。何作かは映画にもなったし、私自身オリジナルの脚本を書いたこともある」（『キョウコ』）とあるように、『シボネイ』『キョウコ』における小説家の「わたし」は、明らかに村上本人を想起させる人物として描かれているのだが、ここでの「わたし」を直接的に村上自身と繋げてみれば、先の引用にあるキョウコが読んだという「一人の女性が、ヨーロッパを旅して、最後は誘拐されて手足を切断されて売りとばされるっていうお話」が『イビサ』を意識していることは明らかであろう。つまり、『シボネイ』において「わたし」とキョウコは『イビサ』を介して出会うのであり、見方を変えれば、村上は『イビサ』を書くことで、『KYOKO』の着想を得たということが可能なのだ。

このように、『シボネイ』から『キョウコ』を経て映画／小説『KYOKO』へと結実していく『KYOKO』プロジェクト出発の背後に『イビサ』が意識されていたという事実は、本章の文脈に即して『KYOKO』を考えようとするとき、非常に重要な意味を持つと言えるだろう。というのも、『イビサ』に一貫して〈対立〉を排し、様々な境界を〈融合〉することで乗り越えようとする志向性が流れていることは既に見たが、『シボネイ』『キョウコ』および映画／小説『KYOKO』で提示されるキョウコのアメリカ縦断の旅の基調にもまた、『イビサ』と同じく（というよりむしろより強く）、人種や階層といった様々な境界を乗り越えようとする志向性が流れているように思われるからだ。そして、『シボネイ』『キョウコ』映画／小説『KYOKO』の四作品のなかでもとくに、キョウコの旅の基調に流れるこうした越境性の特質がもっとも鮮明に表れていると思われるのが、村上が『KYOKO』プロジェクトの締めくくりとして発表した小説版『KYOKO』である。

2

ここでまず『シボネイ』『キョウコ』映画／小説『KYOKO』の四作品における視点構成の比較をしておきたい。『シボネイ』『キョウコ』が作者である村上を髣髴させる小説家の「先生」（＝わたし）という聞き手に対して、キョウコが自分の過去を告白するという〈聞き書き〉形式の作品であることは既に述べた。しかし、映画／小説『KYOKO』では、この、村上本人を意識させる聞き手の「わたし」は登場しない。映画では、主人公のキョウコの主観ショットを交えつつも、基本的にはアメリカを縦断する彼女の表情と行動に焦点を合わせた、いわば三人称的視点から旅の過程が記述されていく。『シボネイ』『キョウコ』のなかで聞き手の「わたし」は、聞き手であると同時に、例えば「キョウコは他人の話を聞いて、うなずいたり、首を振ったり反応する時に視線をそらさない。（略）自分を他人にどう見せればいいのかわかっていないのだろう。あるいは自分を他人に見せるということが嫌いなのだ」（『キョウコ』）というように、キョウコの印象を読者に伝え、またその言葉を解説する、ある意味でキョウコの人格を補完する役割を担った人物として設定されているのだが、こうして見ると、『シボネイ』『キョウコ』が映画『KYOKO』へと結実していくその過程はそのまま、「わたし」との対話を通して断片的に読者の前に提示されていたキョウコのアメリカ縦断の内容が肉付けされ具体化していく過程であると同時に、キョウコというキャラクターが作者を髣髴させる補完者のもとを離れ自立していく過程であるとも言えよう。

そしてさらに、映画がこうしたキョウコに視点を合わせた三人称形式によって構成されているのに対し、小説『KYOKO』では「序章　モノローグ・キョウコ」「エピローグ・キョウコ」「インターリュード・キョウコ」という、物語の冒頭と結末、そして中盤に挿入される短い一人称を除いて、基本的にはキョウコがアメリカで関わった人物たちが彼女について語るという「複数焦点化の方法」(吉田司雄「小説『KYOKO』論――『シボネイ』「キョウコ」、映画『KYOKO』、そして……」『国文学　臨時増刊号村上龍特集』、01・7)が採用されている。この映画『KYOKO』が小説『KYOKO』になる過程で採用された「複数焦点化の方法」が持つ効果について吉田は同論文において、「他の登場人物たちの回想を通して、キョウコの行動をもう一度辿り直しながら、映画では十分に掘り下げられなかったそれぞれの人物の内面や過去が浮かび上がってくる仕掛け」であると述べているが、ここで吉田が言う「それぞれの人物の内面や過去が浮かび上がってくる仕掛け」をさらに言い換えてみれば、小説『KYOKO』における「複数焦点化の方法」は、他者の視線を通してキョウコを映し出すことで、キョウコがアメリカで関わったそれぞれの人物たちの内面にどのような影響を与えたかを鮮明に浮かび上がらせる効果があると言えるのではないか。そして、このような小説『KYOKO』における、キョウコがそれぞれの視点人物に与えた影響という視座からニューヨークからマイアミへと向かうその道行きを辿っていったときに明らかとなるのが、ある意味でキョウコの旅は、彼女が自分とそれぞれの視点人物の間に横たわっている人種や社会的階層や言語的差異といった様々な境界を乗り越えて行く、越境の旅であったということなのだ。

小説『KYOKO』において、キョウコについて証言する視点人物となるのは、ニューヨークについたキョウコがホセを探すのを手助けすることとなる黒人のショーファーの「ラルフ・ビックス」、ドミニカ出身の元ダンサーで今はホテルのクローク係をしている「ホルヘ・ディアス」、ホセの叔父で『スル・カリベ』という中米カリビアンが集まる店を経営するキューバ系アメリカ人の「パブロ・コルテス・アルフォンソ」、アルゼンチン出身でラテン・アメリカ系のヴォランティア団体に属し末期のエイズ患者であるホセの面倒を見ている、自身もHIVホルダーの「セルジオ・バスタマンテ」、コンピュータで未来からのメッセージを受け取ることができるネイティブ・アメリカンの老女で霊媒師の「デラウエア」、ジョージア州に住む黒人少年で、ホセの薬を盗もうとしたことがきっかけでキョウコが運転するワゴンに同乗することになる「エンジェル・スティーブンス」、サヴァナ近郊では最も古いプランテーションの邸宅に暮らす富豪夫人で、亡命してきたハンガリー系ユダヤ人の末裔である「ジェシカ・シルバーマン」、亡命キューバ人でホセの母親である「アリシア・フェルナンド・マルチネス」、そしてキョウコが再会したときにはすでに末期のエイズに罹っていた、「ホセ・フェルナンド・コルテス」の九人である。

このように小説『KYOKO』のなかでは、様々な属性を持つ人々がキョウコについて語ってゆくのだが、キョウコが自分の前に現れた当初これらの人物たちは程度の差こそあれ共通して、自身の日常におよそ関係がなさそうな日本人女性が突然闖入してきたことに戸惑い、彼女に対して不信感に近い感情を抱いている。例えばホセの叔父であるパブロは、ホセの消息を尋ねてキョウコがショーファーのラルフとともに『スル・カリベ』を訪れたとき、彼女に「今考えるとバカげたことだが、警察とか福祉局とか税務署とか移民局とか、そういうやっかいな公的機関の女性オフィサーではないかと思ってしまった。あまりにも若いし、服装もわたし達とあまり変わらないものを着ているが、ソサエティにホセの消息を尋ねて店にわざわざやって来る理由がわからない。この店は『SOB』や『ピカンテ』や『ドミンゲス』とは違う。アメリカナイズされたサルサ・ミュージックでヤッピーや観光客が週末を楽しむトロピカルなプレイ・スポット、じゃない」といった不信感を抱き、「十二年前」ホセに「ダンスを教えてもらった」というその言葉も信じることができず、ホセは「三年前に」「心臓病」で死んだと嘘をついている。また、ホセの薬を盗もうとしたことがきっかけでキョウコが運転するワゴンに同乗することになる黒人少年のエンジェルも、「まったく、最初は何者だろうと思ったよ。重症のエイズ患者を運んでいるんだから、(略)日本人なんてオレは見たことなかったからね、(略)ジョージア州の田舎の黒人のガキにとって日本人なんて要するにパンダやコアラより珍しいんだからさ」とキョウコとの邂逅にその当初は戸惑い、さらには「東洋人とヒスパニックと黒人、しかもきれいなねえちゃんと末期エイズ患者とガキ、まるで、いじめて、と訴えてるような取り合わせじゃないか。わけのわからないラテンの音楽をガンガン流してるし、これだけ見事にジョージア・ポリスに嫌われる要素をそろえるのは難しいぞ」と、警官に不当拘束される危険性にまで思いを馳せている。

このような、それぞれの視点人物たちがキョウコと出会った当初に抱く戸惑いや不信感は、この後の展開のなかでキョウコ／視点人物の関係が対立的なものへと発展していくことを読者に予感させるには充分である。しかし、小説『KYOKO』において、視点人物たちが感じるこのようなキョウコに対する戸惑いや不信感は、彼女が「キューバのダンス」を踊ることで、または彼女とともに「キューバ音楽」

を聞くことで一瞬にして〈融和〉される。先に「ホセは死んだ」とキョウコに嘘をついたパブロは、彼女が店の中でダンスを踊り出したときに感じた興奮を以下のように伝えている。

キョウコは闘牛士の後、右回りに二度ゆるやかなスピンを舞い、次にアバクアというブードゥの秘密結社の踊りを見せた。闘牛士といい、一度や二度見ただけでは全ニューヨークのどんなダンサーを連れて来ても絶対に真似ることさえできない。(略)わたしは胸の内で何度も何度も彼女の名前を呼び、グラスにホワイトラムを注ぎ、飲んだ。(略)彼女は、ホセが教えたステップを、ホセがいなくなってからも繰り返し練習したに違いない。(略)キョウコはほとんど汗を掻いていないが、フロアを照らすブルーの灯りを受けて肌がしだいに青白くなっている気がする。一度、悲しそうな表情でわたしの方を見た。わたしは息が詰まりラムを飲むのも忘れて喉の奥がカラカラになった。店のすべての客がキョウコの踊りから目を離すことが出来ない。(略)規則的でしかもエロティックなその息遣いがゆっくりと確実に大きくなっていく。胸がしめつけられるようだった。キョウコ、もういい、よくわかったよ、わたしはそう呟いた。

そして、このようなキョウコの「エロティック」で見事なダンスを目の当たりにすることで、「ホセが教えてくれたわたしの踊りは、ただのひまつぶしでもちょっとした遊びでも気のきいた趣味でもなかった、彼女は全身でそう訴えていた」と感じたパブロは、「キョウコに真実を伝えるべきだ」と決心するのだ。また、「まったく、最初は何者だろうと思ったよ。重症のエイズ患者を運んでいるんだから、(略)日本人なんてオレは見たことなかったからね」としてキョウコの登場に戸惑い、キューバ音楽を

「わけのわからないラテンの音楽」と言っていたエンジェルも、キョウコとのヒッチハイクの道行きでキューバ音楽を繰り返し聞くうちに、「カセットをオート・リバースにして流し放しにしているので、（略）同じ曲順で十回近く聞いていることになるが不思議に飽きなかった。ブルースに似ているが、何かが決定的に違う。決してビートを捨てなかったアフロ・アメリカンの歌、そんな感じかな。（略）とても気持ちがいい。まるで音楽そのものに羽が生えているようだった」と、しだいにキューバ音楽の魅力に目覚め、その鑑賞を介してキョウコに心を開いていく。

作者である村上は、「『ＫＹＯＫＯ』というのは、（略）対立概念がないんですよ。キューバとアメリカで日本人がいろんなことをやるわけだから、普通は喧嘩したりとか、対立が絶対あるはずなのに。僕はその時、キューバ音楽とかダンスの素晴らしさを伝えたいから、邪魔になるものを排除したんですけど」（柄谷行人との対談「国家・家族・身体」一章注12に同様）と述べているが、（注22）こうして見ると、小説『ＫＹＯＫＯ』においてキョウコが踊るキューバの「ダンス」や、そのバックグラウンドミュージックとなる「キューバ音楽」は、一種の〈身体言語〉として、キョウコ／視点人物の間に横たわる人種や言語（作品のなかでキョウコは簡単な英会話しかできないことになっている）の違いが発生させる、視点人物側の彼女に対する疑念や不信感といった負の感情を一瞬にして解消し〈融和〉をもたらす、いわば境界消滅装置とでもいうべき機能を有していると言えるのだ。

3

ここまでは、キョウコの「ダンス」や「キューバ音楽」がそれぞれの視点人物の内面に与える効果を確認してきたが、こうしたキョウコと各視点人物の関係を捉えるうえでキーワードとなる越境という視座を踏まえたうえで、ここでさらに注目したいのが、『KYOKO』においては、それぞれの視点人物にとってキョウコに親和的な感情を抱きその旅の援助をすることが、自分とキョウコを触れ合わせるだけではなく――なかば仕方なしにではあるが――人種や階層の違いから日常ではおよそ交わることがなさそうな、他の視点人物たちと一瞬でも関わるきっかけにもなっていることである。例えば、黒人のシヨーファーでありニューヨークでキョウコがホセを探すのを手助けすることとなるラルフは、「小さい頃からスパニッシュ・ハーレムにだけは足を踏み入れないようにしてきた」にもかかわらず、キョウコに同行しパブロの店を訪ねることで、そこに足を踏み入れることになる。また先に紹介にしたジョージア州に住む黒人少年エンジェルも、キョウコのワゴンに同乗することで「南部には珍しいヒスパニックのゲイ」であるホセの「背中をさする」こととなる。

もっとも、これら『KYOKO』に登場する視点人物が他の視点人物を見るときの眼差しは、キョウコを見るときのような〈融和〉性に満ちたものであるとは限らない。例えばラルフはパブロのことを「愛想のあの字もない、頑固という言葉にシャツを着せて蝶タイを結んだようなオヤジ」と形容し、パブロはラルフを「間抜け」な「黒人」呼ばわりしている。そしてエンジェルにいたってはホセについて「不思議だが、まったく同情できない。(略)こいつを見ていると無性に腹が立ってくる。わたしはこの世に生まれてから今まで結局何事も成し得ませんでした、と顔に書いてある」と述べている。このように『KYOKO』における視点人物/視点人物の関係はしばしば偏見に満ちた〈対立〉的なものになりがちなのだが、しかし、キョウコを介して普段はおよそ接点がない他の視点人物が抱える問題を垣間見ることは、彼女とともにホセを探し回るうちにラルフが、「なんてダメなんだろう、この国はいったいどうなってしまったんだと、はるばる日本からやって来た二十一歳の女の子に申し訳ないような気分になった。（略）大切な友人に会いに行くと頭のおかしい絵描きや嘘つきの偏屈なオヤジとかがいて、それでやっと昔の友人に会えたらそいつはエイズでヨボヨボでごていねいに頭まで変になってるんだからさ、地図見せられてもどこなのかわかんない国に軍隊とか送ってる場合じゃないだろう」と思い始めているように、それぞれの視点人物に、それまで意識的に避けてきた他の社会層との接触を通して、自身を含めたアメリカを巡る現状を考えさせるきっかけとなっていることは付け加えておかねばならないだろう。吉田司雄「小説『KYOKO』論――『シボネイ』「キョウコ」、映画『KYOKO』、そして……」（前掲）は「各章の語り手である登場人物たちは、キョウコと出会うことで変る」のであり、キョウコは「彼ら一人一人の存在の有り様」を「浮かび上がらせる触媒のような存在」であると述べているが、こうして見ると、視点人物／視点人物の関係からいってもキョウコは――それが一瞬のことにすぎないとしても――それまで意識的に避けてきた（あるいは没交渉だった）他の社会層に属す視点人物同士を接触させ、それぞれの視点人物にもう一度自身の足元を見つめ直すきっかけを与えたという意味では、人種や社会的階層の違いを源泉としてアメリカに張りめぐらされた境界線を揺さぶる「触媒」たり得る存在であると言えるのだ。

いままでは、視点人物たちの内面にキョウコの「ダンス」が与える効果、あるいはキョウコを介した視点人物同士の邂逅という点からキョウコのアメリカ縦断を見てきたが、ここで今度は、これら視点人物たちとの邂逅がキョウコに与えた影響という点からその旅を見てみれば、キョウコにとってもホセを連れたニューヨークからマイアミまでの道行きは、自身のなかに張りめぐらされたある種の境界を乗り越える過程であったと言えるように思われる。幼いころに両親を交通事故で失ってから叔父夫婦の住む「米軍基地のある街」で育ち「鉄条網の傍らを歩いて、幼稚園や学校に通った」キョウコは、成長してからもその「鉄条網」が「何か大切なものから、隔てられているという感じ」を象徴するものとして「記憶を被っている」という。

ここでキョウコが言う「何か大切なもの」とは、単純に考えれば自身の固有性を保証するアイデンティティと言えそうだが、「鉄条網」がその「何か大切なもの」と自身を隔てる象徴であるとすれば、「ホセ」から教えてもらった「キューバのダンス」は、「ホセと一緒に踊っていると、イヤなことを全部忘れることができた」「鉄条網と、このダンスシューズがわたしのすべてを象徴している」とあるように、キョウコと「何か大切なもの」を接近させる、言い換えれば「鉄条網」を乗り越えるための方法であったと言うことが可能だろう。そんなキョウコにとって、アメリカを縦断する過程で出会った様々な視点人物たちが自身の「ダンス」によって心を開いていくその様に接することは、彼女にとって自己の身体の固有性を深く確認することにつながっていたはずなのだ。

実際に物語の最後で、ホセの亡骸(ホセはマイアミに着く直前にレイプされそうになったキョウコを助けようとして死んでしまう)をホセの母親に届けたあと、母親の勧めに従ってキューバに渡ったキョウコは「今、わたしの心の中にずっとあった『鉄条網』が消滅している」として「今、わたしには、何か自分の大切なものから決定的に遠く隔てられている、という感覚がない。／それは、ホセを見つけ、ホセを運ぶ旅の中で消えた。／ホセだけではなく、長い旅の途中で出会ったいろいろな人達と、話したり笑い合ったりしているうちに消えた」と述べているが、この記述は、キョウコが旅の過程で巡りあったそれぞれの視点人物との関係を通じて、自身のアイデンティティを確立していったまさしくその証左となろう。そして同時に、このような『KYOKO』に見る主人公のアイデンティティ確立という視座を踏まえたうえで、ここで作者である村上に目を向けてみれば、おそらくキョウコがアメリカを縦断しながら

「心の中」にあった「鉄条網」を「消滅」させていくその過程は、そのまま村上にとっても、自身の内にある意味で支配者として君臨していたアメリカを相対化していく過程であったと思われる。

4

先にも述べたように、キョウコを介して普段はおよそ接点がない視点人物同士が出会うことは、それぞれの視点人物にそれまで意識的に避けてきた他の社会層との接触を通して、自身を含めたアメリカを巡る現状を考えさせるきっかけとなったのであり、その意味でキョウコはアメリカに張りめぐらされた境界線を揺さぶる「触媒」たり得る存在であると考えられるが、それは見方を変えれば、キョウコを介して視点人物同士が出会うことで、差別や偏見といったアメリカを被う様々な対立軸（＝境界線）が明らかになってゆく過程でもあったと言えよう。この点に関して野谷文昭「キューバという装置」（前掲）は「（南注・村上にとっては）キューバが視界に現れたことで、北米から南へ向かう方向性ができ」「それを求めることでアメリカを相対化できるのである。しかも南へ向かう過程でアメリカを微分することも可能となる。そのとき威圧感と恐怖を与えていた抽象的アメリカは、具体的現実の地平を見せるだろう。そうなればそれを敢えて失墜したスーパーマンに見立てる必要もなくなる」といった見解を提出しているが、つまりこうして見ると、キョウコがキューバと目と鼻の先にあるマイアミに向けて（最終的にキョウコはキューバに渡ることになるのだが）アメリカを縦断していく道行きは、村上にとってアメリカを「微分」し「具体的現実の地平」から〈マッピング〉してゆくことで、その「抽象」性を洗い流していく過程であったと言えるのだ。(注23)

さらに、『ＫＹＯＫＯ』においてアメリカを相対化しようとする村上の試みは、キョウコがニューヨークからマイアミまでの道行きにおいて、末期のエイズ患者であるホセを(精神的に)再生させていくその過程にも鮮明に表れていると思われる。叔父のパブロによれば、十二年前にGIとして日本に渡りキョウコにダンスを教えたホセの一家は「キューバ革命の六年後に亡命」し、彼は「一家の合衆国国籍取得と引き換えのような形」で「軍隊に入った」らしい。しかしホセは「徴兵された軍隊でまわりから苛められ」、「同性愛者となり」そしてエイズに罹ったという。野崎六助『リュウズ・ウイルス』(序に前掲)はこのホセについて「『瀕死の大国アメリカ』という以外の暗喩を受け取ることは非常に難しい」と述べているが、確かに、移民、同性愛、そしてエイズというこれらホセを巡るキーワードは、どれもアメリカが抱える差別問題を考えるときその対象として浮上するものであり、(注24)その意味でホセを、アメリカの強く華やかな側面の背後に隠された歪みを一身に引き受けた存在として見ることは可能だ。そしてこのように考えれば、「不思議だが、まったく同情できない。(略)こいつを見ていると無性に腹が立ってくる。わたしはこの世に生まれてから今まで結局何事も成し得ませんでした、と顔に書いてある」(エンジェル)、「わたしはそのスパニッシュのエイズ男を、象牙細工を施した父の形見の散弾銃で撃ち殺してやりたいと思った」(ジェシカ)というように、他の視点人物たちが一様にホセを「忌み嫌う」のは、おそらく、ただ単に彼がエイズに罹っているからではなく、彼の佇まいにいままで直視することを避けてきた、アメリカが抱える社会的な歪みの凝縮を見たからだと言えるように思われるのだ。

キョウコがホセを探し当てたとき、彼はエイズ痴呆症候群を併発し、子どものときの記憶以外はほぼ忘れ強い望郷の念に囚われていた。彼が思いを馳せる故郷とは、物理的には家族の住むマイアミだが、精神的な意味から言えばマイアミの背後にあるキューバである。つまり、キョウコがホセを家族のもとに送り届けるその道行きは、単なる物理的な移動ではなく、彼をキューバに接続することによって、その精神に巣食うアメリカの暗い記憶から解放していく過程であると言えるのだ。そして、もはや繰り返すまでもなく、それは作者である村上が自身の内にあるアメリカを相対化していく過程でもある。先に言及したアメリカから「抽象」性を洗い流すためのマッピングという視座に絡めて言えば、キョウコがその「ダンス」によってそれぞれの視点人物の心を開いていく過程は、村上にとってアメリカと自身の間に横たわっていた支配／被支配の関係を解体していくその手続きそのものであったと言えようが、こうして見ると、そのアメリカ相対化の手続きにおけるクライマックスに位置しているのがこのホセの再生であると言えるのだ。

物語において、(先にも述べたように)ホセはマイアミに着く直前にレイプされそうになったキョウコを助けようとして死んでしまう。しかし、「正統的なキューバのマンボ」を踊るキョウコを見ることでダンスに対する情熱を取り戻したホセが、物語の最後で抱く以下のような思いからは、彼がその精神に巣食うアメリカでの暗い記憶から解放され、「キューバ人としての誇り」を回復し精神的な意味での再生を果たしたことが鮮明に読み取れよう。

　そうだ。キョウコを救い出したら死ぬ前に一緒にチャ・チャ・チャを踊ろう。僕は何十と種類のあるキューバのダンスの中で、チャ・チャ・チャが一番好きだ。カップルで踊るポピュラー・ダンスでは、間違いなく世界一楽しい。(略)あの子はちゃんと踊る。キョウコは決して間違えない。(略)からだに気持ちよさを憶えさせているからだ。この僕が、教えたのだ。(略)なるほどそういうことかと思った。セルヒオ、そういうことなんだよ、再生のきっかけに関することなんだけどね、ボクはキューバからダンスを運びアメリカを経て日本で小さな女の子にそれを植えつけた、やっている

ことはウィルスと同じだ、ボクがこの世に生を受けて、なし得たことっていうのはひょっとしたら
それだけかも知れない、でも再生のきっかけってやつはそういうものじゃないんだろうか、

この後、ホセはキョウコを助け出し、彼女とともに『エスペランサ』という「希望」を意味する曲を踊り、息を引き取る。こうしてホセの魂はキューバの空へとかえり、キョウコはホセの亡骸を家族の元に送ったあと、キューバへと渡ることで胸のうちにあった「鉄条網」が「消滅」していることを確認する。繰り返すまでもなく村上にとっても「鉄条網」とは、アメリカと自身を隔てる境界であり、その支配／被支配という非対称的関係を象徴するものであった（一章注5に同様）。つまりこうして見ると、キョウコがホセの魂をキューバへ向けて解放し、そして彼女自身もアメリカ縦断の果てにキューバへと渡ったとき、村上のなかにあった「鉄条網」もまた「消滅」し、その胸のうちに強大な権威として君臨していたアメリカは完全に相対化されたと言えるのだ。

おわりに

以上本章では、村上が自身の内に一種の権力として君臨していたアメリカを相対化するまでの道のりを辿ってきたが、こうして見ると、ハワイやサイパン、グァムといったオセアニア地域を中心とする熱帯のリゾート地への探訪に始まった村上のアメリカ相対化の旅は、『だいじょうぶマイ・フレンド』の失敗といった八〇年代の迷走を経て、九〇年代に入りキューバを発見し、その「音楽」や「ダンス」に心酔することを通じて〈混血（クレオール）〉の特質に触れ、自身の志向が〈対立〉から〈融合〉へと変化していることを自覚することで、ようやくその突破口を摑んだと言うことが可能だ。そして、キューバ発見に前後して自覚するこのような〈融合〉の志向を背景に、村上が、「基地の街」、GI、キューバといった自身のアイデンティティを構成する重要なファクターを前面に押し出しつつ、その内面に君臨していたアメリカの相対化を計った作品が『KYOKO』である。

「基地の街」から飛び出し現実のアメリカへと渡り、ニューヨークからマイアミへと移動しながら自身の学んだキューバの「ダンス」を通してさまざまな属性を持つ視点人物たちと〈融和〉的な関係を築き、またそのことによって自分の心の中にあった「鉄条網」をも消していくキョウコのあり方は、『イビサ』の主人公が言う「境界を平気で侵す力」を身につけることで「進化」していく主体そのものであると言えよう。と同時に、作者である村上にとって見れば、このようにアメリカに張り巡らされた様々な境界を乗り越え「進化」を続けるキョウコの旅は、キョウコの視線を借りてアメリカを測量していくことで、いままで自分に恐怖と威圧感を与えていたアメリカからその抽象性を洗い流していく過程でもあったと言える。

ここでもう一度、村上が持つ〈原風景〉を確認しておこう。

原風景と呼ばれるものは誰にでもある。私にとってのそれは、アメリカ軍基地内の美しい芝生にデッキチェアで寝そべる金髪の女だ。そんな光景を実際に見たのかどうか、はっきりしない。写真か絵で見たのかも知れない。

ステロタイプな光景だ。

私はその金髪の女と話すことはできない。金網があるので近づくこともできない。もちろん触れることもできない。ただ、見るだけだ。（一章注5に同様）

こうして見ると、アメリカを縦断する過程で自らを〈混血（クレオール）〉的主体へと練り上げ「進化」していくキョウコという主人公を描くことは、村上にとってもその〈原風景〉にある「鉄条網」を乗り越える試みであったと言えるだろう。その意味で、物語の最後で提示されるキョウコにとっての「鉄条網」の消滅は、村上にとっても、自身の内にあるアメリカが相対化されることで、その〈原風景〉に見受けられた米軍基地のこちら側と向こう側を隔てる「鉄条網」が消滅したことを意味していたと言えるのだ。

ここでさらに付け加えれば、キューバの発見によって村上の内にあったこのようなある種の境界が消滅したことは、芳川泰久「スピード、スピード、スピード――指先はいかに世界像を転換するか」（『ユリイカ　総特集＝村上龍』前掲）が、「『基地』の内部には入れなかった主人公たちが」「『五分後の世界』

あたりを一種の分水嶺として疑似現実空間の内部への参入が可能となった」と言うように、一連の『KYOKO』プロジェクトと同時期に書かれた『五分後の世界』をはじめとする作品群のなかで、その主人公たちが「現実と擬似空間の境界を超え」「擬似現実の内部に参入するようになった」(芳川、同前)ことからも確認できるのではないか。多少の誤解を恐れずにここで芳川の言う「現実空間から擬似現実への参入という新たな変化」を言い換えれば、それは、村上が「鉄条網」の向こうに見えていた自身のとっての〈理想郷(ユートピア)〉を直接的に描き始めたことを意味していると言うことができるのかもしれない。先の引用からもわかるように、「鉄条網」越しに見える「光景」は、現実のアメリカというより、むしろ村上の憧憬が凝縮した、一種の〈理想郷(ユートピア)〉として組織されたトポスであったと言えようが、つまり、キューバの発見によって「鉄条網」が消滅したことで、村上はその向こうにある自身の夢想する「擬似空間」=〈理想郷(ユートピア)〉へと歩み出すことが可能となったように思われるのだ。

次章で論じることとなる『五分後の世界』とその続編にあたる『ヒュウガ・ウイルス』(書下ろし、96・5、幻冬舎)は、まさしく村上が夢想するそうした「擬似空間」=〈理想郷(ユートピア)〉を活写した作品として読者の前に屹立するものであると言えよう。ただし、キューバ発見をきっかけとして村上のなかにあるアメリカが相対化された以上、これらの作品において提示される「擬似空間」=〈理想郷(ユートピア)〉は、先の〈原風景〉に見られるような「美しい芝生にデッキチェアで寝そべる金髪の女」のいる享楽のアメリカを意識させる空間ではありえない。ここであえて結論を先取りすれば、これらの作品において提示される「擬似空間」=〈理想郷(ユートピア)〉とは、『イビサ』において発芽し、キューバの「ダンス」や「音楽」との邂逅を経て、『KYOKO』によって体現される、村上が持つ「進化」

を巡るヴィジョンを意識的に実行すること——つまりある種の「危機感」を持ちそれを原動力として境界を横断しつつ「進化」し続けること——が生存の条件となるような、〈理想郷（ユートピア）〉という言葉が連想させる牧歌的なイメージとはある意味でかけ離れた、〈淘汰〉という原則をも含む厳格で過酷な世界であると言えるのだ。

注

(1) この「基地の街」の衰退に関して、例えば村上はデビュー直後に行われた中上健次との対談をまとめた『中上健次vs村上龍――俺たちの船は動かぬ霧の中を纜をといて』(77・6、角川書店)のなかで既に「最近は基地もなくなって、米軍は数年前のころの四百分の一ぐらい。八十人ぐらいしかいないんだね、米兵が。だから昔のアメリカ兵専用のバーが東京風のスナックなんかに変わってるけど。あとレストランとかさ。全然おもしろくない。昔は心ときめかして行ったもんですよ、高校の頃なんか」と述べている。

(2) 石川榮吉監修/大塚柳太郎・片山一道・印東道子編『オセアニア①――島嶼に生きる』(93・4、東京大学出版会)の「編者」はそのなかの「はしがき」のなか

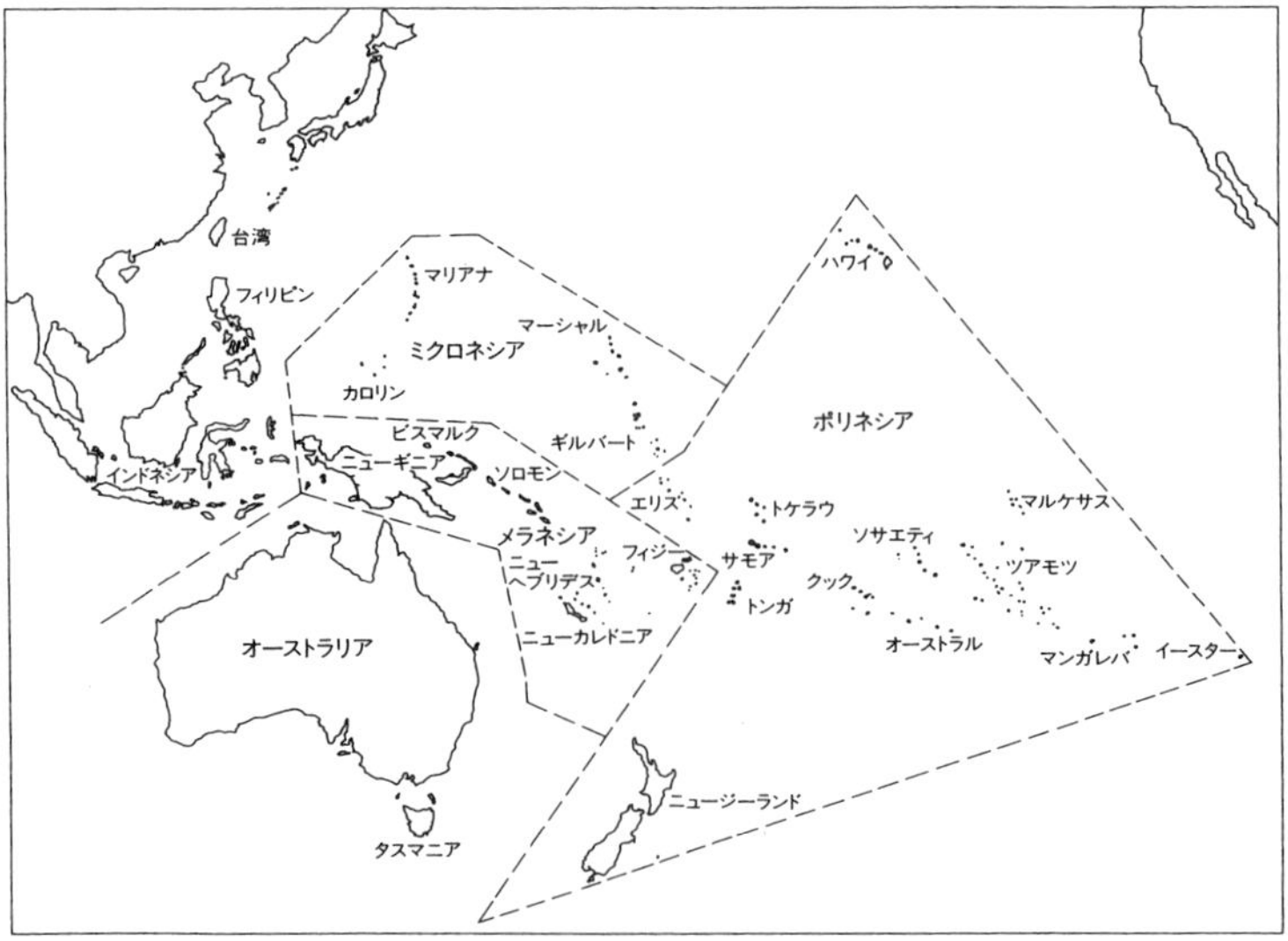

でオセアニアを構成する地域を「現在、地理学用語として用いられるオセアニアは、ウォーレス線の東に位置するオーストラリア、メラネシア、ミクロネシア、ポリネシアを指している」として右のように図示している。

（3）村上はそのエッセイ「水に学ぶ　水に遊ぶ」（初出『サムアップ』84・4〜85・6、ここでの引用は『村上龍全エッセイ　1982―1986』91・8、講談社文庫から）のなかで「わたしは、ハワイ、フィジー、タヒチ、セイシェルに1回ずつ、フィリピンに5回、そしてサイパンには11回行っている」とオセアニア地域への旅行回数を数えている。ちなみに、ハワイ、タヒチはポリネシア、フィジーはメラネシア、そしてグァム、サイパン、パラオはミクロネシアにある（フィリピンについては注4を参照）。

（4）（注2）で指摘したように「地理学」的に言えばフィリピンはオセアニアには含まれない。しかし、清水昭俊「近代の国家と伝統」（石川榮吉監修／清水昭俊・吉岡政徳編『オセアニア②――近代に生きる』所収、93・7、東京大学出版会）のように、「オセアニア地域の政治・経済を理解するには、この地域の国ぐにを二つのグループにわけて観察する必要がある。その一方はフィリピン、インドネシア、マレーシア、ブルネイ、オーストラリア、ニュージーランドからなり、うち前四カ国は東南アジア諸国連合（ASEAN）に参加している」として、フィリピンをオセアニアに含む視点があることは指摘しておきたい。また『世界地名大辞典』8（75・8、朝倉書店）はフィリピンについて「ルソン、ミンダナオ、ネグロス、パナイ、パラワン、サマール、レイテ、セブなど大きな島々をはじめ、合計7000あまりの島からなる」と紹介しているが、このような、フィリピンが持つ群島的な性格や、オセアニア地域との距離的な近さを考慮すれば、村上のフィリピン体験もまた、村上における、オセアニアを中心とする熱帯の島嶼体験のひとつに数えることが可能であると思われる。

（5）ここで『悲しき熱帯』収録短編の舞台に焦点を絞って言えば、タヒチ（『スリーピー・ラグーン』）は一八四二年にフランスの支配下に入って以来、現在でもフランス領ポリネシアの一部として政治的独立を許されていない。グァム（『鐘が鳴る島』『グァム』）はサイパンと同様、戦中には日本防衛の最終拠点として一大要塞化したが、戦後は国連信託統治領を経て自らアメリカ領への編入を選択した。またハワイ（『ハワイアン・ラプソディ』）は一八九三年に白人のクーデターによりハワイ王朝が倒された後、一八九八年に正式に州のひとつとしてアメリカ合衆国領土に合併されている。そしてフィリピン（『フィリピン』）は、一九四一年に日本軍の侵攻を受けたが、一九四五年にアメリカ軍によって奪回され一九四六年に正式に独立した。しかし、独立後の政権政党である自由党の失政が続いたため、見かねたアメリカは国民党を後押しし改革を断行、以後アメリカ主導型の政権が続くこととなる。〈以上の概要は、清水昭俊「近代の国家と伝統」（注4に同様）、および『世界地名大辞典』1～8（74・4～75・8、朝倉書店）を参考に作成した。〉

（6）ここで村上もその作品の舞台としているフィリピンに焦点をあわせて見れば、『JTBのポケットガイド125　フィリピン』（95・2、JTB）は「フィリピンでは国家的プロジェクトの1つとして観光開発に力を注いでいる」として、「バギオ」「スービック」「ボホール」（ともに地名）などにおける観光開発の例をあげている。

（7）中山速人「メディアと観光文化の多様化」（吉見俊哉／大澤真幸／小森陽一／田嶋淳子／中山速人『メディア空間の変容と多文化社会』99・12、青弓社）は、ハリウッド映画がハワイのイメージ形成に与えた影響を考察するなかで、「観光開発のなかでつくられてきた白人化したハワイの文化をハッパ・ハレオ」と呼ぶことを指摘し、「これ（南注・ハッパ・ハレオ）が一九六〇年代ぐらいまで続くわけですが、その後少し変化が起こってきます。この変化は八〇年代に入って急速に起こります。アメリカ本土のマイノリティの人権運動や公民権運動の影響を受けて、ハワイでも、ハワイアン・ルネッサンスというハワイ文化に対する見直し運動が起こってきます。これは先住民のなかで起こってきます。白人によって変質させられた文化を再び自分たちの手に取り戻そうというかたちで、八〇年代に入ると、先住民側からのハワイ文化の再評価や、古典的なものへの回帰という現象が起こってくるのです」と述べている。

（8）ここで村上に目を向けてみれば、村上もまた「アメリカ的生活様式」の特質がある種の「動物性」にあったとするこうした柄谷の見方を支持しており、彼は柄谷との対談「国家・家族・身体」（一章注12に同様）のなかで、「確かに、柄谷さんがずっと前から仰ってた、アメリカの動物性みたいなものも、（南注・九〇年代後半のアメリカには）もうまったくないですね」と述べている。

（9）例えば、バブル期の日本を音楽・映画・風俗・時事問題といった様々な角度から振り返った冊子『アスペクト19　バブル80'Sという時代』（97・7）には「1983～1994 TOKYO」という副題がついており、ここには八三年をバブルの出発点と見る編者の認識が明確に示されていると言える。

（10）この点について、むらやまじゅん「芸能人もバブってグー」（『アスペクト19　バブル80'Sという時代』所収、注9に同様）は、「80年代バブル芸能史を語るうえで外せない要素、それはメディアミックスだ」と述べたうえで、その失敗例として『だいじょうぶマイ・フレンド』について触れ、以下のように述べている。「83年、村上龍が自分のアイデンティティを全面に押し出したメディアミックスは、主演に『イージーライダー』のピーター・フォンダ、音楽にサディスティック・ミカ・バンドの加藤和彦、主題歌には同じく加藤和彦、桑田佳祐ほか、有名人多数参加。監督を原作者の村上龍が手掛け、結果、キティ・フィルムは倒産へ！」。

(11) この点については、例えば笠井潔「『愛と幻想のファシズム』」(『文芸』87・11)、芹沢俊介「テニスボーイと鈴原冬二あるいは龍と龍之助」(『Ｒｙｕ　Ｂｏｏｋ　現代詩手帖特集版』90・9)なども論者と同様の見解を提出している。

(12) 村上がキューバの魅力について言及した代表的な著作には、『新世界のビート――快楽のキューバ音楽ガイド』『ＫＹＯＫＯの軌跡――神が試した映画』などがあるが、その他にも、『或る恋の物語――エキゾチシズム１２０％』(書下ろし、96・4、ソニー・マガジンズ)『Se fue 彼女は行ってしまった――ロマンチシズム１２０％』(書下ろし、96・4、ソニー・マガジンズ)『わたしのすべてを――エロチシズム１２０％』(書下ろし、96・4、ソニー・マガジンズ)といった短編小説とキューバ音楽を組み合わせたCDブックを出版してもいる。

(13) 例えば西井一夫編『シリーズ20世紀の記憶　１９６８年――バリケードの中の青春』(98・11、朝日新聞社)に収録されたコラム「パリ五月革命小考」(西井一夫)は、「１９６８年3月21日、高校生と大学生からなる小グループがベトナムにおけるアメリカ帝国主義のシンボルとして、オペラ座横のアメリカン・エキスプレス社のガラスを割って、４人が逮捕された。(略)翌22日『抑圧に反抗するため』というスローガンのもとほぼ１００人ほどの学生がナンテール分校管理タワー９Ｆにある大学評議会室に侵入し占拠した。彼らはそこで(略)、カストロの『7月26日運動』のマネをして自分たちの運動を『3月22日運動』と名づけた」ことが「パリ五月革命」の発端であったことを明らかにしている。

（14）例えば新道通弘『現代キューバ経済史――90年代経済改革の光と影』（00・3、大村書店）は、「フィデル・カストロが率いた『七・二六運動』が反バチスタ独裁闘争に勝利した後、どのように経済封鎖が設定され、実施されてきた」かを、五九年から二〇〇〇年代まで、「〔一九五九年〕一月一日　フィデル・カストロ率いる七・二六運動、バチスタ政権を打倒し反バチスタ独裁闘争で最終的勝利を収める。（略）四月十五日―二十四日　カストロ首相アメリカを訪問、ニクソン副大統領と会談。同副大統領カストロを共産主義者と述べて、同政権の打倒をアイゼンハワー大統領に進言する」というように「年代記風」にまとめ辿っている。

（15）本論を執筆するにあたり、〈クレオール〉研究についての概要は遠藤泰生／木村秀雄『クレオールのかたち――カリブ地域文化研究』（02・5、東京大学出版会）、加茂雄三編『国際情勢ベーシックシリーズ⑨　ラテンアメリカ』（99・11、自由国民社）、今福龍太『クレオール主義』（91・7、青土社）などを参照した。

（16）この点について例えば村上は、「戦争とファシズムの想像力」（『村上龍自選小説集5――戦争とファシズムの想像力』）のなかで『愛と幻想のファシズム』の登場人物について触れたさい、「冬二とゼロとフルーツは、『コインロッカー・ベイビーズ』のキクとハシとアネモネの生まれ変わりで、その三人をまた小説に登場させることがあるかもしれない、この作品の文庫版のあとがきに、わたしはそう書いた。本当にそういう小説を書くかどうか、現時点では何とも言えない。キクとハシ、冬二とゼロという二つの人格が、年月を経てわたしのなかで統合されつつあるのかも知れない」と述べている。また、このキューバ訪問以降、村上は「終戦直後のＧＨＱによる支配を除いて、日本は外国からの侵略や統治を経験していない。（略）確かにそういった侵略に晒されることがなかったために、日本人は優しいメンタリティを持つことになったのも事実だ。対立を基調とする西欧と違い、共生や融和といった21世紀の人類に何よりも必要な概念を潜在的な意識の中に持っている民族だと思う」(「寂しい国とワールドカップ」『文芸春秋』98・7)といった、〈共生〉や〈融和〉がこれからの時代を読み解くキーワードになっていくという予測を繰り返し述べ始める。

(17)〈身体性〉への意識こそが村上文学に一貫して流れる基調であるとする先行論文は、布施英利『電脳的』(一章第三節に前掲)をはじめとして、関井光男「村上龍――スポーツ・身体・女のイメージ」(『国文学　村上龍　欲望する想像力』前掲)、柴田勝二「肉体と世界」(二章第四節に前掲)など数多く存在する。

(18)村上が自から編集を務めた『村上龍自選小説集2――他者を探す女達』97・10、集英社)には『トパーズ』『イビサ』『ラッフルズホテル』(書下ろし、89・9、集英社)『ピアッシング』の四作品が収録されており、このことからも村上のなかでは『トパーズ』と『イビサ』が同じ系列に属する作品として整理されていることがわかる。

(19)例えば村上は柄谷行人との対談「国家・家族・身体」(一章注12に同様)のなかで、「ヨーロッパは対立が好きだというか、その話を坂本としたら、『そうだよね、ソナタでも対立だし』とか言うんです、アレグロ、アダージョ、アレグロっていうような対立概念が音楽のなかにもあって」といった発言している。またその小説作品においても(特に西欧を舞台としたものには)以下のように、登場人物が、ヨーロッパに流れる支配、差別、階級といった〈対立〉の基調について言及する場面がたびたび見受けられる。「欧州で勝ち残り進化を続けたのは階級社会だった。(略)君がここで生きていくつもりだったら、君の階級を常にアピールしなくてはならない。階級の境界を横断することは許されない」(『タナトス』初出『すばる』

96・2〜97・12→01・3、集英社)。

(20)例えばこの点について今福龍太『クレオール主義』(注15に同様)は、「現代社会に住むわたしたちすべては、越境者の運命を引き受けつつある。権力が、制度が、土地にいかなる文化的『境界線』を暴力的に引こうとも、もはや境界はまるでモザイクのようにわたしたちの内部に張りめぐらされている。具体的、可視的境界の存在に足をすくわれて自己を見失うよりも、わたしたちは見えざるボーダーの一つ一つを果敢に越境することを通じて、自らも世界を覆う『ボーダーランズ』の住人の一人であることに連帯を表明してゆくべきなのだ。/自己のなかを越境すること。自らの土地へのイミグレーションをこころみること。そうした行為の果てに、わたしたちは固定的な同質的な『場所』や『文化』のロジックから自由になった、ヘテロなものが共棲する一つの新しい認識の風景を手に入れることができるのである」といった認識を提示している。

(21)『KYOKOの軌跡――神が試した映画』のなかで村上は、「『トパーズ』のクランク・アップは九一年の夏、仕上げが終わったのは十月くらいかな。(略)/『トパーズ』で、それまでとらわれていた映画という容器から自由になれたのは、主演のアイ役、二階堂ミホっていう生身の人間に出会えたことが大きかったから、『KYOKO』も最初は彼女のための企画だった」として、九一年の映画『トパーズ』の「クランク・アップ」と同時に『KYOKO』の企画を始動していたことを明かしている。

(22)また、この点に関して陣野俊史『龍以後の世界――村上龍という『最終兵器』の研究』(序に前掲)は、この村上の発言を踏まえたうえで「『KYOKO』には踊る/踊らないといった貧困な二分法や、キューバ音楽と〜音楽といった恣意的な対比も存在しない。つまり音楽は一切の比較対照を欠いたまま、そこで鳴っているのであり、ダンスはひたすら踊られているのだ」という見解を提出している。

(23) このアメリカに対するマッピングという視座に関連して、村上龍×三浦雅士「混ざり合う風景、混ざり合う小説——『KYOKO』を巡って」(『すばる』96・1)のなかで三浦は「アメリカの東部から南部へ移動していくときに、人種がどんなふうに分布しているかっていうようなことも実感的に描かれている」と述べているが、確かにいま論者の手元にある『現代アメリカの社会地図』(アリス・C・アンドリュース/ジェームズ・W・フォンセカ編著、高橋伸夫/菅野峰明/田林明監訳、97・7、東洋書林)と照らし合わせてみても、例えばホセの家族が住むマイアミがあるフロリダ州は「キューバ人が多い」(州人口の六%以上)、またネイティブ・アメリカンの老女で霊媒師のデラウエアがいるノースカロライナ州については、「東部海岸では」「小さなインディアン保留地を持つメーン州とノースカロライナ州だけ」が州人口におけるネイティブ・アメリカンの割合が「中位の階層」(〇・五~一%)に属するとあり、こうした点から言っても村上がキョウコの辿る各地域の基本的な特徴を正確に把握したうえでその道行きを描いていたことがわかる。

(24) 例えばこの点について天笠啓祐「エイズに見る差別イデオロギー」(PRC〈患者の権利検討会〉企画委員会編『エイズと人権』所収、92・9、技術と人間)は、とくにアメリカではエイズ患者に対する差別が「女性や同性愛者に対する差別、低所得者層に対する差別が重なり、大きなイデオロギー的潮流を形成して」おり、その「差別」の壁ゆえに、アメリカでエイズへの認識も含めた「バイオエシックス(生命倫理)」を打ち立てるためには「膨大な分量を必要とするほどに議論がなされ」る必要があったと述べている。

四章　〈理想郷（ユートピア）〉の創造

――『五分後の世界』『ヒュウガ・ウイルス』『希望の国のエクソダス』ｅｔｃ――

はじめに

本論の二章で論じた『コインロッカー』には、キクが、「薬島」という現実の東京には存在しない擬似空間に、家出したハシを探すため乗り込む場面が描かれている。この「薬島」は、もともとは薬物汚染地域として「コンクリートで固め周囲に鉄条網を張り陸上自衛隊が警備」している立ち入り禁止区域であったのが、いつのころからか「下級売春婦、男娼、指名手配犯、変質者、不具者、家出人などが群がり奇妙な社会を作り始めた」という、無法地帯として説明される空間である。

また、フィジーに住む小人の大道芸人ワヌーバを主人公とした『フィジーの小人』(初出『野性時代』82・1〜85・10→93・3、角川書店)にも、「クロアドウ市」という架空の都市が描き出されている。この『フィジーの小人』の主人公であるワヌーバは作中において強度の「マゾヒスト」として設定されている。「マゾヒスト」であるワヌーバはフィジーを訪れたカナダ人女性のシンビア・タッカーとSM的関係を結ぶ。シンビア・タッカーに理想の女王像を見たワヌーバは、シンビアを追いかけ彼女が市長を務めるというカナダの「クロアドウ市」へと向かう。しかしワヌーバが訪れた「クロアドウ市」は、パルプ工場の「工場廃液が原因で病気となった人のコロニー」と化し、「筋肉、骨、神経、内臓、皮膚、ありとあらゆる器官が歪んだり、狂ったり、腐ったり、折れたりしている人と子供達」が溢れかえる狂気の街であった。そして、街の秘密の知ったワヌーバは、シンビアによって捕らえられ、監禁されてしまう。

ここで多少の迂回を恐れずに前章との関連から言えば、その舞台設定や今のあらすじからもわかるように、この『フィジーの小人』を描く村上の関心が、『悲しき熱帯』と同じく、〈オセアニア〉を中心とする熱帯のリゾート地／欧米社会の関係を通じて、自身とアメリカの間に横たわる支配的関係を再検討することに向けられているのは疑い得ないと思われる。絓秀美「村上龍論――ボヘミアンからパルチザンへ」（『文学界』96・11）が言うように、「『フィジーの小人』の背景としては、フィジー島の植民地化といった歴史と現在が想起される」のであり、「今日のポストコロニアルな言説の文脈に依拠するなら、サディストたる女市長たるシンビア・タッカーに侵略主義的な相貌を読み取りうる」ことは明らかに可能だろう。しかし、シンビア／ワヌーバ（＝欧米社会／フィジー＝アメリカ／村上自身）の関係をSM的関係と重ね合わせながら、支配／被支配の問題を追及するはずであったこの『フィジーの小人』は、村上自身がある種の「自己循環に陥」った（「増殖し続ける細部」『村上龍自選小説集8――増殖し続ける細部』所収、00・7、集英社）と述べるように、物語の中盤でワヌーバが、同じく「クロアドウ市」に監禁されたリンダという女性と出会ってからというもの、二人のあいだでSとMの関係を交互に演じた性的なロールプレイが反復され続けたあげくに、結局は支配／被支配関係を突破する糸口が見つからないまま中絶してしまう。（注1）その意味で、この『フィジーの小人』の中絶にもまた、キューバ発見以前の（八〇年代における）村上のアメリカ相対化の試みとその挫折の痕跡を読み取ることは許されるかもしれない。

それはともかく、いずれにしてもこのような「薬島」や「クロアドウ市」の例から見れば、（本章で取り上げる『五分後の世界』や『ヒュウガ・ウイルス』以前から）村上がある種の仮想空間を創出しようとする志向性の持ち主であったと言うことは可能なのではないか。前章の「おわりに」において論者は、キューバ発見によってその〈原風景〉にあった「鉄条網」が消滅することで、村上はその向こうにある自身の夢想する〈理想郷（ユートピア）〉へと歩み出すことが可能になったのではないかと述べたが、おそらくキューバの発見は、村上が持っていたこうした仮想空間の創出を志向する一種のSF的想像力をも強く刺激したのではなかったか。言い換えれば、キューバという自身にとっての一種の〈理想郷（ユートピア）〉の発見と、村上が先天的に持っていたこのようなSF的想像力が交わったとき、（そのタイトルが端的に示しているように）『五分後の世界』という、村上が夢想する「世界」そのものが主役であるような作品が生み出されたと思われるのだ。

ただし、この『五分後の世界』やその続編である『ヒュウガ・ウイルス』で提示される「世界」は、あくまで村上個人にとっての〈理想郷（ユートピア）〉であって、〈理想郷（ユートピア）〉という言葉が一般的に想起させるような牧歌的なイメージによって語られる空間ではない。前章の末尾で述べたように、これらの作品において提示される〈理想郷（ユートピア）〉とは、村上の持つ「進化」を巡るヴィジョンを意識的に実行すること——つまりある種の「危機感」を持ちそれを原動力として様々な境界を乗り越え「進化」し続けること——を生存の条件とする、〈淘汰〉という原則をも含む厳格で過酷な、ある意味で先の「薬島」や「クロアドウ市」に見られるような一種のディストピア性をも内包した世界であると言えるのだ。そのような理由から本章ではまず、『五分後の世界』『ヒュウガ・ウイルス』の具体的な分析を通して、村上が自身の持つ「進化」というヴィジョンを基点に、どのような「世界」を創造したのかを詳しく考究し、さらにそこから、これらの作品で提示される世界像と、『イン ザ・ミソスープ』（初出『読売新聞』夕刊97・1・27〜7・31↓97・10、読売新聞社）『共生虫』（初出『群像』98・1・3・5・7・9・12〜99・1・3・4・6・7・9・10・11↓00・3、講談社）『希望の国のエクソダス』といったそれ以降（九〇年代後半から現在まで）の作品群に共通して見られる傾向的な特徴を明らかにしていくつもりである。

第一節 「進化」の意志によって造られた共同体――『五分後の世界』『ヒュウガ・ウイルス』

1

『五分後の世界』とその続編である『ヒュウガ・ウイルス』はいずれも、「現在より五分間時空のずれた地球」にある「もう一つの日本」を舞台とした作品である。この「現在より五分間時空のずれた」「もう一つの日本」では「太平洋戦争において沖縄戦ののち、広島、長崎、小倉、新潟、舞鶴に原爆を受けながらもアメリカ軍と本土決戦」が行われた。その結果「戦闘、空襲により日本全土は焦土と化し」「軍指導者はすべて逮捕、処刑」され、「北海道・東北が旧ソ連」に、「それを除く本州と九州の大半がアメリカ、四国をイギリス」に、また「西九州」が「権利を主張した中国」にそれぞれ「分割統治」されることとなった。こうして「大日本帝国は消滅したのである」。そして「その時点で日本の人口は、八千万人から二千三百万人に減少」していた。しかし、「大日本帝国崩壊後」まもなく、「旧長野に集結した」外地からの帰還将校団が、「新たな日本を興す」べく「地下に潜」り「日本国地下司令部」を立ち上げる。この、後に「アンダーグラウンド」(＝UG)と呼ばれることとなる「日本国地下司令部」は、連合国軍相手にゲリラ戦を行いながら「無数のトンネルを地底に張り巡らせ」「国家を形成」していく。やがて、「地下数百メートルに二十六万の人口を持つ」この「アンダーグラウンド」(＝UG)は、「冷戦を利用し極めて機能的で強力な戦闘小国家」に自らを鍛え上げていった。一方、「分割統治され『技術移民』を海外から受け入れた」地上では、「オールドトウキョウ、オサカなど都市部を中心に巨大なスラム化が進んだ」。「移民政策そのものが失敗」したためである。「各スラム」では「混血化」が急速に進んだが、そこで生まれた「混血児達の多く」は先の見えない不安感からしだいに、「連合国」の進駐軍よりも、むしろ連合軍相手に果敢にゲリラ戦を展開する「アンダーグラウンド」（＝ＵＧ）を信頼するようになっていった。

ここではまず、『五分後の世界』『ヒュウガ・ウイルス』の舞台となる「現在より五分間時空のずれた「もう一つの日本」がどのような歴史を刻んできたのかを概観してみた。野谷文昭「キューバという装置」（三章第三節に前掲）が「『五分後の世界』と『ヒュウガ・ウイルス』は『キューバという触媒』の存在によって生まれた側面が大きい小説である。村上龍は早くから、日本が本土決戦を回避したことに不満を漏らしてきた。（略）その彼にとり、ベトナム戦争やニカラグア革命すら終わった現在、相変らずアメリカに屈服せず、経済封鎖に耐え続けているキューバの姿は、ありえたかもしれない日本の姿を想像させたにちがいない」と述べているように、ここでの「本土決戦」に踏み切った日本、あるいは国土が「分割統治」されてからも果敢にゲリラ戦を試みる「アンダーグラウンド」という発想が、キューバのあり方をモデルとして生まれたものであることは、おそらく疑い得ないだろう。つまり言い換えれば、キューバ発見によってアメリカが相対化され、〈原風景〉のなかにある「鉄条網」が消滅したことは、村上に、敗戦を受け入れず戦いを継続した日本という[注2]、自身が夢想する、いわばアメリカに依存しない「ありえたかもしれない日本」への飛躍を可能としたのだ。

ただし、このように敗戦を受け入れず「本土決戦」に踏み切った日本を描いたからといって、『五分後の世界』『ヒュウガ・ウイルス』は、国粋的民族主義（＝日本主義）の称揚を目的とする小説ではないことに、ここではまず注目しておく必要があるだろう。というのも、この『五分後の世界』や『ヒュウガ・ウイルス』を描くうえで、作者である村上は、これらの作品を日本主義的な読みへと回収されてしまうことを回避するためのある仕掛けを（意図的に）作中に施しているように思われるからだ。それは、作中における登場人物たちの名前の表記を巡る違いに端的に示されている。

例えば『五分後の世界』では、現在の日本からこの「もう一つの日本」へとタイムスリップした小田桐という男が視点人物となっているのだが、この視点人物の小田桐が漢字で表記されているのに対し、「アンダーグラウンド」を構成する兵士たちは作中において全てヤマナカやヤマグチというように片仮名で表されている。綷秀美「村上龍論――ボヘミアンからパルチザンへ」（前掲）はこの点に着目し、『五分後の世界』における日本人の名前のなかで、漢字で表記されるのが、現実世界から来た小田桐のみで」「クレオールの『準国民』たちが、『シマモリ・ハツミ・フランク』とか『ヤマダ・ノブオ・メンデオ』と表記されるのと同様に、国民的正統性を掲げるUG軍人も『ヤマグチ』や『ミズノ少尉』と記されている」という事実は、「このパラレルワールドの非合法性を暗示している」と指摘するが、このような視点人物（漢字）／「UG」軍人・「混血児」（片仮名）という名前の表記を巡る差異は、「UG」軍人たちが日本人である小田桐よりもむしろ「混血児」たちに近い存在であることを「暗示」するものとして受け取ることが可能であろう。言うまでもなくそれは――綷が「非合法性」という言葉で対応しているように――「アンダーグラウンド」を構成する「UG」軍人たちの日本人としての民族的な非純血性を示している。これまでにも、村上の小説作品における登場人物たちの表記には様々な意味づけがなされて来たが、（注3）つまりこうして考えてみると、ここでの視点人物／「UG軍人」「混血児」の表記を巡る差異には、「アンダーグラウンド」国民の日本人としての民族的な非純血性を暗に示すことで、これらの作品が民族主義的なコードと直結して読まれることを回避しようとする作者の意図がこめられていると見ることが可能なのだ。

それでは、このように『五分後の世界』『ヒュウガ・ウイルス』で描かれる地下国家「アンダーグラウンド」を成立させている根拠が民族的な要素にないことを認めたうえで、ここでさらに「アンダーグラウンド」を国家として成立させているその中心的根拠を問えば、そのときに浮上してくるのが、村上の持つ「進化」というヴィジョンなのだ。つまり換言すれば、この『五分後の世界』『ヒュウガ・ウイルス』においては、ある種の「危機感」を持ち、それを原動力として境界を乗り越え「進化」し続ける意志を持つことこそが、「アンダーグラウンド」に参入する唯一無二の条件として設定されているのである。

2

こうした「アンダーグラウンド」の精神的アイデンティティの基調をなす、越境性を背景とした「進化」という特質は、第一に(物理的な意味での)国家形態や、その政治システムにも鮮明に現れているように思われる。先にも説明したように、この「アンダーグラウンド」のある「もう一つの日本」は、地上の国土を国連軍によって「分割統治」されている。それはすなわち、この「もう一つの日本」に物理的な意味での境界が縦横に引かれていることを意味していよう。実際、小田桐が出会った「混血児」のひとりは「『金持ちいる町と、スラムがある、スラムは世界一広く、すべてが不足していて、いつも犯罪が起きる、わたしJALで生まれた』/JALって何だよ/『ラテンアメリカ・ジャンクション、中南米からの移民が、たくさん、住んでいる、他にもスラムがたくさんある、(略)スラムの中でも金持ちとそうでない人がいて、スラムどうしが争うこともある、スラムの中で暴動が起きて、国連軍の戦車が来る、スラムは細い路地で仕切られていて、幸福な人はいない』」として、各分割地区にあるスラムのなかにもフラクタルに様々な対立線が引かれていることを示唆する発言をしている。

「アンダーグラウンド」はまさしくその名が象徴するように、地下の「トンネル」を掘り進めることで、こうした地上に引かれた境界を縦横無尽に横断し、その影響範囲を拡大していく。浅田彰は村上龍との対談「映画とモダニズム」(三章第三節に前掲)のなかで、キョウコの旅を「アメリカの中枢を経てキューバに到る『逃走の線』」と表現しているが、ここで浅田に倣いポストモダニズム的な視線からこの「アンダーグラウンド」の物理的な意味での国家形態を形容すれば、地上に引かれた対立線を尻目に地下を縦横無尽に横断し影響範囲を拡大していく「アンダーグラウンド」のあり方は、〈リゾーム〉的(注4)と表現することが可能なのではないか。「地下司令部」に入ることを許された小田桐がそこで出会った「UG」軍の仕官は、「地下司令部」の構造を「この部屋は地表から二千二百メートルの深さにある、われわれが掘り続けたトンネルは、大変な長さで、何百という層に分かれていて、アメリカは八回も核を爆発させた」と説明するが、このように「何百という層」に分岐することで一点に攻撃を受けても基地としての機能は麻痺せず、影響範囲を拡大し続ける「アンダーグランド」のあり方は、「途中に塊を作りながらランダムに移動し」「相互に異質な線が交錯しあい、多様な流れが方向を変えて伸びていく」(注4に同様)地下茎(=リゾーム)そのものであるように思われるのだ。

また先にも述べたように「アンダーグラウンド」に見られるこのようなある種の越境的特質は、「アンダーグラウンド」が外部の人間を国民として受け入れる際のその政治システムにも表れている。『五分後の世界』の冒頭において、現在の日本からタイムスリップした小田桐は、気がつくと見知らぬ「混血児」たちの列のなかを歩いているのだが、その「混血児」たちの列は、「アンダーグラウンド」の

「準国民審査」を今まさに受けに行く途中であった。「小田桐」が「混血児」たちのひとりから聞き出したところ、この「準国民審査」は「一年に二度」行われ、「審査」に合格すると「アンダーグラウンド」のメンバーであることを示す「正式なナンバーの他に姓名が準備される」と言う。もちろん、「アンダーグラウンド」が国連軍にゲリラ戦を繰りかえす軍事国家としての側面を持つ以上、そこには一定の階級が存在している。しかし、このように「アンダーグラウンド」が、人種や出自にこだわらず、日本人／混血児の枠を取り外すことで、その成員を増やしてきた国家であることは留意しておかねばならないだろう。実際に物語のなかで、「UG」軍人のひとりは小田桐に対し「アンダーグラウンドの内部には差別はない、昔の被差別部落の出身者もかなりいるし、初期のトンネル工事に参加していた関係で朝鮮人の二世や三世も多い、ヤマナカは確か母方のじいさんが中国人だ」と「アンダーグラウンド」国民の出自の多様性を強調する発言をしているが、こうした「アンダーグラウンド」における、国民の出身や人種に拘泥しないその姿勢は、「アンダーグラウンド」を統合する中心的な要素が日本人の民族的な純血性にはないと見る論者の主張とも響きあうものであろう。

ここで作者である村上のレベルから言えば、おそらくこうした「アンダーグラウンド」の政治システムを村上が考え出した背景にもまたキューバの影響があると思われる。工藤多香子「キューバ人の形成――『キューバの精神は混血なのだ』」(三章第三節に前掲)は「人種を超越した地平にキューバ人を描くマルティの理念は、その後(南注・スペインからの独立後)も形を変えて繰り返し登場する。(略)民族学者フェルナンド・オルティスもまた、〈混血〉を国民統合の象徴としてとらえていた。マルティの思想に大きな影響を受けていた彼は、この考え方をさらに進め、一九三九年にキューバ人の形成をアヒアコ(ごった煮料理)にたとえながら、『非人種化』へと向かう異人種・異文化の混淆こそが『キューバ性』であると論じている」と指摘するが、こうした工藤の指摘を踏まえて見れば、「〈混血〉を国民統合の象徴として」「非人種化」へと向かおうとするキューバの精神的理念は、「アンダーグラウンド」における、出自にこだわることなく外部者を国民として受け入れようとするその政治システムに明らかに踏襲されていると言えるのだ。

3

ここまでは、(物理的な意味での)国家形態や政治システムといった大枠的な視線から「アンダーグラウンド」の基調に流れる越境性の特質を確認してきたが、このように「アンダーグラウンド」が巨視的なレベルである種の越境的特質を備えた国家である以上、当然のごとくそうした特質はその国家を支える国民のひとりひとりにもまた内面化されている。『五分後の世界』『ヒュウガ・ウイルス』において、「アンダーグラウンド」の国民が持つ、こうした境界を乗り越え「進化」し続けようとする意志は、(キョウコと同様に)主にその高度な〈身体的能力〉を通して読者のまえに示される。例えば『五分後の世界』のなかで、「地下司令部」に入ることを許された小田桐は、そこで「白いバレー衣装に身を包んだ少女」が、「エイジアン・ポリリズムっていうビートに乗って、能とクラシックバレイを組み合わせた」ダンスを踊ったとき、「少女のダンスだけを見ていると、強化プラスチックの壁に囲まれているはずの空間が溶け出してどこまでも拡がっていくような感じ」にとらわれている。ここでの「能とクラッシクバレイを組み合わせた」ダンスという発想に、キューバ音楽の持つ〈融合性〉の特質の反映があることは疑い得ないが、この〈融合性〉という点からいえば、「強化プラスチックの壁に囲まれているはずの空間が溶け出してどこまでも拡がっていくような感じ」を見るものに与える「少女」のダンスは、人種や階層の壁を溶かし他者との間に親和的な空気を作りだしたキョウコのダンスと、ある意味で同様の特性を有したものであると言うことができるのだ。

　また物語の冒頭において、「混血児」たちの列に加わり訳のわからないまま歩かされている自分に気がついた小田桐は、「ここはどこで、自分はなぜここにいるのか」という当然の疑問に囚われるが、「UG」軍兵士の「ペレのよう」な動きに「見とれ」ることで、「なぜ自分達は無言で歩かされていて少しでも立ち止まったりすると殴られるのか、そもそもここはどこで、自分はなぜここにいるのか、という疑問を少しの間忘れ」ている。陣野俊史『龍以後の世界——村上龍という『最終兵器』の研究』（序に前掲）は、村上がサッカー日本代表MFの中田英寿のプレーを賞賛する（注5）理由について考察し、「村上が中田に見ているのは、単純な空間的躍動ではない。スタジアムや『背筋』を興奮させる何かを見ている。（略）そしてこの『何か』は、ナショナリズムや国境線によって、寸断され画定されてきた政治的分割線を攪乱することもできるかもしれない」という見解を提出しているが、ここで陣野が言う「ナショナリズム」とそれを横断可能とする身体的な「何か」という観点から見れば、ここでの「UG」軍兵士の動きもまた、自分がもといた「現在の日本」と「もう一つの日本」という「国境線」が、小田桐のなかに生じさせるあらゆる疑問を、瞬間的に「忘れ」させている（＝無化している）という意味では、「政治的分割線を攪乱」可能とするその「何か」を秘めたものであると言えよう。

　いずれにせよ、『五分後の世界』『ヒュウガ・ウイルス』において「アンダーグラウンド」国民が持つ境界を乗り越え「進化」し続けようとする意志は、このように、主にその高度な〈身体的能力〉を通して読者の前に示される。ただし、「アンダーグラウンド」が国連軍と戦争状態にある以上、作中においてこうした「UG」軍兵士たちの高度な〈身体的能力〉は、当然の帰結として、国連軍との激しい戦闘に対しても使用される。『五分後の世界』や『ヒュウガ・ウイルス』において描かれる、「UG」軍兵士たちが自身の〈身体的能力〉を駆使して敵をなぎ倒していくそうした戦闘シーンの数々は、おそらく読者の多くにこれらの作品の基調が〈対立〉や〈排除〉にあるような印象を与えてしまうのではないだろうか。だが、ここであえて多少の誤解を恐れずに本論の文脈に即してこれらの戦闘シーンを解釈すれば、『五分後の世界』『ヒュウガ・ウイルス』で描かれるこうした戦闘シーンは、あくまで村上の提唱する「進化」を巡るヴィジョンに内在する〈淘汰〉という作用の一環として捉えるべきなのであって、これらの作品のテーマはやはり、外部世界との境界を乗り越え、他者との共存を通してさらなる「進化」の道を模索することにあると思われる。そのテーマがよりいっそう明確化するのは、『ヒュウガ・ウイルス』における「ヒュウガ・ウイルス」という人類にとって未知の「ウイルス」の登場によってだ。

北九州の一角で発生した「内臓の溶解と出血、筋収縮発作による脊椎の骨折、そしてアンフェラキーショック」を起こし、「驚異的な致死率」を誇るこの「ヒュウガ・ウイルス」は、「アンダーグラウンド」にとって連合軍などよりはるかに強い他者性・外部性を有した存在であると言えよう。だが、「アンダーグラウンド」は他者性・外部性の象徴であるこの「ヒュウガ・ウイルス」を、殺菌することで〈排除〉するのではなく、逆に「ウイルス」との「共存」する可能性を模索することで、その存亡の危機を回避する。「UG」軍の「生化学戦の専門家」であるオクヤマという士官が言うように、「エボラやヒュウガ・ウイルスのように宿主をあっという間に破壊し尽くしてしまうとウイルスそのものも結局は死に絶える、ウイルスにとってもそういうのは良い関係ではない」のであり、「ウイルスの多くは宿主と共存して生きている」のだ。そして、「ヒュウガ・ウイルス」との「共存」を模索する過程で、オクヤマたちは「ヒュウガ・ウイルス」が、人間の「免疫系を活性化」させる「インターロイキン14」という「伝達物質」を大量に作り出すことで「共存」可能になるという結論に辿り着く。

オクヤマによれば、この「ヒュウガ・ウイルス」との「共存」を可能とする「インターロイキン14」という「伝達物質」は、「オリンピックの百メートルの決勝のスタートラインについている選手、または大きなレースに出走前のレーサー、大切なコンサートで今まさにコンツェルトのカデンツァを弾き始めようとしているピアニスト」といった「圧倒的な危機感をエネルギーに変える作業を何千回、何万回と日常的に繰り返してきたもの」には自発的に生成することが可能であるという。作中においてオクヤマは「ウイルスは、生物から生物へ、つまり植物から昆虫へ、昆虫から動物へ、動物からヒトへ、そしてもう一度元の場所へと目まぐるしく移動する、(略)そういうウイルスの存在は、生物界の遺伝子のループを多様で流動的にしておくために貴重なものだ、地球が、人間の住めない環境になった時には、次の主役の誕生にきっとウイルスが手を貸すことだろう、ウイルスには善意も悪意もない、結果的に触媒の役目を果たしているだけだ」とも述べているが、こうして見るとこの「圧倒的な危機感をエネルギーに変える作業を何千回、何万回と日常的に繰り返してきたもの」のみが「共存」可能な「ヒュウガ・ウイルス」は、村上の提唱する〈淘汰〉と〈融合〉を巡る「進化」のヴィジョンを押し進める、まさにその「触媒」であると言えるのだ。そして、日常的に境界を乗り越え「進化」し続ける意志を持ち続けることを国民に義務づけてきた「アンダーグラウンド」は、自分たちがこの「ヒュウガ・ウイルス」と「共存」する素地ができていると判断し、「ウイルス」を受け入れ、実際に多くの国民が「ウイルス」との「共存」に成功していくのである。

4

いままでは『五分後の世界』『ヒュウガ・ウイルス』において村上が提示する〈理想郷（ユートピア）〉が、一貫して彼の提唱する「進化」を巡るヴィジョンを基点として構想された世界であることを見てきた。作者である村上は浅田彰との対談「映画とモダニズム」（三章第三節に前掲）のなかで、「マジョリティに迫害されながらも、それをルサンチマンに変えずに逃走し続ける人（略）それが強者だと思うの」という浅田の発言に賛同し、「だから、強者というのは特権的に危機感を持っている人間ということだと思うんですよ。特権的に危機感を持てないと進化もしない」と答えたうえで、「特権的に危機感を持っている連中が『五分後の世界』のアンダーグラウンドには集結しているわけで、そこにはもちろんアメリカ人もいるし、沖縄の人もいるし、朝鮮人もいる、中国人もいるんだという設定にして、結局、危機感の塊みたいな国家をつくったつもりです」と述べているが、しかし、村上が今の対談のなかで「僕は、実はやばいなと思いながら書いているんですよ」と述べるように、こうした論者の分析、あるいは作者の発言を経由してもなお、これら作品のなかで提示される「進化」を巡るヴィジョンそれ自体に、ある種の誤解を呼び起こしかねない危険性がまとわりついているのもまた事実なのではないか。それはすなわち、『五分後の世界』や『ヒュウガ・ウイルス』が単純に民族的な純潔性を背景とした日本主義を称揚した作品ではなく、その基調が他者との「共存」にあることを認めるにしても、「UG」軍兵士のような高度な〈身体的能力〉を有するものや、ある種の「特権的」な才能に恵まれたもののみにしか、「ヒュウガ・ウイルス」との「共存」や、境界を乗り越え「進化」していく可能性がないのであれば、ここでの「進化」を巡るヴィジョンそれ自体が、(『愛と幻想のファシズム』のなかで鈴原冬二が唱えたような）一種の優生思想を背景としたファシズムに結びつくのではないかという危惧である（実際、前章でも述べたように、両者はほぼ異句同曲であるような印象を読者に与えるものではあるのだが）。[注6]

おそらく、そうした誤解を避ける意図のもと村上が作中に登場させた人物が、『五分後の世界』の視点人物である、「現在の日本」からタイムスリップしてきた小田桐であり、『ヒュウガ・ウイルス』で言えば、「小さい頃」から目の病気を煩いながらも、「まぶたの裏に、つまり目の裏側に、壁画のようなものを描く」訓練を継続的に行うことで失明の恐怖を克服し、それが功を奏す形で「ヒュウガ・ウイルス」との「共存」に成功した「ジャン・モノー」という少年なのだ。[注7] ここで小田桐に焦点を絞って言えば、この小田桐という男は、決して「UG」軍兵士のように高度な〈身体的能力〉を有しているわけでもなければ、何らかの特殊な能力を持っているわけでもない。「違法スレスレのところで詐欺や脅迫を行い、三十代の半ばにピンクビデオの会社を作って」「不況になって会社はあっという間につぶれたが、他人名義で不動産を買っておいたために最悪の事態は免れた」というこの小悪党で小金持ちの中年男は、そのプロフィールから言えば、『愛と幻想のファシズム』のなかで鈴原冬二に利用されるだけ利用され粛清された時田に近い人物であると言えよう。

実際、「南箱根の」「別荘地を走っていた」ときに、「もう一つの日本」についての情報を何も持たぬままタイムスリップしたこの小田桐は、彼自身が「小田桐が一緒にいること自体が、分隊にとっての重大な脅威なのだ」と自覚するように、「UG」軍にとって「お荷物」以外の何ものでもないのだ。だが、この真っ先に〈淘汰〉の対象となりそうな小田桐は、「死なないように、それだけを考えて行動」することで、「準国民審査」、「矯正施設」での労働、そして国連軍との「戦闘」といった与えられたミッションをクリアしてゆき、しだいに「アンダーグラウンド」の環境に適応していく。論者は前章において鈴原冬二の「ファシズム」の理念と、キューバ発見に前後して村上が獲得する「進化」を巡るヴィジョンの違いは、権力を志向することで上位の立場から下位の立場に属するものを排斥することで社会変革を果たそうとするか、自身が構造的弱者であるという自覚が生み出す「危機感」を原動力として、意識的にそうした権力構造が作り出す様々な境界の横断を実践していくかというその一点にかかっていると述べたが、ここで小田桐が「現在の日本」／「もう一つの日本」というズレを乗り越え「アンダーグラウンド」に適応していくその姿は、まさに村上が言う、「ここでは生きていけない、ここにいたら殺されてしまう」という「リアルな危機感」から「干潟に這い上がり」「進化」を志した「魚」そのものだと言えよう。

こうして見ると、作中において明らかな構造的弱者として設定されている小田桐が、自分と「もう一つの日本」の間にあったズレを乗り越え、「アンダーグラウンド」の環境に適応していく姿は、ある意味で、村上の提示する「進化」のヴィジョンが万人に開かれたものであることを示すその証左であると言うことが可能なように思われるが、(注8)ここで最後にこの視点人物の「進化」という点に絡めてさらに注目したいのは、『五分後の世界』では、この小田桐が「アンダーグラウンド」に適応していくその過程が、一貫して、彼が自分を捨てた〈母〉を許容していく過程として描き出されていることである。「小田桐」は「小学生になってすぐ母親が家を出て行って」以来、その「母親」を「あいつは人間のクズで最低の女だ」と思うようになり、「自分がそのクズのような女から生まれたのだということは忘れようとした」が、「だがいつもそううまくいくわけがなくて、その情景が浮かんでくるとわけのわからない喪失感と怒り」に責め苛まれていた。だが、小田桐の持つこうした「母親」を巡る心的外傷は、「UG」軍の兵士たちと戦場を駆け巡り、勇敢に敵と戦う兵士たちの「プライド」に輝いた姿を目の当たりにすることでしだいに癒されていく。そして最終的に小田桐は「母親は他に男をつくって自分を捨てたのではなく、この、残酷だが単純で、曖昧なものがまったくない世界へと移っていったのではないか」「オフクロは人間のクズの最低の女ではなかった、(略)オフクロはああいう目をした男達のところへ行こうとしたんだ、それだったらよくわかる」として「自分を捨てた」「母親」を許容するに至るのだ。

二章で見たように、村上にとって〈子を捨てる母〉とは日本の負性を象徴するものであったが、こうした点を踏まえて見れば、『五分後の世界』のなかで、小田桐が「アンダーグラウンド」に適応していくことで「自分を捨てた」「母親」を許容していく過程は、そのまま彼がもといた「現在の日本」の束縛から解放されていく過程であったと言えるだろう。すなわちそれは、小田桐がこうした「進化」の意志に貫かれた世界こそが、自身にとっての〈母国〉であることを承認したことを意味している。これを作者のレベルから言い換えれば、それは村上が、このような「ありえたかもしれない日本」という自身が夢想する〈母国〉の構築に成功することを通じて、(これまで継続してきた)現実の日本に対する相対化の作業にもまたある種の区切りをつけたことを告げていよう。ただし、ここで言う区切りとは、村上がこうした想像上の〈母国〉を構築することで現実の日本に対して完全に無関心になったという意味ではなく、『五分後の世界』『ヒュウガ・ウイルス』の執筆を通して、村上が未来の日本を考えるうえでの新たな指針を手に入れたことを意味している。つまり村上は『五分後の世界』や『ヒュウガ・ウイルス』といった「ありえたかもしれない日本」を描くことで、そこからさらに〈これからありえるかもしれない日本〉を考えるうえでの立脚点を獲得したと言えるのだ。そして実際、村上はこれ以降に執筆された『イン ザ・ミソスープ』『共生虫』『希望の国のエクソダス』といった作品群のなかで、『五分後の世界』『ヒュウガ・ウイルス』において提示した「進化」を巡るヴィジョンを「現在の日本」にぶつけることで、日本社会の未来像を予測し、また、これから先あり得るかもしれない共同体モデルを追求していくのである。

第二節 〈共生〉の方へ――九〇年代後半から現在にかけての展開（『インザ・ミソスープ』『共生虫』『希望の国のエクソダス』）

1

第一節では、『五分後の世界』とその続編にあたる『ヒュウガ・ウイルス』において村上が描き出した〈理想郷（ユートピア）〉が村上の有する〈淘汰〉と〈融合〉を巡る「進化」のヴィジョンを基調として構成された空間であることを見てきた。ここで多少の飛躍を恐れずに結論を先取りすれば、おそらく、この「進化」を巡るヴィジョンから村上が日本社会の未来像を考えるキーワードとして着想を得たのが〈共生〉という概念なのだ。実際、九〇年代後半以降、村上は頻繁に自身が考える〈共生〉概念についての発言を始める。(注9) ただし、ここで村上の提示する〈共生〉の概念は、彼が唱える「進化」のヴィジョンの延長線上に位置するものである以上、それは、すべての生命の共存共栄を目指すといった牧歌的なイメージに収まるものではなく、『ヒュウガ・ウイルス』における「ヒュウガ・ウイルス」との「共存」条件がそうであったように、他者や外部との境界を乗り越え〈融合〉していく意志やエネルギーを獲得してはじめて達成されるものなのである(注9に同様)。

ところで、論者は前章において村上における〈対立〉から〈融合〉へという志向性の変化は、村上のキューバ訪問に前後するかたちで表面化した〈冷戦構造終結〉という同時代の潮流とも共振するものであると述べたが、こうした自身が持つ「進化」を巡るヴィジョンをさらに延長するかたちで村上が辿り着いた〈共生〉という概念は、〈冷戦終結〉以降の世界の流れを概観してみた際にも、重要な意味を有するものであると言えるのではないか。

一九八九年のベルリンの壁崩壊を契機に、旧東側陣営は一気に瓦解し、ソビエト連邦の消滅によって戦後世界を支配してきた〈冷戦構造〉は終焉を迎えた。よくも悪くもアメリカとソ連という二つの大国が〈対立〉しあうバランス関係のなかで保たれてきた国際秩序は、その一方のソ連が消えてなくなることで、大きな変化の波に余儀なく晒されることとなったのだ。そして、こうした〈冷戦構造終結〉後の世界を語るキーワードとして台頭してきたのが〈グローバリゼーション〉という概念であったことはもはや周知であるといえよう。石田徹「グローバリゼーションと国民国家のゆらぎ」（望田幸男・碓井敏正編『グローバリゼーションと市民社会――国民国家は超えられるか』所収、00・11、文理閣）によれば「一般的にいえば、グローバリゼーションという言葉は、ヒト、モノ、カネそして情報の諸活動が国境を越えて地球的規模において展開することによって国家、社会、人間の相互の関係が密になり、相互作用が活発になっている状況を表すもの」である。ここでさらに石田は「グローバリゼーションという言葉がジャーナリズムのみならずアカデミーの世界でも頻繁に使われるようになったのは九〇年代以降のことであり、そしてこの言葉の隆盛をもたらしたのは何よりもここ二、三〇年の間における経済のグローバリゼーションの急激な進展という事態であることはいうまでもない。これは企業経営の多国籍化や直接投資の増大、国際金融・資本市場の自由化などを通じて生じている世界経済の統合化のことを指している。そしてそうした事態を可能にしたのはIT（情報技術）革命と呼ばれる技術革命によって実現された交通、情報通信の高速化、大量化という技術的諸条件であったことも間違いない」と述べているが、こうした石田の見解を踏まえて見れば、〈グローバリゼーション〉とは、東西間の経済交流が規制緩和され市場自由主義が活性化し（ここで具体例を挙げれば、例えば一九九五年一月には世界貿易を律する国際機関であるWTO〈World Trade Organization〉が発足している）、国際的な市場統一が進んでいく〈冷戦終結〉後の世界の動向をまさに表象する概念であると言えるのだ。

おそらく、こうした市場自由主義の活発化という観点から見れば、〈グローバリゼーション〉とは、世界規模でのアメリカナイズ、いわば「アメリカの基準がグローバル・スタンダードとして世界に広げられるという状況」（石田、同前）という意味あいを多分に含むものであることは疑い得ないだろうが、ともあれ、資本主義的な経済関係によって世界をより単一のシステムに統合するはずであった〈グローバリゼーション〉の波はしかし、今まさに資本主義を背景とする新たな世界秩序を形成しつつある一方で、「グローバルな経済にナショナル、エスノセントリックな文化を対置させるという二項対立図式」を生み出す結果ともなったと石田は指摘する。(注10) 石田によれば、この「グローバルな経済対ナショナルな文化」という「対立図式」の発生は、従来の〈国民国家（ネイションステイト）〉のあり方が、〈グローバリゼーション〉の波を浴びることで「ゆらぐ」ことに起因している。「ネイションを発明し、創造していく上でステイトの果たした役割は決定的であった。ステイトは、国家や国旗などの象徴づくりや国民教育の導入あるいは共通言語としての国語の形成などといったイデオロギー的教化策を通じて、また対外戦争や政治的危機を利用して外敵を作り出し、民族意識や愛国心を醸成することによって、国民的一体意識の強化を計っていったのである。そうしたステイトの意識的な努力がネイションのアイデンティティの形成に大いに与った」。しかし「経済のグローバリゼーションの下」では、「ステイトが市場自由主義的な政策の実施を余儀なくされた結果」、「ステイトとネイションとの間に矛盾が拡大」し「ネイションに亀裂がうまれ、ネイションの共同体としての擬制性が露わ」となることは避けがたく、こうした

「ネイションの空洞化に対する危機意識がネイションの復権を求める新たなナショナリズムの興隆」をもたらすのだと石田は言う。こうした石田の認識に鑑みれば、「グローバルな経済対ナショナルな文化」という「対立図式」は、「グローバルな経済」の波によって「ヒト、モノ、カネそして情報の諸活動が国境を越えて地球的規模において展開」することで、価値観の多様化や貧富の格差の拡大がもたらされた結果、「国民的一体意識」に「亀裂がうまれ」ることに対するある意味の反動として生じたものであると理解できる。その意味から誤解を恐れずに言えば、二〇〇一年九月十一日に世界を震撼させた同時多発テロは、アメリカを基準とする「グローバルな経済」の波を浴びることで、〈国民国家（ネイションステイト）〉のあり方に「亀裂」が生じることを恐れた異文化側の反撥が、もっとも過激なかたちで表出したその帰結として捉えることが可能ではないのか。（注11）

2

ここまでは石田の論をもとに、九〇年代に発生した〈グローバリゼーション〉の波が世界に及ぼす影響を概観してきたが、ここで日本に目を向けて見れば、こうした「グローバルな経済対ナショナルな文化」という「対立図式」の徴証は、九〇年代以降の日本社会の流れのなかにも、様々なかたちで散見されるものだと思われる。この点に関して阿部潔『彷徨えるナショナリズム——オリエンタリズム／ジャパン／グローバリゼーション——』（01・9、世界思想社）は、まず八〇年代における日本社会の標語であった「国際化」と、九〇年代の「グローバル化」の内実の違いに着目し、日本においては「『国際化』がある種の政治的な主体性を持って『すべきこと』であったのに対して、『グローバル化』との関わりは『せざるをえないこと』と受動的に捉えられ」「『国際化』が『内から』為すものであったのに対して、

『グローバル化』はあくまで『外から』やってくる」ものとして認識されていると指摘する。

思えば八〇年代中頃から、さかんに『国際化』が謳われはじめた。目覚しい経済成長を遂げた日本は、一国のうちに閉じこもるのではなく世界へ飛び出さなくてはならない。『経済大国』となった日本はさらに『政治大国』や『文化大国』を目指さなければならない。『国際化』の名のもとで、こうした力強いメッセージが経済／政治／文化の各領域において打ち出されていた。／(略)／しかし、九〇年代に入りバブルが崩壊すると、その後に待っていたのは、いまだ経験したことがないほどに深刻な不況であった。経済的低迷のなかで『豊かな八〇年代』に声高に唱えられた『国際化』は、徐々に影を潜めていった。それに代わって、今後の日本社会を占う言葉として登場したのが『グローバル化』である。『国際化』が政治の言葉として使われたのに対して、『グローバル化』は経済の言葉としての意味合いが強い。国境を越えた経済活動の動きが日増しに高まってゆき、そのことが日本経済にも大きなインパクトを与える。そうした流れに柔軟に対応するには、従来のように国内市場だけを考えるのではなく、グローバルな視点に立って企業戦略を練らなければならない。このようにグローバル化が取り沙汰される場合、それは否応なく外部から迫ってくる時代の流れとして理解されがちである。グローバル化に潜む新たなビジネス・チャンスに期待がよせられると同時に、年功序列や終身雇用といった慣れ親しんだ日本的な企業慣行がもはや通用しなくなることに、人々は漠然とした不安を抱くようになったのである。

そして阿部は、この「グローバル化」という「外部から迫ってくる」一種の〈外圧〉に対して、「経済的な不況のなかで自信を失いつつある日本」の「できることなら従来のままでありたい」という欲求が、「避けがたいグローバル化という世界情勢への対応／反動として、気分としての『ナショナルなもの』」の「高まり」をもたらしたのだと述べ、その徴証として、九九年八月の「国旗国家法」の制定、同年一一月一二日の天皇即位一〇年を記念した「天皇陛下御即位一〇年をお祝いする国民祭典」の開催、二〇〇〇年四月九日に陸上自衛隊練馬駐屯地で行われた創隊記念式典における石原慎太郎東京都知事の三国人発言、小林よしのりをはじめとする新自由主義史観論者の台頭などを挙げている。「ますます閉塞感を強めていく九〇年代の日本社会において、石原や小林の語り口は『日本人は悪くない／日本文化でいいんだ』との淡くナルシスティックな想いを人々に抱かせてくれた。そのように『ナショナルなもの』を肯定／擁護するスタイル（形式）こそが、彼らが唱える具体的な主義や主張（内容）以上に、人々が漠然と抱く不安や不満の琴線に触れるものを含んでいたのである」。

つまりこうして見ると、〈グローバリゼーション〉という〈外圧〉に晒されながらも、それに対応するヴィジョンが未だに立ち上げられずにいる不安や焦燥が、その反動としての「ナショナルなもの」の高揚を呼び込んでいるというのが九〇年代以降の日本社会に対する阿部の核となる認識であると言えようが、ここで村上に目を向けてみれば実はこのような日本社会に対する認識は、村上が持つそれとも大幅に重なるものである。実際に村上は九〇年代後半に発表した『寂しい国の殺人』（98・1、シングルカット社）『憂鬱な希望としてのインターネット』（98・9、メディア・ファクトリー）などの、日本社会の現状を俯瞰的に捉えることを目的としたエッセイ集において、現在の日本をマクロに見た場合に、日本を襲っている〈外圧〉は凄まじいものがあり、その〈外圧〉に対する変化の遅れが、国民の一体感を取り戻そうとする反動的な動きを助長し、また多発する少年犯罪といった共同体の崩壊を象徴する事件を引き起こす原因ともなっているという主張を展開している。例えば村上は『寂しい国の殺人』のなかで次のように言う。

人間が成長していくときにはモデルが必要だ。子どもは思春期を迎えるまで親をモデルにして育つ。(略)親が退屈な生き方をしていると、子どもは人生を退屈なものだと思う。繰り返しになるが、今のほとんどの子どもは、「いい学校に入れ、いい会社に入れ」というアナウンスだけを聞いて育つ。それは単に社会が近代化以降の価値観を持っていないからで、メディアが垂れ流す情報とは矛盾している。いい学校に入り、いい会社に入っているだけで充実した人生を送っている人なんかどこにもいないことを、ありとあらゆるメディアは日々競って情報として子どもたちに押しつけている。

子どもたちはそのような葛藤の中にいて、別の、あるいは個人的な新しい生き方のモデルを見つけることができない。

思えば、外部への視線を欠如したまま自己充足する欺瞞的態度といった認識こそが、デビューから一貫して村上の日本社会批判の核を為すヴィジョンであったが、つまりこうして見ると、村上が提示する「融合と淘汰という進化論的なプロセス」(『憂鬱な希望としてのインターネット』)を背景とした〈共生〉の概念は、まさに、〈グローバリゼーション〉という〈外圧〉に晒されながらも、未だに「近代化以降の価値観」を持てないでいる日本社会のなかで、反動化の流れに取り込まれることなく外部や他者に自らを開き、新たな未来を創造していくための指針となるものなのではないのだろうか。(注12)

3

おそらく、金融・経済の専門家たちと村上の質疑応答を配信したメールマガジン『JMM（Japan Mail Media）』の創刊（99・3）は、〈グローバリゼーション〉の波のなかで日本がどのように変化していけばよいのかを、プラグマティックなレベルから考究しようとする村上の問題意識の現われであると受け取れるが、(注13)そうしたプラグマティックなレベルでの活動を積極的に展開する一方で、九〇年代後半以降の小説作品において村上は、こうした外部や他者との〈共生〉を志して行かざるを得ない日本社会の未来像をある種の〈寓話〉として描き出していく。『イン ザ・ミソスープ』『共生虫』『希望の国のエクソダス』はまさしくそうした作品として受け取れるものである。

例えば、『イン ザ・ミソスープ』では、アメリカから来た殺人鬼フランクと、フランクの「ナイトアテンド」を担当することとなる語り手（ケンジ）とのコミュニケーションを通して、「融合と淘汰」を背景とする〈共生〉のヴィジョンから、今後の日本社会のあり方が問われている。末国善己「代表作ガイド」（『群像日本の作家29　村上龍』所収、98・4、小学館）が『イン ザ・ミソスープ』を「外圧があってはじめて自己確認をする日本的態度を、フランクという殺人者が日本人を殺すことで象徴的に代替」した作品と紹介するように、作中においてアメリカから来た殺人鬼フランクは明らかにある種の〈外圧〉を象徴する存在として描き出されている。フランクは自身のことを「ぼくはウイルスにとてもよく似ている、（略）その役割は一口で言うと、突然変異に手を貸して生命の多様性を創り出す、ということになる、（略）エイズを引き起こすＨＩＶが、将来、人類のサバイバルになくてはならない遺伝情報の書き換えをしていないとは誰も断言できない、ぼくは、自覚的に殺人を犯し、他の人間たちにショックを与え、考え込ませる、でもぼくはこの世界に必要とされていると思う」と語り手のケンジに説明しているが、物語のなかでは、こうした「ヒュウガ・ウイルス」を想起させる存在であるフランクとの接触を通して、二つのタイプの日本人のあり方が描き出されている。すなわちそれは端的に、フランクの脅威から無事生還する語り手ケンジと、フランクによってあっけなく殺されてしまう他の人々である。

ケンジはナイトアテンドの二日目にはじめてフランクがその正体を現し「歌舞伎町のお見合いパブ」で大量殺人を開始したときにも、「この外人に意志を伝えなければならない」という思いを手放さず、コミュニケーションの可能性を探ることで虐殺の危機を回避し、フランクとともに「正常と異常の境界」をさまよいながらも、最後には彼から「君は、日本で、というよりぼくの今までの人生で、唯一知り合えた友達だ」という言葉を引き出す。誤解を避けるために付け加えれば、この結末はケンジが――「フランクに感化されたとか、感情移入してしまったとか、そういうわけではない、ただ、これまで足を踏み入れたこともないようなところに、心とからだが引きずり込まれているのは確かだ。まるで秘境を旅していて、ガイドの話を聞いているような気分だった」と言うように――フランクと同様のモンスターと化してしまったことを意味しているのではなく、フランクの告白に真摯に耳を傾けることで、彼とコミュニケーションするための回路を獲得することに成功したことを示している。そして同時に、作中において フランクとのコミュニケーションに成功したケンジは、フランクに殺された人々が集っていた「新宿のお見合いパブ」を振り返り、「フランクが現れる前の」「お見合いパブ」は「伝えようという意志がなくても、あ、うんの呼吸で物事はひとりでに伝わるものだというこの国の象徴のような状態だった」と述べているが、つまりこうして見るとこの『イン ザ・ミソスープ』では、フランクという〈外圧〉を象徴する存在を軸に、コミュニケーションの可能性を手放さず追求したがゆえに〈外圧〉の脅威から生還し〈共生〉に成功した人物と、旧態依然とした日本社会の体質に依存しきったがために〈淘汰〉されていった人物たちとが対比的に捉えられることで、外部や他者に対して否応なく身を開いて行かざるを得ないこれからの日本社会における「進化」の道筋が予測されていると言えるのだ。

このような外部や他者との〈共生〉というヴィジョンを通して、日本社会の未来像を導き出そうとする姿勢は、（そのタイトルにも端的に示されているように）『共生虫』にもまた共通するものである。ただし『共生虫』において異物は、フランクのように外部から訪れるものではなく、日本社会の内部から発生するものとして描かれている。物語の主人公は「ひきこもり」の青年ウエハラ。このウエハラは二〇代前半の青年だが、彼は中学二年の時に不登校になり、精神科や施設を巡ったあと、家族から離れて自宅近くのアパートで「ひきこもり」の生活を送っていた。ある日、テレビで見たサカガミヨシコというニュースキャスターに興味を覚え、彼女のホームページにアクセスするためノートパソコンを購入したウエハラは、彼女に精神科の医者以外に話したことがなかった「秘密」をメールで打ち明ける。その「秘密」とは小学生のとき、死を間近に控えた老人の「鼻の穴」から這い出してきた「灰色の細長い虫」に「目の中」に入られ寄生されたというものであった。サカガミヨシコの代理人を名乗る人物から返信を受けたウエハラは、そこでその自分のなかに侵入してきた虫が、「脳内麻薬物質の生成」を活発化し人間に「殺人・殺戮」を喚起する「共生虫」と呼ばれる寄生虫の一種であることを教えられる。「共生虫は、自ら絶滅をプログラミングした人類の、新しい希望と言える。共生虫を体内に飼っている選ばれた人間は、殺人・殺戮と自殺の権利を神から委ねられているのである」。

このメールによって自身が「共生虫を体内に飼っている選ばれた人間」であることを意識したウエハラは「ひきこもり」の状態から脱出し、サカガミヨシコと深い関わりがあるという「インターバイオ」

なる組織との接触を図る。しかしこの「インターバイオ」という組織は、サカガミヨシコとは無関係のハッカー集団であり、ウエハラをマインドコントロールし殺人鬼に仕立てようと画策していた。そのことに感づいたウエハラは、逆に「インターバイオ」を一掃すべく、ネット上で旧日本軍の大量殺戮兵器が放置されていると噂される埼玉県某所にある「防空壕」に潜入する。そこでウエハラが発見したのは「イペリット」と呼ばれる糜爛性の毒ガスであった。そして「イペリット」を手にしたウエハラは、「インターバイオ」と対峙すべく、そのメンバーたちをとある廃屋へおびき出す。

以上の梗概からもわかるようにこの『共生虫』において〈共生〉のヴィジョンはまず主人公ウエハラの〈身体感覚〉を通して読者の前に提示される。榎本正樹「『共生虫』論」(Kyoseichu. Com 制作班編『共生虫ドットコム』所収、00・9、講談社)が、「ウエハラ」は「内部に異物を設定することで、外部構造を取り込み、アレルゲンのような抗原としての異物に敏感に反応する感覚主体として自らを規定していく」と述べるように、ここで彼は――たとえ「共生虫」の存在それ自体が「思春期妄想症等に見られる当事者の〝錯誤〟」(榎本、同前)の産物であり、「殺戮」を正当化するその意味づけが「インターバイオ」の悪意によってなされたものであったとしても――「共生虫」という異物を体性感覚のレベルで受け入れることでその宿主としての自意識を拡大し、「ひきこもり」という他者とのコミュニケーションを絶った状態から脱して、自身を外部へとドライブさせていく力を獲得するのである。つまりこうして見るとこの「共生虫」とは、一言で言えば主人公を外部世界へと接続するまさにその触媒であると言えるのだ。

ところでこの『共生虫』は発表当初からその物語構造が、『コインロッカー』と類似していることを指摘された。(注14) 確かに両者は共通して、ある種の閉塞空間に〈閉じ込められた〉(もしくは〈閉じこもった〉)主人公が、一種の〈母胎回帰〉を通して「破壊」の意志に目覚めていく(もしくは「破壊」の力を手にしていく)という物語が語られるという意味では、そのプロット上の構造的特性において類似する作品であると言えるだろう。ただし、このように物語の構造的な面から見れば類似する特徴を持つ『コインロッカー』と『共生虫』ではあるが、両者は主人公が「破壊」の意志に目覚めたその動機を比較したとき、そこに流れる通奏低音には大きな違いがあると言わざるを得ない。というのも、(二章で述べたように)『コインロッカー』のキクが、自身が閉じ込められていたコインロッカーの比喩によって語られる「都市」に〈対立〉することで「破壊」の意志に目覚めていったのに対し、『共生虫』のウエハラは「共生虫」の存在を受け入れることで「殺人・殺戮」の願望に目覚めていくからだ。おそらくこうした点からも、〈対立〉から〈融合〉へという村上の志向性の変化を見て取ることが可能だろうが、ここでさらに『コインロッカー』と『共生虫』の決定的な違いを挙げるとすれば、それは『コインロッカー』における「キク」の「ダチュラ」散布が、東京の大規模な「破壊」とハシの〈再生〉というある種のカタルシスに結びついていたのに対して、『共生虫』では、ウエハラの「イペリット」散布が、「インターバイオ」の壊滅という小規模な殺人に留まり、さらに作者自身が「小説のラストで主人公に『希望』のようなものを付与することができなかった」(村上龍・藤木りえ『世のため、人のため、そしてもちろん自分のため』00・6、NHK出版)と述べるように、彼にとって何らカタルシスをもたらすものとして描かれていないことである。物語の結末において、廃屋におびき出した「インターバイオ」のメンバー全員を「イペリット」によって殺害した後、ウエハラは新宿の雑踏のなかへ消えていく。その場面は次のように描写される。

横断歩道の向こう側にたくさんの人間の群れがある。信号が緑になると彼らは一斉に歩き出し、ウエハラと交叉するだろう。(略)今から自分はあの群れの中にしばらくの間埋もれることになるだろう、とウエハラは思った。やるべきことはいろいろとある。サカガミヨシコにビデオテープを送らなければならないし、イペリットを必要とする人間のリストを作る必要があるだろう。(略)サカガミヨシコの吊り上った目の脇にテニスボールほどの腫れ物ができていくところをウエハラは想像した。(略)／信号が緑に変わった。ウエハラは人々の群れと交叉した。ネオンサインとビルの隙間に光の帯がはっきりと見える。光の帯には、共生虫が導く未来が示されている。

このようにウエハラは新たな殺人を仄めかしながら「人々の群れ」のなかに紛れ姿を消していく。村上はその「あとがき」のなかで「現代の日本の社会が希望を必要としていないように見える理由としては社会全体が現実を正確に把握していないという点に尽きる。(略)あるいは社会的な希望が必要な時代は終わっているのかも知れない。社会が用意すべきものはお仕着せの希望ではなく、さまざまなセイフティネットではないだろうか」と述べているが、つまりこうして見ると、この結末の違いは、『コインロッカー』では社会と〈対立〉し、それを「破壊」することで際立つ個のあり方を描くことに力点を置いていたのに対し、『共生虫』ではウエハラのような異物とも〈共生〉してゆかねばならない社会のあり方を描くことに力点を置こうとした、作者の志向性の違いを示すものとして受け取ることができるのではなかろうか。論者は先に、『共生虫』において異物は外部から訪れるものではなく日本社会の内部から発生するものとして描かれていると述べたが、その意味で「光の帯には、共生虫が導く未来が示されている」という結末の一文は、ウエハラ個人の「未来」を示すものであると同時に、「ひきこもり」のように他者との回路を自ら断つ少年や社会に対して悪意を持つ少年たちに対する様々なレベルでの対応が要求され、あるいはそうした少年たちを生み出さないためにも早急な価値観の変更に迫られている日本社会それ自体の「未来」を示すものでもあると言えるのだ。

4

ともあれ、こうして見ると村上の九〇年代後半を代表する『イン ザ・ミソスープ』と『共生虫』は、ともに「淘汰と融合の進化論的プロセス」を軸として、異物や外部との〈共生〉を否応なく模索していかざるを得ないこれからの日本社会のあり方を問おうとする意図のもとに書かれた作品であると言えようが、おそらく、こうした村上の提唱する〈共生〉概念をもとに構築された〈理想郷（ユートピア）〉を、ある種の〈国家内国家〉として現代の日本のなかに置き、その〈理想郷（ユートピア）〉と現代日本の〈共生〉関係を描くことで、他者や外部との〈融合〉に成功し「進化」していく共同体（＝理想郷）と、そうした〈理想郷（ユートピア）〉によって〈淘汰〉されていく、価値観の変化に対応しきれていない共同体（＝日本）のあり方を対比的に浮かび上がらせた作品が『希望の国のエクソダス』（以下『エクソダス』）であると言えるのだ。

この『エクソダス』は中学生の反乱をモチーフとした作品である。二〇〇〇年代初頭、日本は失業率「七パーセント」を超える深刻な不況に見舞われていた。その頃、テレビではパキスタン北西部の紛争地帯でイスラム原理主義に加担する日本人少年・通称ナマムギのことが話題となる。ナマムギはCNNの取材に対し次のように答えた。「あの国（日本）には何もない、もう死んだ国だ」。語り手であるフリーのジャーナリストの「おれ」（＝関口）は、ナマムギを取材するため空港へと向かうが、そこで中村君という中学生と知り合う。どうやら中村君はナマムギを訪ねてパキスタンへと向かう途中であったらしい。

結局、中村君の渡航は両親から警察への差し止め要求が認められたため実現しなかったが、しかしナマムギの登場は、確実に現代日本の中学生たちに衝撃を与えており、ネット上には中学生によるナマムギを話題としたサイトが乱立する。そんななかある日、中村君から連絡を受けた「おれ」は、そこで中村君たちのグループのリーダー的存在であるポンちゃん(こと、楠田譲一)という少年からナマムギを巡るサイトを統合し、中学生による一大ネットワーク作りの計画が進行していることを聞かされる。やがてポンちゃんたちの計画は全国の中学生を巻き込み、大規模な不登校運動へと発展していく。その過程でポンちゃんは、さらにそのネットワークをもとに中学生による全国組織「ASUNARO」を造り、ネット商法によって資本を蓄え、国会予算委員会での発言を世界中に配信することで自分たちの存在をアピールし、海外からの信用を勝ち取るにいたる。そして、「ASUNARO」のグループ十万人は、北海道野幌市に移り住み、地域通貨「イスク」を発行し、日本からは半ば独立した新たな共同体を建設していく。

『共生虫』がストーリー構成の面で、『コインロッカー』との類似が指摘されていたことについては先に触れたが、この『エクソダス』は、日本に対する〈外圧〉が高まるなか、ある種のカリスマに率いられた集団が日本の変革に乗り出していくというそのモチーフの共通性から『愛と幻想のファシズム』との類似が指摘された作品である。(注15)しかし『コインロッカー』/『共生虫』がそうであったように、この『愛と幻想のファシズム』/『エクソダス』もまた、類似するモチーフを扱いながら、両者の日本変革のヴィジョンに流れる通奏低音には大きな違いが見受けられると言わざるを得ない。『愛と幻想のファシズム』の鈴原冬二率いる「狩猟社」が、日本国内に強者/弱者という対立軸を引き、上位の立場から劣位の項を排斥し日本を「ファシズム」化したうえで、さらにアメリカと〈対立〉していこうとしていたのに対し、『エクソダス』のポンちゃんを中心とする「ＡＳＵＮＡＲＯ」は、自分たちが構造的弱者（＝中学生）であるという「危機感」をバネに様々な境界を横断することで、日本からの「脱出」（＝エクソダス）を目指していく。このようなポンちゃんたち「ＡＳＵＮＡＲＯ」における境界の横断による日本からの「脱出」は、まず既成の「学校」という枠から飛び出し、大人／子どもという対立軸を乗り越えることから始まる。作者である村上は、近年そのエッセイにおいて経済的自立こそが成熟した個人へ向かう大前提だという発言を繰り返しているが、(注16)ここで経済的自立を子どもが大人になるための第一条件として見るなら、「ポンちゃん」たち「ＡＳＵＮＡＲＯ」にとってＩＴ技術の発達は、まさしくそれを可能としたと言えよう。(注17)「ＡＳＵＮＡＲＯ」は、ＩＴ技術を駆使した「ニュース配信サービスとデジタルバイク便」によってその活動資金を充実させていく。語り手の「おれ」は次のように言う。

ポンちゃんたちは信じられないほどの情報と知識を持っているが、それは博識ということではない。彼らに情報が詰まっているわけではない。彼らは巨大な情報ソースと常につながっていて、どんな情報でも引き出すことができる。彼らはその気になれば国家機密のアーカイブにも侵入できるし、衛星からの映像を入手することもできる。

ＩＴ技術の発達が〈グローバリゼーション〉を加速させる原動力であったことはすでに述べたが、こうして見るとポンちゃんたち「ＡＳＵＮＡＲＯ」は、ＩＴ技術の駆使を通じて「日本を出て行けるグローバリゼーションというその出口」（水越真紀「小説に描かれた〝架空の独立国〟から日本人の〝変革願望〟を探ってみたら……」『別冊宝島REAL017号　腐っても「文学」』01・7）を見つけたと言えるのだ。つまり先に説明した「グローバルな経済対ナショナルな文化」という「対立図式」から言えば、ある意味で『愛と幻想のファシズム』はある種のナショナリズムに訴えることで〈グローバリゼーション〉の波（作中で言えばアメリカを中心とする多国籍企業「ザ・セブン」の圧力）に対抗しようとした作品であり、逆に『エクソダス』は〈グローバリゼーション〉の波に乗ることで、国家という枠組みを乗り越えようとした作品と捉えることができるのではないか。繰り返しになるが、ポンちゃんたちの「ASUNARO」は、鈴原冬二率いる「狩猟社」のように、ことさら日本を敵視し〈対立〉する必要がない。なぜならポンちゃん自身が国会答弁において、「ASUNAROは、この国の財を略奪しつつ、この国から脱出しようと考えています」と述べるように、〈グローバリゼーション〉の波に乗った彼らは、市場原理に基づき正当に日本から財を吸収しつつ、その資金をもとに静かに日本から「脱出」すれば良いのだから。

5

ただし、ここでさらに注目すべきは、この『エクソダス』では、〈グローバリゼーション〉の波に乗って日本から「脱出」を果たしたポンちゃんたちが、最終的にはさらにそこから一歩先に進んで、〈グローバリゼーション〉の流れからの「脱出」をも図っていることである。作者である村上は『希望の国のエクソダス』取材ノート』（00・9、文芸春秋）に収録された金子勝との対談「『共同体』が滅びる？」のなかで、「かつて僕はグローバリズムに対して、ある種の期待感」——「旧来の日本のシステムの嫌な部分、（略）集団が個人を圧殺する構図が崩れるんじゃないかという期待」——を持っていたが、「ところが調べてみるとそう単純なことじゃない。グローバリズム、あるいは市場原理主義がいかに恐ろしいか、ということがだんだんわかって」きたと発言しているが、こうした作者の考えになかば呼応するかたちで、『エクソダス』の作中においてポンちゃんもまた、語り手の「おれ」に対し「市場」について次のように述べている。

「関口さん、ぼくらは、ちょっとですが、疲れたんです。市場というものがどういうものか少しわかりました。市場というのは、欲望をコミュニケートする場所で、まるで空気みたいに、あるいはウイルスみたいに、どこにでも入り込んできて、それまでそこにあった共同体を壊してしまうんです。共同体が持っていたモラルや規範を無意味なものにしてしまうんです。ただ、ぼくらはそういう市場を利用して資金を作ったし、大人の社会と戦ったわけなんだけど、そのルールにずっと従うのはばかばかしいと思うようになったんですよ。もちろん市場はニュートラルだから、市場が悪いわけではなくて、市場が生み出す不均衡が悪なんです。自由主義経済は必ず敗者を生むから、勝者も敗者からの復讐を恐れて生きなくてはいけないでしょ？　それって本当に無駄だと思いませんか？」

つまりこうして見ると、ポンちゃんたち（あるいはその背後にいる作者）の持つ〈グローバリゼーション〉に対する懐疑は、それが経済的な勝者／敗者というある種の〈対立〉を自動的に発生させてしまうシステムであることに起因していると言えそうだが、ここで（本論のいままでの文脈に即して）誤解を恐れずに、作者のこうした〈グローバリゼーション〉に対する懐疑の理由をさらに推測すれば、おそらくここにはポンちゃんたちが〈グローバリゼーション〉の波に乗るかたちで示した「淘汰と融合の進化論的プロセス」が、市場原理主義を背景にした一種の弱者切捨ての「ファシズム」と同一視されることを回避しようとする村上の防衛意識があったとも考えられるのではないのか。

ともあれ、『エクソダス』のなかでポンちゃんたち「ASUNARO」は、〈グローバリゼーション〉の波から「脱出」するために北海道へと移住する。そして、北海道でポンちゃんたちが建設する共同体は、『五分後の世界』の「アンダーグランド」や北海道移住以前の「ASUNARO」の活動が、作者の提出する「淘汰と融合という進化論的プロセス」を背景とした〈共生〉概念を巡る〈淘汰〉の要素を読むものに強く意識させるものであったのに対して、〈融合〉の要素を前面に押し出したまさに〈理想郷(ユートピア)〉として提示される。先に引用した対談(「『共同体』が滅びる?」)のなかで村上も「反グローバリズムとナショナリズムの間にある非常に困難ではあるけども進むべき方向性を示した」と評価する金子勝『反グローバリズム　市場改革の戦略的思考』(99・9、岩波書店)は、「グローバリズム対ナショナリズムという不毛な対立図式を超えていく」ためには「リージョナル(地域)・レベルでも、国民国家のうちにあるローカルというレベルでも、セーフティーネットの張り替えが必要となる」として、その具体策に「地域通貨」発行による「リージョナル」「ローカル」レベルでの「貨幣共同体」の再建や、「協同組合、産直ネットワーク、ワーカーズ・コレクティブ、あるいは中小企業のネットワーク」を拡充し「共同性のニーズと相互信頼に基づく『社会的交換』の網の目を積極的に張り巡らせて行くこと」などを挙げているが、北海道に移住した「ASUNARO」もまた、「世界市場に対する唯一の防衛手段で、インフレにもデフレにも」「つまり、中央銀行による独占的な過剰発券にも対抗できるし、大不況のときの地方の極端な通貨減少にも対応」できるという見地から、「地域の構成員」の「信頼がベース」となる地域通貨「イスク」を発行し、さらに「円やドルからイスクへの交換の制限」を行うことで「世界市場」の荒波を防ぐことに成功する(実際に作中において語り手の「おれ」が、「ASUNARO」が移住した野幌市を訪ねたとき、そこに住むタクシーの運転手は「景気がいいっていうのともちょっと違うんだよね。現金がうなってて、ちょっと飲み屋に女の子をからかいに行くっていう感じではないわけさ。じゃあ暮らしが困ってるかというとそうでもないんで、それが今までと違うところだよね」と言っている)。

また、その他にも「ASUNARO」は、自分たちが「経営権を持つ事業会社」にはすべて「複数の会計会社から構成された監査機関を織り込」み、「米を含む農産物と酪農製品の審査機関を作り、集荷と配送の新しいシステムを整備し」、高齢者が「幾つになっても働くことができるし、リタイアしても別の仕事に就くことができる」ようにすることで、構成員間の経済的不均衡を解消し、地域の安定化を図るのだが、彼らが敷いたこれらのシステムのなかでもとくに、様々な「職業訓練」を行うことを目的として造られた「Dスクール」のあり方には、「ASUNARO」が建設した共同体の有する〈融合〉の特質がもっとも如実に表れていると思われる。この「Dスクール」では「ワーキングホリデイというビザで日本にやってきた外国人」や「国公立の大学改革で職を失った若い助教授と講師、企業をリストラされた弁護士や会計士やプログラマーなど」を教師陣として迎え入れているのだが、「おれ」が野幌市を訪れたとき「Dスクール」で金融を学んでいる関谷さんという女性は、その特徴について次のように述べている。「最初の頃は、中学生に雇われているというような意識がやはり大人の人たちにあったようですが、一緒に仕事をしていく間に、自然にそういった変な意識は消えたんだよとDスクールのわたしの先生は言ってました」「Dスクールですが、無料なので、勉強しない人はどんどん退学させられるんですね。テストもありますが、それは順位を付けるためのものはないんですよ。例えば金融のテストは、そのクラスで競争するためのものではなくて、自分が学んだことを自分で確認するためのものなんです。○×式のテストなんかないですし、たいていは講師との会話やクラスの議論という形なんです」。

この引用のあと関谷さんは、「わたしはすごく楽になりました。それまで勤めていた銀行では競争があったんですが、基準が曖昧なので疲れるんです」とも言っているが、「Dスクール」はこのように、経営者が習うものに雇用者が教えるものになることで、経営者／雇用者、教師／学生の間にある壁をとりはらい、さらには「○×式」の二項対立によるテストを排し「議論」による構成員相互のコミュニケーションを重要視していく。もともとポンちゃんたちは集団不登校を起こしたとき「おれ」に、「ぼくらは立場が弱いということです。学校側とはディベートにならないんですよ。話し合いというのは、いまだ決定されていないことについて、お互いのアイデアをつき合わせて、ベターな解決策をとっていくということだと思うんです。お互いが妥協できるポイントを探っていくわけですが、そういう話はこれまでなかったです。これまでの学校との話し合いは、決定済みのことを納得するためのものというか、これだけお互いに言いたいことを言い合ったのだから、もうこの問題は解決したことにしよう、というようなわけのわからないものでした。繰り返しになっちゃうけど、ディベートというのは、言いたいことを言うだけでなくて、お互いの考え方の違いを認めた上で、妥協点があるかどうかを探るというものでしょう」と既成の「学校」のあり方に対する不満を漏らしていたが、こうしてみると、教師／学生間に発生する相克、あるいは構成員同士の「考え方の違い」を、コミュニケーションを通して〈融合〉していくことを前提とする「Dスクール」のあり方は、まさにポンちゃんたちが思い描く理想の「学校」を体現したものだと言うことができるのではないか。そして、最終的にポンちゃんたち「ASUNARO」は、この「Dスクール」に見られる〈融合〉の特質を敷衍するかたちで、「鉛を使わない無停電電源装置」と「通信用の光ファイバー」の「送電線」を組み合わせた「風車」による「風力発電」という、いわばハイテクとローテクを〈融合〉させた電力供給システムを完成することで、北海道の自然環境との〈共生〉をも可能としていくのである。

こうして見ると、ポンちゃんたち「ASUNARO」は、様々な政策を駆使することで構成員間の経済的不均衡を解消し、また自然環境との〈共生〉にも成功した、制度的にも物理的にも安定したバランスのうえに成り立つ〈理想郷（ユートピア）〉を築き上げたと言えるだろう。加藤弘一「ムラカミ、ムラカミ——文学の暴力」（注15に同様）は「ASUNARO」の活動を「ウイルス」に喩え、「ASUNAROは野幌を終宿主としようとしているのである。それはASUNAROが輪郭のはっきりした身体を持ち、他の共同体と相互承認の関係を結ぶということでもある」と述べているが、ここで加藤が言うように、北海道への定着は、「ASUNARO」が日本から、そして〈グローバリゼーション〉の波からの「脱出」に成功し、一応の最終的なゴール地点に辿り着いたことを示すものとして受け取れよう。

ただし、『エクソダス』は、こうした一見完璧なバランスのうえに成り立っているかに見えるポンちゃんたちの共同体もまたその安定を壊しかねない不安材料を抱えていることを示唆するかたちで幕を閉じる。北海道を訪れた「おれ」が、久しぶりに会った中村君から聞いたところによると、「ASUNARO」創設からのメンバーで、語り手とも面識のあったアライ君という少年が「亡くなったのだそうだ」。「アライ君は野幌に来てしばらくしてアルコール依存症になり、施設で治療したが、退院してから原因不明の病気にかかった。腸の病気だということだけはわかったが、主要な栄養分が吸収されないまま食べたものが排泄されてしまうという奇病で、医者は、ウイルスか遺伝病か免疫異常だろうと言った」。そしてどうやら「ASUNAROの古いメンバーの中には他にも何人か似たような症状で死亡した者がいるらしい」。作中においてアライ君の死の原因は最後まで明示されない。しかしいずれにせよアライ君や「ASUNAROの古いメンバー」の死は、日本からの「脱出」を果たし、安定した〈理想郷（ユートピア)〉を建設したかに見える「ASUNARO」のなかにも、未だに〈融合〉され得ない異物が潜んでいることを示していよう。果たして「ASUNARO」は、この未知の異物との〈共生〉に成功し更なる「進化」の道を歩んでいくのか、それともこの異物によって〈淘汰〉されてしまうのか、その答えはこれからも村上の作品を読み続けることによってしか得られないのである。

おわりに(結論にかえて)

1

以上、本章では『五分後の世界』やその続編である『ヒュウガ・ウイルス』、あるいは『希望の国のエクソダス』で村上が描き出した〈理想郷(ユートピア)〉の内実を検討してきたが、ここでは章のまとめではなく、本論全体を総括する意図から、まず、一章から四章までの流れを概観しておくこととする。

一章「〈原風景〉としての『基地の街』(佐世保/福生)」では、村上の〈原風景〉である「基地の街」が彼にとってどのような意味を持つトポスであったかを検証してきた。その結果、村上にとって「基地の街」とは、アメリカと日本の間に横たわる支配/被支配という非対称的な力関係がリアルに露出する空間であるがゆえに、そうした力関係が巧妙に隠蔽されようとしている日本社会のあり方を相対化する根拠ともなるトポスであることがわかった。『69』『映画小説集』『限りなく〜』といった六〇年代後半から七〇年代前半にかけての自身の青春時代をモチーフにしたと思われる半自伝的な作品群からは、そうした「基地の街」/(それ以外の)日本という対比を通して、日本における学生運動のフォニー性や、外部に目を向けないまま自己充足していく日本社会のあり方を暴露しようとする作者の意図を明確に読み取ることができた。そして小説家としてデビューした後、村上はこうした「基地の街」/(それ以外の)日本という対比の構図を源泉として作り上げた、外部に目を向けないまま自己充足していく閉塞的な日本社会というヴィジョンをもとに、日本に対する批判をその創作のなかで一貫して継続していくこととなる。

二章「〈母胎〉としての『都市』(東京)」で中心的に論じた『コインロッカー』は、そうした〈閉塞的な日本社会〉という村上が持つ日本に対する批判的認識を、コインロッカーという鉄でできた〈母胎〉と日本における都市の現状とを重ね合わせることで描き出した作品であると言えよう。この『コインロッカー』では、産みの〈母〉によってコインロッカーに捨てられ、それを〈第二の母胎〉として誕生する二人の少年(キクとハシ)に、〈母殺し〉(=キク)と〈母探し〉(=ハシ)の物語がそれぞれ仮託されている。キクは自身が捨てられた鉄の〈母胎〉(=コインロッカー)と都市(東京)のあり方を重ねることで〈母殺し〉の欲望に目覚めていく。そして、精神化学兵器「ダチュラ」をキクが東京に投擲し、その〈母殺し〉を完遂したとき、一方のハシもまた自身の求めていた「母親の心臓の音」を発見することで〈身体〉の全体性を回復し〈母探し〉に成功していくのだ。村上が思春期を過ごした六〇年代後半から七〇年代前半は、核家族化の進行にともない、〈母〉が制度と一体化した「管理者」としての役割を担い始めたことで、家庭が社会からのシェルターとしての役割を失い、社会的規範を教化する場へと全面的に変容した時期であると考えられるが、こうして見ると、コインロッカーという子を閉じ込める鉄の〈母胎〉のイメージによって語られる都市を破壊したとき再生する少年達の姿を描いたこの作品は、学校や企業といった大きなものとの一体化を通して内部にすべてを囲い込もうとする日本社会と対立することで際立つ個のあり方を描き出していると言えるのだ。

ともあれ『コインロッカー』以降、村上はこうした「基地の街」/(それ以外の)日本という対比の構図を生み出したヴィジョンをもとに日本社会に対する批判を前面に押し出した作品を継続的に書き続けていくのだが、その一方で、村上が失われつつある自身の〈原風景〉を求めて、デビュー直後から日本の外部に視線を向け始めていたことにも注目せねばなるまい。三章「もう一つの『基地の街』としての熱帯の〈島嶼〉」の前半で取り上げた、オセアニアを中心とする熱帯のリゾート地を作中舞台として設定した『悲しき熱帯』はそうした村上の志向性を反映した作品として把握できる。ここで村上は、その主人公を現地の少年たちに設定し、主人公／（主に欧米から来た）旅行者の関係に「基地の街」における自分／アメリカ兵の関係を重ね合わせることで、自身の内に巨大な支配者として君臨するアメリカの相対化を追及しようと試みる。しかしこの試みは、村上が旅行者（＝支配者）の立場からこれらの土地を訪れたという、その自意識を完全に拭い去れなかったことによって失敗する。つまり換言すれば、日本の経済的発展を背景にこれらの場を訪れているという事実が、村上のなかに日本はもはやアメリカに比肩する大国に成長したというある種の驕りを発生させ、これらの作品のなかでアメリカの相対化を追及するその筆を鈍らせたと言えるのだ。『悲しき熱帯』収録中の『ハワイアン・ラプソディ』と、それを長編化した『だいじょうぶマイ・フレンド』の一連の〈飛べないスーパーマン〉をモチーフとした作品群は、そのことを象徴するものであったと言えよう。これらの作品において主人公とアメリカを象徴する〈スーパーマン〉の関係は、もはや非対称的なものではなく、その題名が端的に示すように対称的な〈友達〉として描き出されている。このようなアメリカと自身の分身である主人公たちとの対称的な関係が、ある種の驕りの産物であったと村上が気付くのは、『だいじょうぶマイ・フレンド』の大々的な映画化とその失敗によってである。そしておそらく、こうした自身の内に知らず知らずに発生していた驕りに対する自戒の念が、『愛と幻想のファシズム』という、「ファシズム」によって日本を矯正し、そのうえでさらにアメリカに〈対立〉していこうとする物語を書かせたことは疑い得ない。

三章の後半で言及したように、こうした『だいじょうぶマイ・フレンド』の失敗とその反動による

『愛と幻想のファシズム』の執筆という一連の経緯を経て、村上が真の意味でアメリカの相対化に成功するのは、九〇年代初頭にオセアニアの島嶼群とは別の、カリブ海に浮かぶ島嶼国家キューバを発見したことによってである。まず、村上のキューバに対する心酔は、その「ダンス」や「音楽」に内在する〈融合性〉の特質に対する全身的な共感を通して語られる。実際に村上はキューバに心酔してからそのエッセイや対談のなかで、「キクとハシ、冬二とゼロという二つの人格が、年月を経てわたしのなかで統合されつつあるのかも知れない」(「戦争とファシズムの想像力」『村上龍自選小説集6――戦争とファシズムの想像力』)というように、自分のなかで何かが混ざり合ってきていることを示唆する発言をし始めるが、こうして見ると、村上は〈対立〉ではなく〈融合〉という方向性にこそアメリカ相対化――支配／被支配関係の脱構築――の活路を見出したと言える。つまり言い換えれば、キューバの「音楽」や「ダンス」に内在するこうした〈融合性〉の特質に対する共感と、キューバが未だにアメリカに対して外部性を保持し続けている(村上の言葉を真似れば、アメリカの良いところだけをとって自分たちの主体性は守り続けている)という事実が交わったとき、村上にとってキューバはアメリカを相対化するための確固とした拠点として定位したように思われるのだ。

ただしここで翻って見れば、そもそも村上は、キューバ発見と同時期に書かれた『イビサ』において既にヨーロッパに流れる〈対立〉の基調を、自身の〈身体感覚〉を通して〈融合〉していく主人公を描き出してもいた。その意味から言えば、村上にとってキューバの「音楽」や「ダンス」との接触は、自身の無意識に流れていた志向性の変化を自覚する契機であったとも言えるのだが、おそらく、『イビサ』において発芽しキューバ発見によって骨肉化される、このような〈融合〉のヴィジョンを延長するかたちで生み出した、「淘汰と融合の進化論的プロセス」を軸に、ニューヨークからマイアミ(その背後にあるキューバ〉へとアメリカを縦断していく主人公を描くことで、村上が自身の内に君臨していたアメリカを相対化することに成功した作品が『KYOKO』なのである。この『KYOKO』には、「基地の街」「GI」「キューバのダンス」といった村上のアイデンティティを構成する要素が余すことなく盛り込まれている。

そして『KYOKO』を書くことで、内なるアメリカと自身の間に横たわっていた支配／被支配の関係を相対化することに成功したその同時期から、村上は「淘汰と融合の進化論的プロセス」を背景とした、自身が夢想する〈理想郷（ユートピア）〉の構築を開始する。四章「〈理想郷（ユートピア）〉の創造」で取り上げた『五分後の世界』『ヒュウガ・ウイルス』『希望の国のエクソダス』は、まさしくそうした作品として読者の前に屹立するものである。村上自身が「キューバの音楽とダンスは、（略）わたし自身の中でベルリンの壁やソ連の崩壊に重なっていた。わたしはキューバの音楽とダンスに、世界の現実と歴史を見ていたような気がする」（「寓話としての短編」『村上龍自選小説集3——寓話としての短編』）と言うように、彼がキューバ発見に前後するかたちで獲得した「淘汰と融合の進化論的プロセス」は、〈冷戦終結〉やその後の〈グローバル化〉という世界の流れにある意味で対応するものであった。これらの作品において村上は、ある時は〈淘汰〉という側面を強く押し出しつつ、またある時は〈融合〉の面を前景化させながら、自身の思い描く〈理想郷（ユートピア）〉を軸に、時代の流れのなかで、他者や外部と否応なく〈共生〉して行かざるを得ない日本の未来に、ひとつの指針を提供しようと試みていると言えよう。

2

ところで、榎本正樹は「『共生虫』論」(前掲)のなかで映画『エイリアン』シリーズを参照し、「『エイリアン』(79年)以後、『エイリアン2』(86年、ジェイムズ・キャメロン監督)、『エイリアン3』(92年、デイビット・フィンチャー監督)、『エイリアン4』(97年、ジャン・ピエール・ジュネ監督)と、エイリアン・シリーズは現在第四作まで発表されている。人間を殺戮する生物兵器として人類の前に立ち現れるエイリアンとは、寄生→産卵→孵化を目的に人間を捕食し宿主とするコミュニケーション不可能な〝絶対外部〟の隠喩でもある。シガニー・ウィーバー扮するエレン・リプリーは、襲いかかるエイリアンから女の子を守る戦闘的なフェミニストとして、またある時は自らに産み付けられた卵を出産する母として、さらに最新のクローン技術によって蘇りエイリアンと共生する新人類として、輪廻転生するサイボーグ的主体として描かれる。シリーズを重ねる中で、エイリアンは絶対外部の存在から人類との共生体へと変化していく」と述べたうえで、「シリーズを重ねる中」で「エイリアン」とリプリーが最終的に辿り着いた関係と、「共生虫」とウエハラの関係の相似性について言及しているが、こうして見ると、ここでの「リプリーとエイリアンの関係の変化」(榎本、同前)は、村上作品の基調に流れている通奏低音を(本論の)各章ごとにそれぞれ見た際に見受けられる、その変化ともまた対応していると言えるのではないか。

エイリアン・シリーズの第一作においてリプリーは「エイリアン」を乗せた宇宙船と接触する。第二作で彼女は「エイリアン」の母星に乗り込み「エイリアン」の絶滅を計る。そして第三作で彼女は「自らに産み付けられた卵を出産する母」となり、さらに第四作では「最新のクローン技術によって蘇りエイリアンと共生する新人類」として生まれ変わっていく。つまりこうして見ると「リプリーとエイリアンの関係」は、〈接触〉から〈対立〉へと移行し、そこからさらに〈融合〉〈共生〉へとしだいに変化していったと言えようが、ここで本論全体の文脈に即してみれば、村上もまた、まさにこのような〈接触〉→〈対立〉→〈融合〉→〈共生〉という流れのなかでその創作活動を展開していったように思われるのだ。

村上は「基地の街」という〈原風景〉のなかで、アメリカと自身の間に横たわる非対称的な関係や、外部に対して無関心な日本といった、いわばその後の創作活動の核をなしていく問題と〈接触〉する。おそらく二章で論じた『コインロッカー』から三章の前半で扱った『愛と幻想のファシズム』あたりまで、村上はこれらの問題を、作中に様々な〈対立〉軸を意識的に引き、その一方を排斥することで解消しようと試みていたのではないか。事実、これらの作品には、強者と弱者、アメリカと日本、社会と個人、自然と人工、都市と身体といった様々な〈対立〉が描かれていた。おそらく、SMという支配／被支配の演劇的遊戯に対する関心（『トパーズ』）や、グルメ（『村上龍料理小説集』）やテニス（『テニスボーイの憂鬱』）といったある種の階級意識を満たしてくれるスノビッシュなアイテムに対する嗜好もまた、こうした〈対立〉に対する志向性の延長に位置するものであったと思われる。しかし、キューバ発見と前後するかたちで、村上は〈対立〉を通してではなく〈融合〉という視点からそれらの問題を乗り越えようと試みだしたと言えよう。このような〈融合〉に対する志向は、「アメリカの価値観の奴隷となるか、アメリカ的なものをヒステリックに排斥するか、両極端な二つの姿勢」に分裂していた自己がひとつになり始めたという村上の意識の変化や、強者／弱者の相克を発生する「市場」に対して懐疑を唱える作中人物たちの声（『エクソダス』）とも響きあうものであろう。そして、今まさに村上は、その〈融合〉（その片方には〈淘汰〉があることも事実だが）という視点から紡ぎ出した〈共生〉のヴィジョンを軸に、来るべき世界の未来像を見据えようとしているのである。

ともあれ、こうして見ると村上は、『コインロッカー』→『共生虫』、『愛と幻想のファシズム』→『エクソダス』というように、ある時は作品ごとのモチーフを反復しながらも、その基調に流れる通奏低音を徐々に変奏させてきた作家だと言えようが、ここでは最後に、現時点での村上がその創作の核としている〈共生〉のヴィジョンが、ここ数年に発表された作品のなかでどのように継続されているかを簡単に確認しておきたい。例えば、村上がその「あとがき」のなかで「海外に留学することが唯一の希望であるような人間」をモチーフとした作品を集めたという短編集『どこにでもある場所とどこにもいないわたし』(03・4、文芸春秋)では、外部や他者との〈共生〉のヴィジョンが、海外(＝外部)へ向かおうとする登場人物たちの「希望」を通して個人レベルで語られる。そのタイトルが端的に示すように、ここに収録された短編には、コンビニ、公園、カラオケルーム、駅前といった日本の「どこにでもある場所」にいながら、映画の撮影技術を学ぶためアメリカへ、画家になるためフランスへというように様々な理由から海外へ行くことを夢想し、実行しようとする人物たちが登場する。村上が「現代の出発は、閉塞して充実感を得られない日本社会からの戦略的な逃避でなければならない」「この短編集には、それぞれの登場人物固有の希望を描きたかった。社会的な希望ではない。他人と共有することができない個別の希望だ」と言うように、理由の違いはともかく、彼(彼女)らにとって「留学」とは、自らの「進化」を賭けた「戦略的な」越境であると言えよう。その意味で、これらの登場人物たちが向かおうとする先は、単なる外国ではなく、まだ見ぬ他者との〈共生〉を通して自らが「進化」する道を模索するための、いわば〈理想郷(ユートピア)〉であると言えるのだ。

また、外部や他者との〈共生〉の道を『エクソダス』のように共同体レベルの視点から探っていこうとする試みは、村上の現時点（05年9月）での最新作である、北朝鮮のコマンド部隊と日本人の少年グループの戦いを描いた『半島を出よ』（書下ろし、05・2、幻冬舎）にも確実に継承されている。二〇一〇年四月「高麗遠征軍」と名乗る北朝鮮のコマンド部隊によって福岡が占拠される。「高麗遠征軍」が福岡に乗り込んできた理由は、融和路線を取ろうとする金正日が邪魔になった強硬保守派をパージしたことにあった。北朝鮮を強制的に追い出された強硬保守派を中心とする「高麗遠征軍」は、福岡に新たな国家を建設すべく上陸してきたのだ。この不測の事態に対し日本政府は対応を決断することができず、やむなく福岡を「封鎖」することで時間を稼ごうとする。こうして事実上、福岡は日本から見捨てられ「高麗遠征軍」の占領下に置かれることになるのだが、そんななか、ある日本人の少年グループが「高麗遠征軍」に抵抗すべく立ち上がる。このグループは、様々な事情で社会からドロップアウトした少年たちによって構成されており、彼らは福岡市郊外の工場跡地に一種のコミュニティをつくり共同生活をおくっていた。

物語はこの「高麗遠征軍」／少年グループの〈対立〉を軸に、そこに一般の福岡市民や日本政府の役人といった様々な人物が絡んでくることで、スケールの大きな群像劇的様相を呈していくのだが、この作品ではその中心軸となる「高麗遠征軍」／少年グループの他にも、支配者（高麗遠征軍）／被支配者（福岡市民）、地方（福岡）／中央（東京）といった様々な〈対立〉が描き出される。おそらく『半島を出よ』の面白さのひとつは、「高麗遠征軍」の突然の侵攻によって、平時ではあまり意識することがないこうした様々な〈対立〉が浮き彫りにされていくその過程にあると思われるが、ここで本論のテーマである場所（トポス）という観点から本作を見たとき注目すべきは、物理的にも政治的にもあらゆる意味でそうした〈対立〉の現場となった福岡が、最終的にはこれらの〈対立〉を経験することで逆にニュートラルとなり、他者や外部との〈共生〉の可能性を自主的に探り始めることである。結果から言えば、「高麗遠征軍」と少年グループの対決はほぼ共倒れといっていい結末を迎える。こうして福岡は「高麗遠征軍」の脅威から解放されるのだが、その後の福岡のあり方は、日本全国との対比から次のように記述される。

高麗遠征軍のあとの日本では、経済の縮小が続き、国際的な孤立もいまだ解消されていない。事件のあと内閣は総辞職し、そのあとの選挙では与党である日本緑の党が僅差で勝ったが政権基盤はさらに脆弱になった。失業率は十パーセントに達しようとしていて、他の経済指標も悪化している。(略)日出ずる国の落日、去年の暮れにイギリスの経済誌がそういう見出しの記事を載せた。的確な表現だった。／対照的に、福岡および九州は、あの事件以来大きく変わった。食糧自給や環境問題などにも積極的に取り組んだ。市や県による開発を減らし、政府からの補助金や地方交付税に頼らなくても済むような行政改革が向こう五年間で行われることになった。県庁を福岡市から七つの町に分散して移し、市の職員の数を半分に減らすことにした。東アジアとの経済協力や貿易にはさらに力を入れるようになった。／その象徴ともいえるイベントが開かれたのは一昨年だ。「アジア千年の知恵」と題して、アジアからの留学生を九州内二十三の市や町に一年間住まわせたのだ。市や町をどうやって活性化するかというテーマを、アジアの視点で語るという大規模なイベントだった。二千人近い学生がアジアの各都市からやってきて地元市民や経営者や学生と討論し、アイデアを出し、そのうちのいくつかは実行に移された。留学生の住んだ街並みはそのままアジアンタウンとなって新しい観光名所になり、学生たちはそのあとも九州とアジア各国を結ぶ重要な人的資源となった。福岡と九州の失業率は全国平均より、五ポイントも低く、出生率の低下も止まった。九州にU

ターンする若い人が増えたし、他の地域から移り住んでくる人も増えつつある。

つまりこうして見ると、「高麗遠征軍」という〈外圧〉の出現は福岡にとって、ある意味で、中央の支配から自立し、外部や他者との交通の場として再生するためのイニシエーションであったと言えるのではないか。また、「高麗遠征軍」の事件が終結した後、福岡市民は、「高麗遠征軍」の生き残りである二人の兵士を、政府の「身柄引き渡し」要求に応じず、自分たちのもとに匿おうとしてもいる。福岡の市民たちがこうした決断を下した背景には、「高麗遠征軍」の福岡市民に対する対応が高圧的なものではなく表面上は友好的であったことが——もちろんそれは武力を背景とする支配関係を隠蔽しようとするためのレトリックであるのだが——多分に影響していると言えようが、それはともかく、ここで注目すべきは、「高麗遠征軍」の生き残りを匿う福岡市民の一人が、「あの子は日本人になろうとはしていない、単に隠れているだけなんだ」として、その他者性を認めたうえで彼らと生活していることを示唆する発言をしていることだ。村上はその「あとがき」のなかで、「この書き下ろしに関しては北朝鮮のコマンドを『語り手』に加えなければならないのではないかと思うようになった。そして同時に、そんなことは不可能だと思った」「一昨年の暮れ、わたしは突然平壌を舞台にしてプロローグを書き始めた。そんなことができるわけがないが書かないと始まらない、と思いながら書き始めたのだ。そして結局同じような思いをずっと抱きながら、つまり『書けるわけないが、書かないと始まらない』と思いながら、最後まで書き続けた」と述べているが、こうした作者の言葉を踏まえてみれば、ここでの福岡市民の言葉は、他者を理解不可能な異物として排除しようとするのではなく、また自分にとって理解可能な範囲へ歪曲化しようとするのでもなく、——たとえそれがどれほど困難な道のりであったとしても——その差異を認めたうえでコミュニケートする方法を探し出そうとする、村上が他者を見つめる際の基本姿勢をまさに反映したものであると言えよう。そして言うまでもなく、村上の持つこのような他者を理解する際の基本姿勢は、現在でも村上が異物や外部と〈共生〉する道を模索し続けていることを示している。

注

（1）九三年三月に刊行された『フィジーの小人』単行本には、「本作品は『野性時代』１９８２年1月号～１９８５年10月号に連載された作品に加筆・訂正したものです」という編集局からの付記がつけられている。ちなみに論者がその単行本と雑誌連載時の原稿を照らし合わせてみたところ、単行本は、雑誌連載時の「第二十六章」（『野性時代』85・10）をカットし、「第二十五章」（『野性時代』85・9）中盤の「私達は、濡れた洗濯物を持って、裸のまま、廊下へ出た。／リンダの記憶は正しかった、管理人は、男の年寄りを連想させるロボットだったのだ、ロボットは一階の端の、収納室で電源を切られて眠っていた」としてさらに物語が続くところを、「私達は、濡れた洗濯物を持って、裸のまま、廊下へ出た。／だが、いずれにしろ、私達は牢獄にいる」とアンチクライマックスを強調するかたちに「訂正」することで、物語を完結させていることがわかった。

（2）これまでにも村上はたびたびそのエッセイや対談の中で、日本が「本土決戦」を回避したことに不満を漏らしてきた。例えば、村上は小山鉄郎との対談「『五分後の世界』をめぐって」（三章第三節に前掲）のなかで、「本土決戦をしていれば、何を守るべきかというのはみんなわかるはずだからね。（略）要するに目の前に敵が来て、これで自分たちは死ぬけどあっちのやつらは生きてるわけだから、何を伝えようかというときに、最優先的に伝えるものがあるわけだからね。ところが領土に一兵も来ないうちに『まいりました』と言ったわけだから、何を守っていいかわからないんですよ」と述べている。

（3）例えばこの点について斎藤美奈子『妊娠小説』（94・7、筑摩書房）は『テニスボーイの憂鬱』

（『ＢＲＵＴＵＳ』82・2・1〜84・7・5→85・3、集英社）における登場人物たちの「名前の表記にいちいちランクづけさえある」ことに着目し、次のような指摘を行っている。「まず、ヨシヒコ（主人公の息子）、ヤマザキ、トキ、シノヤマコーチ、コジマさん、コレミチ君、キジマさん、といったぐあいに、ほとんどの人物名はカタカナで表記される。これは主人公が、音声、つまり耳と口でのつきあいをしている連中、可もなく不可もないその他大勢の人々である。／対するに、あきらかに格のちがう二種類のタイプが存在する。／一ランク落ちるのが名なし三名、〈父親〉と〈義母〉と〈女房〉だ。身内である彼らは、主人公が名前を認識しないでいる人々、直接に名をよぶこともない相手、もっといえば人格を認めているかどうかもあやしい連中である。／そして、一ランクも二ランクも上の人物が二名、〈吉野愛子〉と〈本井可奈子〉である。ふたりが主人公の愛人であることはいうまでもない。彼女らは、どんなにとっちらかった場面でも必ず漢字のフルネームで表記される。『愛子』『可奈子』という略され方、『彼女』という置換すら、上下巻にわたる長いテキストの中、ほとんど一度もない」。そして斎藤は『テニスボーイの憂鬱』におけるこうした「名前の表記」によって示される「ランクづけ」から、「この小説世界そのものが、露骨な『階級社会』なのである」という見解を提出している。

（4）『別冊宝島44　現代思想入門』（84・12、宝島社）はこの〈リゾーム〉というタームを、「樹木を眺めると、まず太い一本の幹があり、それに枝がついていて、さらにその先が枝分かれしている。ドゥルーズが問題にするのは、この樹木（ツリー）状組織が哲学をはじめとする人間の思考や社会的組織のモデルとなってきたことだ」「これに対して根茎（リゾーム）はカンナの地下茎のように、途中に塊を作りながらランダムに移動していく網状組織をなしている。

中心をもたず相互に異質な線が交錯しあい、多様な流れが方向を変えて伸びていく」「ドゥルーズは、人間の思考や国家をはじめとする社会組織の背後にあってこれらを規定している樹木を批判し、知の領域のみならず組織論、空間においてもリゾームを復権させようとしている」と説明している。

（5）村上は『フィジカル・インテンシティ』（98・12、光文社）といったスポーツをモチーフとしたエッセイ集のなかで中田英寿のプレーを頻繁に絶賛している。

（6）例えば野崎六助『リュウズ・ウイルス』（序に前掲）は、『五分後の世界』を「この世界は『愛と幻想のファシズム』に本編をおく『続編』として、その世界像を引き継ぎながら、それよりよほどに徹底したパラレル・ワールドをつくっている」と位置づけたうえで、「ここにはシンプルで、とてもわかりやすい、超近代的な部族社会が厳然としてある」「全員がゲリラ兵士である国家に、弱者の生存する余地はない。純粋抽出されたファシズムの部族国家だ」と述べている。

（7）村上は奥村康との対談「ウイルスと文学」（『文学界』96・7）において、「小説（南注・『ヒュウガ・ウイルス』）の読まれ方はどうなんですか」という奥村の質問に、「弱者を攻撃していると言われるといちばん困るんですよ。今度の小説でも、ヒュウガ・ウイルスから生き残るジャン・モノーは少年ですし、しかも目が不自由な、言ってみれば弱者なんです。そういう人たちの中にも危機感を持って戦っている人がいる、少ないけどいるんだということを書いてきたつもりなんです」と答えている。

（8）その意味で『五分後の世界』を「みずからの生の遠近法そのものの一部（もしくは大部分）を変えずには、とうてい受けとめられぬ力に充ちた作品」であり、この「作品を読んだ後で、名状しがたいいくつかの力に貫かれながら、わたしはしばしば、何かを初めからもう一度やり直したくなる」という渡部直己「戦士のように――『五分後の世界』」（『五分後の世界』文庫版所収、97・4、幻冬舎）の言葉は、「アンダーグラウンド」に適応していく小田桐と自身を重ね合わせることで、自らもまた「進化」の意志に目覚めた渡部の心的な変化を鮮明に示すものであると言えよう。

（9）例えば村上は九九年に〈地球環境〉〈愛〉〈救い〉〈共生〉をテーマとする坂本龍一のオペラ『LIFE a ryuichi sakamoto opera1999』（99・9）にオリジナルテキスト執筆者として参加しているが、その構想を他のスタッフとともに語った座談会「坂本龍一氏とそのスタッフ　構想を語る」（『朝日新聞』朝刊　99・2・18）のなかで、彼は〈共生〉の概念について次のように語っている。「坂本の頭にある『共生』は、本当は共生の概念を超えたものなんだけど、ほかにないからそれを使っているだけなんだ。ほんとは、共生って、すごく残酷なもんで、淘汰があって絶滅があって進化していく」。

（10）本論では、論の流れを混乱させないために主に石田の論を中心として〈グローバリゼーション〉について概観しているが、この〈グローバリゼーション〉が「グローバルな経済対ナショナルな文化」という「対立図式」を生み出すという石田の見解は、管見に入った限りで言えば、碓井敏正「国民国家、グローバリゼーション、世界文化」（望田幸男・碓井敏正編『グローバリゼーションと市民社会――国民国家は超えられるか』前掲所収）やヨアヒム・ヒルシュ「グローバリゼーションとはなにか」（情況出版編集部編『グローバリゼーションを読む』所収、99・12、情況出版）などを始めとして、石田以外にも多くの〈グローバリゼーション〉についての研究者が採用している視点であると思われる。

(11) この点に関して伊豫谷登士翁編『思想読本〔8〕グローバリゼーション』(02・12、作品社)は〔特別寄稿〕と題して「9・11以後の世界をどう見るか」という特集を組んでいるが、そのなかで例えばイエン・アン「9月11日の余波　世界都市をめぐる防衛策」は「ニューヨークで起きたあのテロ」は「特に、グローバル化するこの時代の中で私たちはどのようにしたら共存していけるかという、現代で最も難しい問題がいかに厄介なものであるかを浮き彫りにしている」という見解を提出している。

(12) 村上に限定せずとも、多くの論者が「グローバルな経済対ナショナルな文化」という図式に留まらず、あらゆる〈対立〉軸を突破するキーワードとして〈共生〉という概念を見ていると思われる。例えば栗原彬は――村上の提示する〈共生〉のヴィジョンとは必ずしも重なるものではないものの――「共生ということ」(栗原彬編『講座　差別の社会学　第4巻　共生の方へ』所収、99・3、弘文堂)のなかで、「支配的な集団が受苦者を差別化するポイント」を「反転させて、自らのアイデンティティ戦略の核心に組み込」み、「否定性、外部性、欄外性、無用性、境界移行性、更には多声的共同性を、自己肯定的な価値意識の周りにブリコラージュとして配置すること」を通じて「異なる存在の間の、相互開示的、相互活性化的な異交通が生まれるとき、私たちは辛うじて〈共生〉(living-together, conviviality)ということばを呼び出すことができる」という認識を提示している。

(13) 村上は『JMM』ホームページ上で、『JMM』創刊の意義を次のように語っている。「今、おそらくほとんどの日本人が言葉にならない不安感を持っているのではないでしょうか。変化を実感しながらも将来の展望がなく、不安を抱きながらも危機感を持つことができないでいるような気がします。／(略)／しかし既成のマスメディアがその役割をきちんと担っているとは思えません。（略）わたしはメール配信サービスを使った新しいメディアの実験を始めることにしました。そして、シンプルにそれをジャパンメールメディア、JMMと名づけました。／（略）／JMMでは、おもに金融・経済を中心に扱うことにしました。専門家によるネットワークを作り、どこが不明なのかを、わたしの質問にネットワーク参加者が答える形で、あるいはネットワーク参加者とゲストによる座談会などの形で明らかにしていくことにしました」。

（14）この点に関して例えば榎本正樹「『共生虫』論」（前掲）は、「コインロッカーという、これもまた子宮のイメージが横溢する閉鎖空間に遺棄された2人の主人公がダチュラという精神兵器を東京に散布する物語と、防空壕で化学兵器を発見した主人公が新宿駅構内でコーラの缶をイペリットの缶詰に見立てて大量殺人を幻視する『共生虫』を重ねることは可能だろう。防空壕＝コインロッカー、イペリット＝ダチュラという公式が成り立つが、ヒーローとアンチヒーローの属性を帯びた聖杯探求譚として両作を比較するとき、その構造的類似性は明らかである」と述べている。

（15）この点に関して例えば加藤弘一「ムラカミ、ムラカミ——文学の暴力」（『群像』00・12）は、「村上龍は今年『共生虫』と『希望の国のエクソダス』を上梓した。前者は引きこもりから殺人を犯す青年を、後者は中学生の集団不登校を描き、若者の異常の行動を先取りする作品として話題を集めたが、そのこと自体は新しいとはいえない。引きこもりを自閉の一種と考えるなら、村上は一九八〇年の『コインロッカー・ベイビーズ』で自閉から大量殺人に向かうストーリーをすでに書いているし、殺戮手段が軍の放棄した毒ガスだという点でも両者は共通する。『希望の国のエクソダス』で中学生たちが偽情報で仕掛ける日本の危機にも、『愛と幻想のファシズム』という先蹤がある」と述べたうえで、「プロットだけを見るなら、『希望の国のエクソダス』は『愛と幻想のファシズム』をはじめとする昭和末年に書かれたミニ国家小説群に似ている」という見解を提出している。

(16) 例えば村上は識者との教育に関する議論をまとめた『「教育の崩壊」という嘘』(01・2、NHK出版)のなかで「人生を選び取るというのは具体的にどういうことなのだろうか。どう生きるか、という問いには無数の答えがあるだろう。だが、間違いない事実は、子どもはいずれ大人になって自立しなければならないということだ。大人になると、何らかの方法で生活費を稼ぎ出さなくてはならない」という見解を提出している。

(17) この点に関して川村湊「小説『希望の国のエクソダス』論──サイボーグ、E・T、I・T」(『国文学　臨時増刊号　村上龍特集』01・7)は「ここで村上龍が感受しているのは、『ノートパソコン』一台を前にして座っている中学生が、『世界』というホスト・コンピュータと繋がり、交信している、さらにいえば、その中学生のノートパソコンが、『世界』というホスト・コンピュータそのものであるということだ」と述べたうえで、「『ポンちゃん』たちのことを比喩するならば、『コンピュータ付きのコンピュータ』だ。すなわち、ノートパソコンを動かしている『ポンちゃん』自体がコンピュータなのだから。人間のコンピュータ化。これがコンピュータ社会の行き着く先の『近未来』の予想図だ。インターネットは、そのネット上の『情報』が、人間そのものであると定義することになるだろう」と述べている。

あとがき

本書は平成十八年度専修大学課程博士論文刊行助成を受けて出版されたものである。本論文の執筆にあたっては、指導教授である栢植光彦先生をはじめとして、大学院時代を通じてゼミへの参加を快く認めてくださった畑有三先生、論文審査を務めてくださった山口政幸先生、高橋龍夫先生に多大なお世話となった。深く感謝の意を表したい。また、論文執筆に行き詰った私を応援してくれたゼミの仲間たちや海を隔てた韓国の友人、そして、深夜から明け方まで続く電話での愚痴に快く付き合ってくれた小学校時代からの旧友にも感謝したい。

出版に際しては、専修大学出版局の笹岡五郎氏、パンオフィスの小川寿夫氏が大変なご尽力をしてくださった。なお、川村湊先生は忙しい中この本に目を通され、心のこもった推薦文を書いてくださった。各氏に心からお礼を申し上げたい。そして最後に、私のいつ終わるとも知れない学生生活を援助し、支え続けてくれた両親に最大の感謝を捧げる。

今読み返してみると、様々な点で荒さが目立ち、改めて自分の実力不足を痛感してしまうのだが、それでも、多大なエネルギーを費やして書き上げたものが無事に日の目を見られたことは、素直にうれしい。

十代の頃、『69』に出会ってから、村上龍の小説作品を読み続けてきた。今では、そのうちいくつかの作品は、私のなかで、かけがえのない友人のような存在となっている。自分がどうしようもなく孤独を感じたとき、立ち止まって迷っているとき、それらの小説を開くと、そこに登場する人物たちがそっと自分の傍に来て、少しだけ私に、前に進んでみようとする勇気を与えてくれた。小説にそんな力があることを教えてくれ、私を文学研究の道へ進ませたのも、それらの作品との出会いがあったからこそだと思う。

村上龍は、作家としてデビューしてからおよそ三〇年をかけて独自の世界地図を描き、今もなお更新し続けている。私も自身の世界地図を描いてみたい、その思いが私に韓国へ渡る決断をさせ、今また台湾へと導いた。この先自分がどこまで世界に対する認識を広げていけるのか楽しみだ。

二〇〇六年一二月

南　雄太

南 雄太（みなみ ゆうた）

1974年　北海道札幌市生まれ
1997年　専修大学文学部国文学科卒業
2000年　専修大学大学院文学研究科修士課程修了
2003～2005年　清州大学校東洋語文学部日語文学科（韓国）外国人専任講師
2006年　専修大学大学院文学研究科博士後期課程修了
現在　国立台中技術学院応用日本語学科（台湾）専任助理教授

村上龍作家作品研究　村上龍の世界地図

2007年2月20日　第1版第1刷

著　者　南 雄太
発行者　原田敏行
発行所　専修大学出版局
〒101-0051　東京都千代田区神田神保町3-8-3
㈱専大センチュリー内
電話　03-3263-4230㈹
制作　株式会社パンオフィス
印刷・製本　平河工業社

ISBN978-4-88125-186-7